김기창

경남 마산 출신. 한양대 사회학과 졸업.
장편소설 『모나코』, 『방콕』.
38회 〈오늘의 작가상〉 수상.

KB105914

방콕

오늘의 젊은 작가 **24**

방콕

김기창
장편소설

민음사

차례

1부

"절정을 매일 맛볼 수는 없어."
"그렇지. 하지만 그만큼 좋은 걸 경험할 수는 있어.
그런 기대는 할 수 있다고."
"좋다고. 당신이나 마음껏 하라고. 당신과 몰리."
"당신을 생각할게, 크리스. 방콕에서,
강 위에 있는 보트하우스에서."

—제임스 설터, 박상미 옮김, 「방콕」, 『어젯밤』(마음산책, 2010)

말이 늘어야 한국 여자랑 연애도 하고 결혼도 하지. 매일 혼자 그림이나 그리고 있으면 되겠어?

열처리 라인 반장이 외벽에 기대앉은 홍에게 캔 커피를 건네며 말했다.

홍은 손에 들고 있던 연필과 노트를 바닥에 내려놓고 캔 커피를 받아 들었다. 그리고 반장을 향해 짧게 고개를 끄덕였다. 반장은 홍의 옆에 주저앉아 자신의 손에 들린 나머지 캔 커피의 뚜껑을 땄다.

애들 말로는 한국어 공부방 에이스라던데 말을 통 안 하니 알 수가 있나. 한번 해 봐.

죄송합니다. 감사합니다. 사랑합니다.

어디서 그딴 말만 배워 가지고. 다른 건 없어?

홍은 잠깐 생각했다.

삶. 사유. 사투.

반장은 홍의 얼굴을 뚫어지게 바라보며 손바닥으로 자신의 상의를 훑었다. 담배를 찾는 것 같았다. 홍은 반장의 시선을 외면한 채 회사 출입구를 바라보며 커피를 단번에 들이켰다. 그리고 속으로 중얼거렸다. 아, 뜨거워. 한국말이었다.

두 사람이 앉은 곳은 구내식당 앞의 맨바닥이었다. 구내식당 맞은편엔 회사 본관이 있었고, 본관과 구내식당 사이에는 6차선 도로와 연결된 회사 출입구가 있었다. 출입구를 지나 안으로 들어오면 넓게 트인 부지 위로 소재부와 가공부로 나뉜 두 동의 공장 건물이 보였다. 휴게실은 가공부 건물이 끝나는 곳에 있었다. 성형 강판으로 만든 조립식 건물이었는데 구내식당에서 제일 먼 곳이라 대부분 거기까지 가는 것을 귀찮아했다.

회사는 장갑차와 탱크 부품 등을 만드는 중소기업으로 두개의 원청 업체에 납품했다. 직원 수는 302명이었고 그중 서른한 명이 이주 노동자였다. 서른한 명 중 다섯 명은 불법 이주 노동자였는데 홍은 여기에 속했다.

홍은 쇠를 녹이는 용해부에서 일했다. 그러다 한 달 전부터 열처리 라인에서 4인치, 7인치 그라인더로 탱크 엔진의 집인 하우징(Housing)과 트랜스미션의 집인 티엠케이스(TM-CASE)의 표면을 다듬는 일을 했다. 섬세함이 필요한 작업이었다. 힘 조절을 못하거나 잠깐이라도 딴생각을 하다간 그라인더 숫돌이 튀어 나가 무엇을 자르고 지나갈지 몰랐다. 홍은 언제나 탈진 직전의 사람처럼 일했고 작업이 깔끔해서 늘 칭찬받았다. 반장은 혀를 내두르며 다른 노동자들에게 이렇게 말하곤 했다. 저 새끼, 반의반만이라도 하라고.

헤딩! 씨발! 헤딩!

소재부와 가공부 사이의 공터에서 족구를 하던 노동자 중 한 명이 소리를 질렀다. 이어지는 다른 노동자들의 욕설과 웃음소리가 공터에 날리는 먼지처럼 공장 부지 위를 떠돌았다. 오늘은 한국 대 베트남, 필리핀 연합으로 팀을 나누었다. 한국 팀이 실점하면 거친 욕설이 오갔는데 연합 팀은 실수하고 웃으려고 족구를 하는 듯했다. 이들은 한번 웃기 시작하면 웃음을 멈추지 못했다.

족구 왜 안 해? 저렇게 웃고 땀을 흘려야 일할 맛도 더 나지. 반장이 물었다.

지면 돈 내야 해.

이기면 되지. 그럼 야식 공짜로 먹잖아?

공짜도 싫어.

반장은 입을 벌린 채 눈을 찌푸렸다.

그 캔 커피 공짜 아니냐. 내일은 네가 사.

반장은 바닥에 놓인 홍의 노트로 눈을 돌렸다. 노트에는 피아노 곁에 선 여자의 모습이 그려져 있었다. 여자는 왼손을 피아노 건반 위에 올린 채 염원을 담은 듯한 눈빛으로 오른쪽 허공을 바라보고 있었다. 사진처럼 정교한 그림이었다.

최정인 피아노 독주회.

반장은 그림 주변에 적힌 나머지 글자도 따라 읽으려다 멈추곤 욕을 내뱉었다.

그러니까 이걸 연주한다는 거지?

홍은 짧게 고개를 까딱였다.

그림 왼쪽에는 독주회 프로그램이 적혀 있었다. 슈만 「Fantasie in C major, Op. 17」, 리스트 「Piano Sonata in B minor」, 쇼팽 「Piano Sonata No. 2 in B-flat minor, Op. 35」. 그림 아래에도 낙서처럼 보이는 글자가 적혀 있었는데, 반장이 글자를 가리키며 또 물었다.

이건 베트남어야? 무슨 뜻인데?

홍은 반장의 얼굴을 힐끗 쳐다본 후 다시 출입구로 눈을 돌렸다. 그리고 속으로 중얼거렸다. 당신 손을 만지고, 느끼고 싶어요. 하루 종일 당신 손만 보고 있어도 좋을 것 같아요. 당신이 계속 생각나요.

검은 건반 서른여섯 개, 흰 건반 쉰두 개, 모두 여든여덟

개. 그런 뜻이야. 홍이 말했다.

건반이 그렇게 많아? 근데, 너 여기 가려면 사흘 치 월급 써야 될걸?

안 가.

회사 게시판에 저딴 걸 왜 붙여 놓는 건지 당최 이해가 안 돼. 휴게실에도 붙어 있지? 이런 경우엔 뭐라고 하는지 알아?

몰라.

이 새끼가, 존댓말은 안 배웠냐?

홍은 배웠고 알았다. 읽고 쓰는 것도 중학생 수준은 되었다. 반장은 이런 아래위도 모르는 새끼들이 꼭 사고를 친다고 말하며 씩 웃었다.

일 잘하니까 봐준다. 다른 건 다 필요 없고 이런 경우에는, 아니 한국에서는 이것만 알면 돼. 따라 해 봐. 조. 까. 씨. 발.

조. 까. 씨. 발.

누군가 말도 안 되는 행동을 하거나 말 같지도 않은 말을 해. 되지도 않는 일을 시키면서 한가한 소리나 하고 자빠져 있어. 그럼 이렇게 말하는 거지. 조. 까. 씨. 발. 요즘처럼 미친 듯이 철야 돌릴 때도 마찬가지야. 철야, 람템. 알지? 연습해 봐. 죽어라고 일만 시키면 뭐라 해야 한다고?

일은 많이 해야 해. 내가 원해.

인마, 그렇게 악착같이 돈 벌어서 뭐 하게?

아틀리에.

아틀리에? 여동생 이름이야?

여동생 이름은 트린이야.

몇 살인데? 예뻐? 여동생도 한국에 같이 왔어?

프랑스에서 의사 공부 하고 있어.

진짜? 돈 많이 벌어야겠네. 매달 동생한테 돈 얼마나 보내?

이제 안 보내. 소식이 끊겼어.

안 찾아? 의사 동생인데?

할 만큼 했어.

이거 진짜 골 때리는 놈이네. 아틀리에는 뭐야?

작업실?

작업실? 그걸 뭐 하러? 여기서도 맨날 하는 게 작업인데.

반장은 홍의 노트를 집어 들고 활처럼 구부린 후 엄지로 페이지를 하나씩 흘렸다. 두 손을 그린 그림들이 이어졌다. 빠르게 넘어가는 페이지 때문에 손들은 악보에 맞춰 피아노 건반을 누르는 것처럼 보였다. 그림 속 손들은 근사하게 휘어진 우산의 살처럼 팽팽함과 부드러움이 동시에 느껴졌다.

손을 왜 그려?

손을 보면, 그 사람을 알 수 있어.

반장이 자신의 왼손을 홍의 턱 밑으로 내밀었다. 홍은 반장의 손을 유심히 살폈다. 반장은 뭐가 보이냐며 계속 재촉했다. 잠시 후, 홍이 반장의 손에서 눈을 떼며 말했다.

때리고 부숴.

뭘 때리고 부숴?

살. 림. 살. 이.

이 새끼, 손을 확 때려 부러 버릴까 보다. 절대 안 그래. 마누라랑 자식새끼 귀여워서 찍소리도 못 해.

홍이 슬쩍 미소 짓자 반장은 헛웃음을 지었다. 그때, 하얀 세단 한 대가 회사 출입구에 멈춰 섰다. 경비실 직원이 가벼운 태도로 경례 자세를 취했다. 경비실 직원은 재빨리 팔을 내린 후 웃으며 운전석으로 다가갔다. 문을 열어 주려는 것 같았다. 짙게 선팅을 한 탓에 차 안은 보이지 않았지만 홍은 차의 운전자가 누구인지 이미 알고 있었다. 홍이 기다리고 있던 사람이었다. 최정인. 피아노 독주회 포스터의 주인공.

정인이 시동을 끄지 않고 차에서 내리자 경비실 직원이 운전석에 올라 주차장으로 차를 몰았다. 정인은 고개를 살짝 숙인 채 본관을 향해 걸어갔다. 낯선 동네에 이사 온 사람처럼 조심스러운 걸음이었다. 정인은 화요일과 금요일 12시 15분이면 회사를 찾아와 윤 사장과 구내식당에서 밥을 먹었다. 예외가 없었다. 일정한 것은 그뿐만이 아니었다. 정인은 꼭 두 가지 반찬만 식판에 담았고, 식판은 테이블 라인과 평행선을 그리도록 놓았다. 국은 젓가락으로 건더기만 건져 먹었고, 밥과

반찬은 절대 남기지 않았다. 식사 후에는 커피 대신 따뜻한 물을 천천히 마셨고, 점심시간이 끝나기 5분 전 회사를 떠났다. 자신만의 규칙이 있어 철저히 따르고 있는 듯했다. 홍은 정인의 그런 면도 마음에 들었다. 자신만의 규칙이 있는 사람은 지나친 선행을 베풀지 않았고, 쓸데없는 악행을 저지르지도 않았으며, 무엇보다 무의미한 웃음을 흘리지 않았다.

홍은 정인의 모습을 하나도 놓치지 않으려 했다. 정인은 검은 구두를 신고, 몸에 달라붙는 검은색 원피스를 입고 있었다. 왼쪽 가슴 부위는 햇빛 속에서 눈부시게 반짝였는데, 홍은 눈을 가늘게 뜨고 햇빛 속에서 반짝이는 것의 정체를 파악하려 했다. 정인의 어깨와 가슴 사이에는 작은 다이아몬드가 촘촘히 박힌 기린 모양의 브로치가 달려 있었다. 홍은 생각했다. 기다란 목을 가진 기린과 정인의 하얗고 긴 손가락이 제법 잘 어울린다고.

정인아, 안녕!

정인이 돌아보자 반장은 손을 흔들었다. 정인은 수줍게 미소 지으며 고개를 까딱였다. 그리고 다시 몸을 돌려 파티에 초대받고 온 사람처럼 본관 계단을 가볍게 올랐다. 홍은 반장이 눈치채지 못하게 참고 있던 숨을 조용히 내뱉었다. 반장과 홍은 정인의 모습이 사라질 때까지 눈으로 쫓았다.

아장아장 걸을 때부터 봤는데 애가 참 착하고 순해. 얼굴은 착한 것 빼곤 다 잘할 것같이 생겼는데. 안 그래?

홍은 대꾸 없이 본관 쪽을 바라보기만 했다. 반장이 홍의 팔을 자신의 팔꿈치로 툭 쳤다. 홍이 돌아보자 반장은 본관 쪽으로 턱을 까딱이며 씩 웃었다.

넘어뜨리고 싶지?

왜 넘어뜨려?

그게 그런 뜻이 아냐. 넌 내 거야. 씨발, 따라와! 이런 뜻이야. 그리고 모텔로 가는 거지.

홍은 미간을 찌푸렸다.

넘어뜨리고 싶지 않아.

잠시 후, 홍이 다시 말했다.

일으켜 세우고 싶어.

이 새끼, 한국말 다시 배워야겠네.

홍은 피식 웃으며 본관 쪽을 다시 바라보았다. 홍은 정인을 볼 때마다 생각했다. 은은한 달빛이 스며드는 창가에 정인을 세워 둔 채 플랑드르파 화가가 그린 초상화처럼 유령 같은 창백함과 순진한 우아함이 동시에 드러나도록 정인을 그리고 싶다고.

*

가는 신음 소리와 주기적으로 삐걱거리는 매트리스 스프링 소리가 창밖으로 흘러나왔다. 소리들은 맑고 강렬한 햇빛 아래서 뒤척이듯 퍼져 나갔다. 골목을 내달리던 꼬마 아이 둘이 문득 멈춰 서서 2층 창가를 올려다보았다. 창문을 가리고 있던 회색 리넨 커튼이 미풍에 공간을 내어 주며 하늘거렸다. 아이들은 서로의 얼굴을 바라보며 키득거리다 다시 골목 모퉁이로 달려갔다.

와이는 벽을 바라보며 엉덩이를 아래위로 유연하게 움직였다. 매트리스에 기댄 두 팔을 지지대 삼아, 절정으로 향하는 정해진 단계가 있다는 듯, '다소 빠르게 — 점점 더 움직임을 가지고 — 점점 느리게 — 다시 원래의 템포'로 진행되는 슈만의 「Fantasie in C major, Op. 17」 3악장처럼. 와이는 벤을 보지 않아도 알 수 있었다. 벤은 기진맥진한 표정으로 숨을 헐떡이며 자신의 등을 바라보고 있을 것이었다. 자신의 어깨에서 허리로 떨어지는 유연한 곡선을 하나의 선율처럼 느낄 것이었다. 와이는 생각했다. 벤은 자신에게 사로잡혀 있다고, 벤은 자기 것이라고, 자신이 부수고 다시 조립할 수 있다고. 와이는 입을 다문 채 침묵 속에서 움직였다. 마음의 근육으로 몸을 움직이는 사람 같았다. 예를 들면, 집착 같은 것들.

와이는 부드럽게 엉덩이를 움직이다 다시 벤의 둔부를 찌그러뜨리기라도 할 듯 강하게 밀어붙였다. 벤은 턱을 앞으로 숙인 채 와이의 엉덩이에서 눈을 떼지 못했다. 벤은 간신히 말했다.

계속 그렇게 해.

와이는 대꾸하지 않았다. 대신 벽 아래 놓여 있는 선반 위 액자를 응시했다. 액자 속에는 짧게 자른 흰 수염 사이로 이를 보이며 웃고 있는 벤과 여유로운 미소를 띠고 있는 젊은 여자의 모습을 담은 사진이 있었다. 벤은 여자의 어깨에 손을 올리고 있었는데 두꺼운 어깨 근육 때문에 팔이 들리다 만 것처럼 보였다. 벤의 몸집은 칼을 들고 있는 곳이 주방이어도 칼의 용도를 의심받을 만큼 위협적으로 느껴졌다. 벤 옆에 서 있는 여자는 얼룩무늬 반팔 블라우스에 앙증맞은 주머니가 달린 청치마를 입고 있었다. 그리고 두 손을 허리에 올린 채 고개 기울여 렌즈를 바라보고 있었다. 아무것도 무섭지 않고, 아무것도 부끄럽지 않다는 눈빛이었다. 적갈색 머리에 푸른 눈을 가진 여자는 자신감이 넘쳐 보였다. 와이는 생각했다. 여자의 저 눈빛은 벤이 선사한 것이라고, 이제는 자신과 자신의 아이가 저 눈빛을 가질 차례라고.

와이는 옆의 액자로 눈을 돌렸다. 액자 속에는 태국 전통 의상인 타이차크리를 입고 있는 와이와, 와이를 뒤에서 껴안고 있는 벤의 사진이 담겨 있었다. 벤은 한껏 부풀어 오른 표정이었다. 와이는 사랑의 순간과 사랑의 유통기한을 동시에 생각하는 사람처럼 바닥으로 잦아드는 표정이었다. 입술은 굳게 닫혔고 시선은 렌즈 밖을 향했다. 두 달 전, 코사무이에 갔을 때 찍은 사진이었다. 코사무이 해변을 가득 메운 젊은 여자들을 보며 벤은 자주 딴생각에 빠진 듯했고, 와이는 그런 벤을 지그시 쳐다보기만 했다.

와이는 허리를 곧추세우며 눈을 감았다. 그리고 벤의 손에 자신의 두 손을 받치고 금방이라도 튀어 오를 것 같은 로켓처럼 움직이기 시작했다. 와이의 목을 타고 흐르는 땀이 햇빛 속에서 반짝이며 흩어졌고, 거세게 삐걱거리는 매트리스 스프링 소리에 발맞추어 벤의 숨소리 역시 점점 거칠어졌다. 끝의 끝에 다다르자 벤은 허리를 일으키며 와이를 강하게 껴안았다. 와이는 벤의 머리카락을 움켜쥐었다. 짧은 침묵과 정지. 벤은 참았던 숨을 토해 내며 뒤로 곤두박질쳤다.

자긴 천사야.

아니야.

맞아. 자긴 천사고 여긴 천국이야.

정말 그렇게 생각해?

한 치의 의심도 없이.

와이는 벤의 성기에서 콘돔을 벗겨 낸 후 쓰레기통에 버렸다. 그리고 가운을 입고 문을 향해 걸어가다 젊은 여자와 벤의 사진이 담긴 액자 앞에 멈춰 섰다. 와이는 생각했다. 자신과 자신의 아이에게도 방콕은 천국이 될 거라고. 그것이 자기가 해야 될 일이라고. 와이는 액자를 손등으로 툭 쳐서 쓰러뜨린 후 밖으로 나갔다.

벤은 액자가 쓰러지는 소리를 듣지 못했다. 벤은 침대에 대자로 뻗은 채 멍하니 천장을 바라보며 방콕에 오기까지의 날들과 방콕에 오고 난 후의 여러 날들을 유행이 지난 노래처럼 떠올렸다. 오전 11시. 창밖에서 점점 활기를 찾아가는 거리의 익숙한 소음이 들려오기 시작했다.

벤이 렌트한 집은 방콕 실롬역 근처였다. 집은 화려하고 웅장한 호텔들이 둘러선 길가 골목길에 잊고 싶지 않은 과거처럼 자리 잡은 몇 안 되는 단독주택 중 하나로 침실 네 개, 화장실 두 개로 이루어진 2층짜리 목조 가옥이었다. 벽돌담 대신 열대 나무로 울타리를 둘렀고, 마당에는 반짝거리는 잿빛 모래가 깔려 있었다. 현관 왼편에는 2인용 라탄 티 테이블과 의자가 놓여 있었고, 현관 오른편에는 야외 수영장이 있었다. 거실과 1층 침실의 프렌치도어를 열면 수영장으로 바로 뛰어들 수 있었다. 거실은 고리버들로 엮은 소파와 테이블로 꾸며져 있었는데 파타야의 고급 호텔에서 쓰던 빈티지 제품이었다. 집주인은 벤에게 소파만은 주의해서 써 달라고 거듭 부탁했다. 모든 창가에는 은은한 느낌이 나는 회색 커튼이 달려 있었다. 달빛 밝은 밤이면 집 안은 달 표면의 구덩이에 들어온 것처럼 적적한 느낌이 들었다. 달빛 속에서, 와이와 벤은 음악에 맞춰 춤을 추곤 했다. 오직 두 사람만 이 넓은 집을 오갔다. 다른 사람은 없었다.

벤이 이 집을 선택한 이유는 그리 멀지 않은 곳에 룸피니 공원과 팟퐁이 있었기 때문이었다. 벤은 이 두 곳을 늘 걸어서 갔다. 방콕에는 "개와 미국인만이 걷는다."라는 말이 있었는데 실제 벤은 미국인이었고 2년 전 방콕으로 은퇴 이민을 왔다. 벤은 인생의 반을 군인으로 살았고 나머지 반은 대형 유통업체 중간관리자로 일했다. 저축한 돈 대부분을 주식으로 날렸지만 매년 4만 달러 정도의 연금이 나왔고 필라델피아에 세를 준 집이 남아 있었다.

태국 북부 출신인 와이는 벤을 '탕푼 투어'에서 만났다. 탕푼 투어는 버스를 타고 태국 각지의 절을 순례하는 여행이었다. 벤은 호기심에 신청했고, 와이는 옛 연인을 잊기 위해 탔다. 와이는 벤을 만나기 전, 영국 대사관 직원을 3년 동안 만났다. 그때 영어를 배웠다. 3년 후, 대사관 직원은 영국으로 돌아갔고 와이의 사진을 휴대폰에서 지웠다.

벤과 와이는 버스에서 이내 붙어 앉았다. 투어 도중 와이는 벤의 손을 낚아채듯 붙잡고 버스에서 내렸다. 두 사람은 들뜬 얼굴로 방콕행 기차에 올랐다. 벤은 와이와 함께 선행이라는 입장권이 필요 없는 천국의 방문객처럼 방콕을 돌아다녔다. 그리고 곧 함께 살 집을 구했다. 벤은 와이의 어머니에게 냉장고를 사 줬고, 와이에게는 다이아몬드 반지를 선물했다.

벤은 와이가 집을 비우면 낮에는 룸피니 공원에서 시간을 보냈다. 헬스 기구를 들어 올리다 지치면 벤치에 앉아서 담배를 피웠고, 공원 내 호숫가를 기웃거리는 물왕도마뱀과 새들에게 과자 부스러기를 던져 주었다. 그러다 저녁이 오면 근처 경기장에서 무에타이 경기를 관람했다. 무에타이 선수들은 뼈가 강하게 부딪치는 타격을 무심하게 주고받았는데 벤은 그걸 볼 때마다 몸을 움찔거리면서 좋아했다.

늦은 밤에는 팟퐁을 갔다. 팟퐁은 유명한 환락가였다. 베트남전쟁 당시 미군들을 위해 만들어진 곳이었는데 지금은 장기 여행자들과 주거가 일정치 않은 뜨내기들이 주변에 진을 치듯 모여 있었다. 밤에는 관광객들까지 합세했다. 팟퐁을 찾은 사람들은 낮이 존재하지 않는 것처럼, 다시는 낮이 돌아오지 않을 것처럼 밤을 소비했다. 서로를 유혹하고 희롱하는 데 모든 힘을 쏟았다. 터져 나오는 분수처럼 웃고 울었다. 서로에게 아무렇지 않게 피해를 주고 아무렇지 않게 사과했다. 죄책감이 낮의 일이라면 밤의 일은 질문을 지워 버리는 것이었다. 적어도 팟퐁의 밤은 그랬다.

벤은 팟퐁에서 주기적으로 '야바'라 불리는 각성제를 구입했다. 헤로인이 조금 섞인 것이었다. 벤이 처음 야바를 산 곳은 'Super Pussy'라는 간판을 단 '고고바'였다. 벤이 테이블에 앉아 맥주를 홀짝이고 있을 때 목에 사슴 모양의 문신을 두른 태국인 딜러가 다가와 옆에 앉았다. 벤은 딜러를 힐끗 본 후 웃돈을 건넸다.

많은데?

신뢰를 쌓는 가장 쉬운 방법이야. 이걸 봐.

벤은 호주머니에 넣어 둔 총을 슬쩍 보여 줬다. '월터 PPk'였다. 귀족들을 위해 호신용으로 만든, 소음기를 부착할 수 있는 작은 총이었다.

이건 신뢰에 부응하지 않는 놈들을 위한 방법이지.

당신 나이스한 사람이군.

처음으로 야바를 구입한 날, 집으로 돌아온 벤은 아무런 설명도 하지 않은 채 와이에게 야바 한 알을 건넸다. 전에 경험이 있느냐고 묻는 것이었다. 와이는 야바를 잠깐 지켜보다 물과 함께 삼켰다. 그리고 말했다. 금세 사라지는 건 무의미하다고. 결코 사라지지 않는 것을 자신에게 달라고. 벤은 휴대폰에 저장된, 필라델피아의 집을 찍은 사진을 보여 주었다.

여기 살고 싶어?

살고 싶지 않아. 그 집을 판 돈을 갖고 싶어.

돈도 사라져.

돈은 흔적을 남겨. 그건 쉽게 안 사라져.

집을 팔려면 미국에 가야 해. 돌아오지 않을지도 모르는데?

당신은 돌아올 거야. 내가 그렇게 만들 테니까.

거실로 나갔던 와이가 다시 침실로 들어왔다. 와이는 컵에 따른 탄산수를 벤에게 건넸다. 그리고 침대 옆 1인용 소파에 두 다리를 앞으로 모으고 앉아 입에 물고 있던 얼음을 천천히 녹여 먹기 시작했다. 탄산수를 들이켜며 벤이 말했다.

다음 주에 가 볼 곳이 있어.

어디?

악어 농장.

거긴 얼빠진 관광객들이나 가는 곳이야.

섬머가 가 보라더군.

그게 누군데?

내 딸. 여러 번 말했는데?

잊고 있었어.

와이는 기억하고 있었다. 자신이 엎어 놓은 액자의 사진 속 여자가 섬머였다.

벤은 벌어진 가운 사이로 드러난 와이의 가슴과 그 앞에 버티고 있는 다리를 바라보았다. 태국 여자들은 다리가 예쁜데 와이는 특히 더 예뻤다. 종아리가 길었고 종아리와 허벅지의 두께 비율이 근사했다. 벤은 와이의 허벅지에서 눈을 떼지 못했다.

잠시 후, 벤은 침대에서 일어나 와이에게 다가갔다. 그리고 소파에서 와이를 다시 안았다. 이번엔 벤이 주도했다. 벤은 몸속에 남아 있는 힘이 마치 죄책감을 불러일으키기라도 하는 사람처럼 굴었다. 벤은 여분을 남겨 두지 않고 모조리 쏟아 냈다. 방콕에서의 생활이 벤을 그렇게 만든 듯했다.

앞의 섹스가 생각나지도 않을 만큼 격렬한 섹스가 끝이 났다. 와이는 축 늘어졌고 벤은 벌거벗은 몸으로 창가에 선 채 투명한 하늘을 바라보았다. 비행기 한 대가 긴 비행운을 그리며 어딘가를 향해 날아가고 있었다.

*

워싱턴 D. C. 덜레스 공항에 60여 마리의 개들이 도착했다. '애니멀 안테나 인터내셔널(AAI)'에서 구조한 한국 개 농장의 개들이었다. 워싱턴 D. C에 본부를 둔 AAI는 10여 개 국에서 동물 보호 활동을 펼쳤다. 한국은 AAI의 주요 활동 국가였다. 사육용 개들을 대하는 태도가 악마적이었다. AAI는 개 구조 활동을 벌일 뿐만 아니라 개 농장주의 전업도 지원했다. 6개월 전에는 충청북도 산골에 위치한 작은 개 농장을 사서 철창을 부수고 굴삭기로 터를 뒤엎었다. 그리고 그곳에서 구조한 30여 마리의 개를 미국 전역의 동물 보호소에 분산 수용했다. 이번이 두 번째 구조 작업이었고 세 번째는 80여 마리를 구조할 계획이었다.

공항 검역이 끝난 후, 개들은 워싱턴 D. C. 레스튼 동물 보호 센터로 인도되었다. 섬머는 이동 케이지에 담긴 개들이 정해진 곳에 수용될 수 있도록 자원봉사자들을 일일이 지도했다. 그리고 이상 증상을 보이는 개들은 수의사에게 데리고 갔다. 바다를 건너와서까지 먹혀야 되냐는 듯, 개들은 갈라진 목소리로 울부짖었다. 열네 시간 동안의 비행이었다.

정우는 새끼 요크셔테리어처럼 온순한 도사가 들어 있는 이동 케이지를 들고 트럭에서 내렸다. 그러다 몇 걸음 못 가 케이지를 땅에 떨어뜨렸다. 케이지 손잡이가 부서진 것이다. 도사는 케이지 안에서 서럽고 겁먹은 표정으로 낑낑거렸다. 섬머는 안고 있는 아이를 손에서 놓친 부주의한 보호자라도 본 것처럼 크게 눈을 찌푸렸다. 정우는 이동 케이지를 가슴에 끌어안은 채 섬머의 눈치를 살피며 동물 보호 센터 안으로 빠르게 달려 들어갔다.

정우가 일을 하는 동안, 섬머는 정우의 뒤를 졸졸 따라다

넜다. 다른 자원봉사자들이 정우와 섬머의 모습을 바라보며 키득거렸다. 섬머가 정우 곁에 서며 물었다.

먹은 적이 있다고 했지?

어릴 때 뭣 모르고. 아버지 따라갔다가.

어떤 맛이었어?

말했잖아. 기억나지 않는다고. 개인 줄도 몰랐어.

기억 못 할 리가 없어. 특별한 날 먹는 음식이라며?

나한테 화풀이해도 돼. 근데 맛은 이제 그만 물어.

정말 궁금해서 그래. 말해 봐. 어땠어?

섬머는 정우의 팔을 붙잡고 늘어졌다. 정우는 도망치듯 동물 보호 센터 밖으로 달려 나가 길가에 세워져 있는 섬머의 차에 올라탔다. 섬머는 정우의 뒷모습을 보며 입을 샐쭉거렸다. 그러곤 뒤돌아서서 우리를 돌아다니며 다시 한번 개들의 상태를 체크했다. 섬머는 모든 개들과 정성스럽게 눈빛을 교환하며 안심하라는 듯 고개를 끄덕였다. 개들은 축축한 눈빛으로 섬머의 눈치를 살폈다. 섬머는 죽음의 공포에 휩싸인 동물들의 눈빛이 어떠한지 잘 알고 있었다. 그리고 실제로 죽음에 이르렀을 때의 눈빛도.

섬머는 열세 살 때, 이웃집에 사는 남자가 어린 아들과 사냥 나갔다 돌아온 순간을 목격한 후 동물 보호 단체에서 봉사 활동을 시작했다. 이웃집 남자의 낡은 왜건 위에는 밧줄에 묶인 흰꼬리사슴이 축 늘어져 있었다. 길게 갈라진 배 안에는 아무것도 남아 있지 않았다. 자신의 죽음을 목격한 듯한 사슴의 황망한 눈에서는 묽은 피가 흘러내리고 있었고, 차에서 내린 남자와 어린 아들이 입고 있는 사냥용 조끼에는 검붉은 피가 덕지덕지 말라붙어 있었다. 사슴을 묶고 있던 밧줄을 다 푼 후 남자는 말했다.

창고에서 톱 가져와라.

섬머는 숨도 쉬지 않고 그 광경을 지켜보았다. 그리고 그날 이후 고기를 먹지 않았다. 벤은 섬머의 의지를 꺾을 수 없었다. 대신 이렇게만 말했다.

네 엄마가 이걸 알면 날 고소하려 들 거다.

부모님은 섬머가 여덟 살 때 이혼했다. 어머니는 재혼한 남자와 샌프란시스코로 떠났고 그곳에서 오가닉 레스토랑을 열었다. 섬머는 벤과 함께 필라델피아에 남았다. 섬머는 벅넬 대학교에서 동물행동학을 전공했고, 7년 전부터 AAI에서 일하며 필리핀, 중국, 인도네시아, 한국 등에서 동물을 구조하고, 몰살당한 동물의 사체를 수습한 후 후속 대책을 마련했다. 현재는 AAI 아시아 지부 캠페인 매니저를 맡고 있었다.

섬머는 인간도 동물이라 주장하는 사람들을 경멸했다. 인간은 동물보다 나은 존재여야 했다. 윤리가 기준이었다. 섬머의 말에 따르면 윤리적이지 않은 인간은 모든 생명체에게 고통만을 안겨 주는, 신의 가장 큰 실수일 뿐이었다. 언젠가 벤은 섬머의 주장에 시큰둥한 표정으로 대꾸했다.

네 엄마가 윤리적이지 못해서 다른 남자와 사랑에 빠진 건 아냐.

그건 다른 문제예요.

윤리적인 일이든 그렇지 않은 일이든 언제나 가해자와 피해자가 생겨. 의식하지 못하거나 무시할 뿐이지. 나는 뭐가 다른 문제인지 모르겠군.

아빠는 좀 더 섬세하게 생각할 필요가 있어요. 아니, 우리 모두가 그래야 해요.

섬머의 꼼꼼하고 엄격한 태도에 정우는 넌더리를 내면서도 한없이 빠져들었다. 자신이 도저히 할 수 없는 생각과 일을 섬머가 하는 것이 매력적으로 느껴졌다. 정우는 21개월 프로그램으로 조지타운 대학교의 MBA 과정을 밟는 중이었는데, 미국에 처음 도착해서 한 일이 동물 보호 센터를 찾은 것이었다. 개를 입양하기 위해서였다. 한국에서는 기를 수 없었다. 함께 살던 어머니가 반대했다. 자신보다 먼저 죽는 것은 남편 하나로 족하다고. 입양 허가는 쉽게 나지 않았다. 정우는 몇 번 동물 보호 센터를 오가다 자원봉사를 하게 되었고 11개월 전, 섬머를 만났다. 섬머는 정우에게 한국 관련 문서 번역을 부탁했다. 정우는 흔쾌히 수락했지만 한국 관련 문서를 읽을 때는 욕을 참지 못했다. 머리가 어지러울 정도로 잔인한 일들이 벌어지고 있었다. 개에게 발정 유도제를 먹여 강제로 교배시켰다. 식용으로 팔리지 않은 개들은 뒷마당에 생매장했다. 번역한 문서를 섬머에게 넘길 때, 정우는 섬머의 눈을 똑바로 바라볼 수 없었다. 손도 덜덜 떨었다. 이를 눈치챈 섬머는 정우의 손을 부드럽게 붙잡았다.

당신 잘못이 아니에요. 미안해할 것 없어요.

그것 때문에 그런 거 아닌데.

그럼요?

당신이 너무 아름다워서요.

아하.

잠시 후, 섬머가 다시 말했다.

개 먹어 봤어요?

정우는 거절당했다고 생각했다. 포기하지는 않았다. 그 후로도 한글 문서 번역을 도맡아 했다. 6개월 전, 한국 개 농장을 처음 방문하고 돌아온 섬머는 자신의 집으로 정우를 초대해 와인을 마시며 그곳에서 본 것을 들려주었다. 개들은 썩은 음식물 쓰레기를 먹었고 좁은 철장 안에서 똥을 눴다, 개들은 배가 고파서 먹었고 먹은 것 때문에 아프고 죽었다, 농장 곳곳에 죽은 개들의 시체가 썩어 가고 있었다, 여기저기 뜯어 먹힌 흔적이 남아 있는 개들의 시체는 철창 안에도 있었다,

이마 주름살이 협곡처럼 패인 농장주를 보며 생각했다. 총이 있었다면, 정말 총이 있었다면. 섬머의 말이 끝났을 때, 정우는 손에 쥐고 있던 날카로운 샐러드 포크를 테이블 아래로 숨겼다. 두 사람은 함께 웃었다.

고통은 신이 주는 게 아냐. 인간이 만드는 거지. ASPCA라 불리는 미국동물잔혹성예방협회라는 곳이 있어. 아주 엄격하게 일하는데 모기떼가 나오는 영화 시나리오를 검토한 후에 영화감독들과 제작자들에게 모기들을 어떻게 다룰 건지 묻는 편지를 보내.

섬머는 검지를 치켜세우고 머리에 뿔처럼 갖다 댔다. 그리고 머리를 좌우로 천천히 돌렸다.

이게 바로 윤리의 안테나라는 거야. 이걸 바짝 세우고 모든 곳을 주의 깊게 살피는 거지. 혹시, 다음 주 주말에 시간 돼?

정우는 재빠르게 고개를 끄덕였다. 섬머는 웃음을 찾지 못했다.

다음 주말, 정우는 섬머를 따라 알래스카에 갔다. 한국 개 농장에서 미국으로 건너온 개를 알래스카의 한 가정에 입양시키기 위해서였다. 새로운 주인은 개에게 콜라라는 이름을 붙여 주었다. 콜라는 눈밭을 이리저리 뛰어다녔다. 코와 발로 눈을 팠고 눈의 냄새를 오래 맡았다. 눈밭에서 처음 뛰어노는 것이었다. 정우는 콜라를 부둥켜안고 가만가만 속삭였다. 섬머는 뒤편에서 그 모습을 지켜보았다. 정우가 무슨 말을 하는지는 알 수 없었다. 섬머는 자신의 마음이 정우에게 가고 있다는 것만 알았다.

섬머는 해외 출장이 잦았고 체류 기간이 길었다. 그럴 때마다 정우에게 자신의 집으로 가끔 찾아오는 고양이의 밥을 부탁했다. 정우는 섬머가 중국 출장에서 돌아왔을 때 용기를 냈다. 앞으로도 고양이 밥은 자신이 챙기고 싶다고. 다른 곳이 아니라 바로 이 집에 머물면서 그러고 싶다고. 섬머는 그럴 바엔 더 넓은 정우의 집에서 같이 살자고 했다.

그날 밤, 두 사람은 정우의 집에서 오래 사랑을 나누었다. 이른 새벽이 찾아왔을 때, 정우는 섬머에게 도이치 그라모폰에서 발매된 정인의 데뷔 앨범을 들려주었다. 슈만의 주요 곡들이 수록된 앨범이었다.

슈만은 스물두 살에 오른쪽 손가락을 다쳤어. 피아니스트로 계속 활동하기는 어려워진 거지. 그러다 훗날 라인강에 몸을 던져. 외적인 일로 오랫동안 간직하던 꿈을 저버린 탓이 컸을 거야.

죽었어?

다행히 안 죽었어. 정신은 더 이상해졌지만. 슈만의 행동이 이해는 됐어. 누구든 가장 소중한 것을 지킬 수 없거나 잃어

버리게 되면 미쳐 버릴 수밖에 없을 거야.

나한테는 동물이 슈만의 손가락과 같은 존재인 것 같아.

정우는 고개를 끄덕이다 갑자기 우울한 표정을 지었다.

당신 손가락이 되기에는 내가 너무 크지?

그때처럼, 슈만의 노래가 정우가 타고 있는 섬머의 자동차 라디오에서 흘러나왔다. "아름다운 5월, 새들이 노래할 때 나는 그대에게 내 마음을 고백한다네." 가곡집 「시인의 사랑」 중 첫 번째 곡이었다. 노래가 끝날 무렵, 섬머가 자동차 운전석에 올라탔다. 정우는 읽고 있던 중소기업 재무 안정성에 관한 보고서를 덮고 따뜻한 눈빛으로 섬머를 바라보았다. 섬머는 심각한 표정으로 앞을 쳐다보기만 했다.

당신이 자랑스러워.

자기, 화내지 말고 들어.

좋아. 정말 궁금하면 말해 줄게. 무슨 맛이냐 하면······.

그 말이 아니라는 걸 알잖아?

섬머, 이렇게 말해서 미안하지만 그건 한국의 문화야. 이해할 필요도 없고 받아들일 필요도 없어. 그런 게 존재할 뿐이야.

그래 문화야. 엿 같은 문화지.

어쩔 수 없는 것들도 있어.

어쩔 수 없는 것들도 만들어진 거야. 처음부터 존재했던

게 아니라고. 억지로 바꾸라는 게 아냐. 그걸 알고는 있어야 한다는 거야.

알았어.

자기 나라는 개들의 지옥이야. 중국도 그 정도는 아니었어.

섬머는 시동을 건 후 액셀을 거칠게 밟았다.

어쩔 수 없는 건 없어.

*

집으로 돌아가는 길은 군데군데 가로등이 꺼져 있어 을씨 년스러웠다. 오가는 차량이 드문 6차선 도로와 그 옆에 놓인 인도 위로 진득한 소금기가 묻은 바람이 지나갔고, 시끄러운 사이렌 소리를 내는 응급 차량이 어둠을 가르며 그 뒤를 쫓았 다. 홍은 그 길을 신선한 공기로 가득한 새벽 산길이라도 걷는 양 가슴 가득 공기를 빨아들이고 내뱉으며 가볍게 걸었다.

홍이 사는 집은 항구에서 멀지 않은 산업 기지 구역에 있 었다. 산업 기지 초입의 로터리를 오른쪽으로 끼고 돌면 6차 선 도로 좌우로 펼쳐진 수만 평의 공장 지대가 나타났고, 왼 쪽으로 끼고 돌면 주거지가 이어졌다. 로터리는 산업화가 전 쟁과 다름없이 진행되던 시절에 지어진 것이었는데 이를 증거 하듯 중앙에 미사일 모양의 공업 탑이 설치되어 있었다. 미사일 공업 탑이 지어지고 산업 기지에서 일했던 사람들이 부상 병과 전사자처럼 다치고 죽은 지 30여 년이 넘게 흘렀지만 응급 차량의 사이렌 소리는 여전히 끊기지 않았다.

응급 차량이 코너를 돌아 사라질 때까지 멈춰 서 있던 홍은 고무줄놀이를 하는 아이처럼 신난 표정으로 발걸음을 다시 재촉했다. 그리고 속으로 중얼거렸다. 해맑게 웃는 최정우의 회사에서 사고가 난 건 아니라고.

'해맑게 웃는 최정우'는 구내식당에서 저녁 먹을 때 열처리 반장이 알려 준 말이었다. 반장은 빈 밥그릇에 막걸리를 따라 마시며 옆에 앉은 홍을 향해 흐릿한 웃음을 흘렸다.

정인이 좋아하지?

그림 연습하는 거야.

그림 보여 준 적 있어?

보여 주지 않을 거야.

인마, 그러면서 친해지는 거야. 애가 순하다니까. 뭐 그래도 그뿐이겠지만.

반장은 홍의 밥그릇에 막걸리를 따랐다. 그리고 자신의 밥그릇을 홍의 밥그릇에 툭 부딪친 후 막걸리를 들이켰다. 홍은 손가락으로 막걸리를 휘휘 젓기만 했다.

근데 정인이랑 친해져 봤자 별거 없어. 정우랑 친해져야지. 정인인 세상 물정 아무것도 몰라. 자기 엄마 회사에서 뭘 만드는지도 모를걸?

정우?

그래, 정우. 사장 뒤에 서서 해맑게 웃으며 공장 돌아다니던 젊은 남자 본 적 없어?

본 적 있어.

개가 우리 회사 다음 사장이야. 최정우. 해맑게 웃는 부자새끼.

반장은 노래라도 부르듯 반복해서 해맑게 웃는 최정우, 해맑게 웃는 최정우, 라고 흥얼거렸다. 홍은 반장을 바라보며 막걸리를 홀짝였다.

반장처럼 웃는 게 해맑게 웃는 거야?

반장은 낄낄거리며 대답했다. 미워하고 싶은데 미워하기 어려운 게 해맑은 것이라고, 자기는 해맑게 웃는 게 아니라 병신처럼 낄낄거리는 것일 뿐이라고.

로터리를 정원처럼 품은 대형 교회를 지나자 오염수가 흐르는 하천 다리가 나타났다. 다리 너머에는 페인트를 칠하지 않아 이형블록의 외형이 그대로 드러난 낡은 집들이 나란히 붙어 있었다. 그중 하나가 홍이 사는 집이었다. 방 두 칸과 조그만 거실 겸 부엌, 실외 화장실로 이루어진 낡은 단층집이었다. 홍은 다리를 건넌 후, 대문을 열면 교회 십자가가 정면으로 보이는 집 앞에 멈춰 섰다.

서너 번 문고리를 잡아당기자 녹이 슨 철제 대문이 덜컹거리며 열렸다. 마당에 놓여 있는 세숫대야에서 달빛이 출렁였다. 그 빛이 마당의 유일한 빛이었다. 홍은 작은 마당을 지나 현관문 앞으로 다가갔다. 그리고 잠겨 있는 현관문을 달빛에 의지해 열었다. 마당은 교회가 앞을 가려 낮에도 빛이 거의 들지 않았다. 늘 해 질 녘처럼 어둑어둑했다. 집 안도 마찬가지였다. 방마다 거리로 난 창이 붙어 있었지만 증명사진보다 조금 큰 것이라 창은 빛을 제대로 그러모으지 못했다. 낮에도 불을 켜고 있어야 했다.

홍은 샤워한 후 월세를 3만 원 더 낸 덕분에 혼자 쓰고 있는 자신의 방으로 들어갔다. 나머지 방에는 같은 회사를 다니는 조선족 동료와 베트남 동료가 살았다. 오늘 홍은 한잔하고 들어가자는 동료들의 유혹을 뿌리치고 혼자 집으로 돌아왔다.

홍은 잠옷을 입고 책상에 앉았다. 그리고 책상 서랍 아래 테이핑해 놓은 열쇠를 떼어 내 서랍의 자물쇠를 열었다. 서랍 안에는 세 권의 노트가 있었다. 홍은 그중 하나를 꺼내 펼치고 한 장씩 넘겼다. 지난 4년의 일이 모두 담겨 있는 일기였다.

홍은 4년 전, 러시아 어선을 타고 부산항에 도착했다가 그 길로 도망쳤다. 무작정 버스를 타고 멀리멀리 나아갔다. 그러다 도착한 시골에서 월급 한 푼 못 받으며 소 사료 주고 똥

치우다 23개월 전, 다른 베트남 노동자를 따라 이곳으로 왔다. 홍은 다른 노동자들보다 작업량이 많이 주어져도 불만을 표시하지 않았다. 어선을 더 탔으면 얼마 못 가 물고기 밥이 됐을 것이라 여겼고, 시골에 더 있었으면 결국 소 사료가 됐을 것이라 생각했기 때문이었다. 러시아인 선장은 수틀리면 안개 낀 바다를 손짓으로 가리키며 협박했고, 한국인 소 농장 주인은 농약으로 오염된 물탱크의 물을 식수로 내놓았다. 죽이겠다는 것인지 일을 시키겠다는 것인지 알 수 없었다. 온갖 것들의 먹이나 되자고 고향을 떠난 것은 아니었다. 홍은 해야 할 일이 있었고, 하고 싶은 일이 있었다.

트린에게서 소식이 끊긴 후, 홍은 해야 할 일을 머리에서 조금씩 지워 나갔다. 지금은 자신을 위해 무언가를 하고 싶거나, 자신이 무언가가 되고 싶다는 욕망만 있었다. 그 욕망만큼, 한 시간 뒤조차 예측할 수 없는 삶에서, 무슨 일이 일어나도 이상할 것 없는 삶에서 벗어난 것이 중요했다. 홍은 매끈하고 부드러운 것이 없는 세계에서 이탈해, 이 회사를 다니고, 몸을 눕힐 방을 구했으며, 무엇보다 이 도시의 밤길을 걸을 수 있다는 것만으로도 행복했다. 쇠를 그라인딩하듯, 자신의 힘으로 울퉁불퉁했던 삶을 미끈하게 깎아 버린 듯했다.

홍은 일기를 덮고 다른 노트를 펼쳤다. 노트 위로 정인의 얼굴, 정인의 전신, 정인의 옆모습과 뒷모습 등이 이어졌다. 그림만 있는 것이 아니었다. 각각의 그림 아래에는 베트남어로 쓰인 짧은 문장들이 주석처럼 달려 있었다.

노트를 중간쯤 넘기자 빈 페이지가 나타났다. 홍은 빈 페이지에 그림을 그리기 시작했다. 홍은 그라인딩을 하듯 펜을 놀렸다. 기린의 목은 빠르게 긋고 눈과 귀는 부드럽게 돌렸다. 정인의 브로치였다.

새벽 1시가 지났을 때, 동료들이 돌아왔다. 술이 모자랐던지 동료들은 좁은 거실에 다시 술판을 벌였다. 여자들도 함께 온 듯했다. 홍은 내다보지 않은 채 노트를 들고 완성된 브로치 그림을 흡족한 표정으로 바라보았다. 그리고 노트를 다시 책상에 내려놓은 후 글을 쓰기 시작했다. 홍은 매일매일의 항해 일지를 기록하는 선원 같았다. 항해 일지를 구성하는 항로와 구름, 바람과 파도처럼 홍의 머릿속은 정인으로 가득했다. 그렇게 잠이 들면, 정인을 다시 만날 수 있었다. 침대 끝에 걸치듯 앉은 정인은 야릇한 눈빛으로 자신을 바라보며 연주회 포스터를 찍을 때 입었던 빨간 드레스를 다리 아래로 벗어 던졌다.

*

실롬역 근처의 장기 체제형 레지던스 앞에서는 여자 둘이

서 드잡이를 하고 있었다. 여자들은 '이덕'이란 말을 주고받으며 발길질을 해 댔다. 이덕은 화냥년에 가까운 뜻이었다. 손목에 똬리를 틀고 있는 뱀 문신을 한 중년의 서양 남자는 조금 떨어진 곳에서 히죽이며 그 모습을 지켜보기만 했다. 다툼이 길어지자 남자는 고개를 저으며 레지던스 로비 쪽으로 몸을 돌렸다. 두 여자 중 몸집이 작은 여자가 다른 여자를 빠르게 뿌리치고 남자에게 달려와 팔짱을 꼈다. 두 사람은 웃으며 로비 안으로 들어갔다.

조수석에 앉아 이 모습을 바라보고 있던 와이는 바닥에 쓰러진 여자와 눈이 마주치자 차창을 끌어 올렸다. 와이는 선글라스를 끼며 운전석에 앉아 있는 벤을 물끄러미 쳐다보았다. 벤은 차의 시동을 거는 데 집중하고 있었다. 벤의 차는 2009년식 루비콘이었는데 팟퐁에서 만난 늙은 체코 남자에게 속아 두 배나 비싸게 주고 산 것이었다. 몇 번의 진통 끝에 시동이 걸렸다.

점심을 먹고 악어 농장으로 가는 게 좋겠어. 분명 차가 엄청 막힐 테니까. 벤이 말했다.

뭘 먹을 거야?

어제 스시를 먹었나? 오늘은 쌀국수가 좋을 것 같군. 응온(Ngon)으로 가지.

또? 여종업원에게 수작 부리는 중이야?

나한테 거길 소개해 준 건 당신이야. 사기꾼들이 하는 식
당과는 다른 곳이라고.

그건 사실이야.

음식이 입에 맞아서 가는 것뿐이야.

그건 사실이 아니겠지.

와이, 길을 걸으면 수많은 여자들이 나한테 관심을 보여.
난 노력할 필요가 전혀 없다고. 당신만 제외하고 말이야.

'응온'은 베트남 전통 음식을 하는 레스토랑으로 주인이 베
트남 메콩 델타 지역 출신이었다. 직원들 역시 베트남 사람이
많았다. 모든 직원들은 베트남 전통 의상인 아오자이를 입고
서빙을 했다. 방콕 여행 책자에 빠짐없이 소개되는 곳 중 하
나였다. 적당한 가격, 질 높은 세트 메뉴, 고급스러운 식기들
과 은은한 클래식 음악. 창살형 철제 출입구를 통과해 가마
솥 크기만 한 화분에 심겨 있는 포석 깔린 통로를 지나면 손
으로 정교하게 꽃을 조각해 놓은 나무문 입구가 나타났다.
입구 왼편에는 티 테이블과 알록달록한 물고기들이 헤엄치는
돌 항아리로 꾸민 정원이 펼쳐졌다. 세로로 길게 뻗은 레스토
랑 내부는 프랑스 식민지 시절의 영향을 받은 베트남 가옥들
처럼 천장이 높았고, 니스 칠을 한 여러 개의 목조 기둥이 천
장을 떠받쳤다. 각각의 기둥에는 이국적인 인물들의 초상화가
걸려 있었다.

벤이 웅온에 가면 언제나 린이 달려와 서빙했다. 벤은 늘 두둑하게 팁을 남겼고 린은 어디에서도 볼 수 없는 친절한 미소를 건넸다. 벤은 린의 미소가 마음에 들었다. 가식 없는 미소였고 비굴함이 없는 미소였다. 오늘도 벤이 레스토랑 입구에 들어서자 린은 그런 미소를 벤에게 건넸다. 벤은 흐뭇한 표정으로 화답했다. 두 사람 모두 특별한 의미를 둔 것은 아니었다. 서로를 향해 아주 엷고 넓은 테두리를 치는 정도였다.

잠시 후, 린이 주문받은 음식을 테이블에 가져왔다. 린은 벤과 눈이 마주치자 다시 은은하게 미소 지었다. 벤은 근사하게 웃어 주려 노력했다. 와이는 그런 두 사람의 모습을 차갑게 바라보았다.

식사가 끝나자 벤은 린을 지나치며 손을 들어 보였다. 린은 미소 지으며 고개를 까딱였다. 와이는 린의 인사를 무시했다. 린은 테이블로 돌아가 벤이 남긴 팁을 확인했다. 하루치 급여에 가까운 팁이 남겨져 있었다. 주차장에 세워 둔 차에 올라타며 와이는 말했다.

당신은 구제 불능이야.

의미 없는 질투는 사람을 미련하게 만들어.

악어 농장은 방콕 중심가에서 남쪽으로 20킬로미터를 내려가야 했다. 천사들의 도시라 불리는 방콕에서도 교통 체증이 문제였다. 현기증이 날 정도였다. 두 사람은 해가 기울었을 때 악어 농장에 도착했다.

악어들은 늪에 몸을 담그고 있었다. 몸집이 4미터 이상 되는 큰 악어들은 녹조를 뒤집어쓴 채 지상을 어슬렁거리기도 했다. 악어 농장이었는데 코끼리, 침팬지도 있었다. 쇠사슬을 목에 감은 침팬지들은 관람객들 앞에서 조련사들과 신경질적으로 주먹을 주고받았다. 코끼리는 유치원생들처럼 노란 모자를 머리에 쓰고, 등에는 노란 망토를 걸친 채 뒷발을 모으고 앉아 재롱을 부렸다. 멀리서 보면 부서진 트럭 같았다. 코끼리는 관객들이 내민 팁을 코로 거둬 조련사의 주머니에 쑤셔 넣었다.

벤과 와이는 관객석 중앙에 자리를 잡았다. 쇼의 시작은 조련사가 물속에 있는 악어의 꼬리를 붙잡아 무대 중앙으로 끌고 오는 것이었다. 조련사는 막대기로 악어를 툭툭 치며 악어 대가리에 손을 집어넣고 머리도 집어넣었다. 와이는 지루한 표정이었고, 쇼에 집중하지 못했다.

악어가 입을 꽉 다물어 사고가 난 일이 있었어. 조련사 얼굴에서 흘러내린 땀 때문이었어. 우울증에 걸린 여자가 악어 농장 늪으로 걸어 들어간 적도 있고. 여자의 조각난 시체가 신문에 실렸었어. 여기도 저기도 멍청한 인간들뿐이야.

우리도 예외는 아냐.

난 아니야.

쇼가 막바지에 다다르자 관객들이 박수 치며 동전을 무대로 던졌다. 100바트짜리 지폐를 뭉쳐서 던지는 관객도 있었다. 조련사들은 돈이 날아들 때마다 두 손을 모아 합장하며 고개를 숙이는 태국식 인사를 했다. 이 인사의 이름도 '와이(Waai)'였다.

갖고 싶은 게 있어.

뭐가 갖고 싶어?

당신이 가진 것 전부.

저 악어는 어때?

나 임신했어. 6주 차야.

벤은 잠깐 생각했다.

누구 아인데?

당신 아이.

그럴 리가. 콘돔을 딴 걸로 바꿔야겠군. 갖고 싶은 게 뭐라고?

와이는 악어 쇼로 눈을 돌렸다. 조련사가 몸집이 작은 악어를 들어 올리더니 아기처럼 품에 안았다.

저 악어. 저게 당신을 잡아먹었으면 좋겠어.

벤은 씩 웃었다.

집 가까운 곳에 동물원이 있었어. 한 달에 한 번씩 섬머를 데리고 갔지. 이혼 후에는 두 번 갔고. 섬머는 동물을 보고 웃기만 했어. 그런데 열세 살이 되면서부터는 심각해지더군. 동물을 가둬 놓아서는 안 된다는 거야. 그리고 며칠 전에는 이렇게 말했어. 악어 농장에 가서 확인해 보라고, 세상이 얼마나 잔인한 곳인지 아빠는 잊어버렸다고. 내가 뭐라고 했는지 알아? 잊을 때도 되었단다, 아가.

난 내 아이가 모두 가졌으면 좋겠어.

원하는 대로 해.

나는 그렇게 할 거야.

와이는 원하는 것을 말할 때만큼은 누구보다 단호했다. 와이는 'I want'를 성경에 쓰인 말처럼, 축복과 저주처럼, 거부할 수 없는 예언처럼 말했다. 벤은 그런 와이가 새끼 고양이처럼 귀여웠다. 그러나 와이는 새끼 고양이처럼 생각할 수 없었다. 오래, 끈질기게 생각해야 했다. 벤은 언제든지 다른 여자의 품에 안길 수 있고, 원하기만 하면 내일이라도 미국으로 돌아갈 수 있었다.

와이는 스티브를 떠올렸다. 스티브는 와이의 친구인 쏨과 5년째 동거 중인 50대 중반의 미국 남자였다. 스티브는 갖고 있던 돈이 떨어지자 한국으로 갔다. 쏨을 데리고서. 스티브는 한국에서 2년 동안 영어 강사로 일하며 돈을 모은 후 다시 방콕으로 돌아왔다. 두 사람은 지금도 함께 살았다. 아이는 가지지 않았다. 스티브는 미국에도 자식이 없었다. 스티브는 오래전부터 우울증을 앓고 있었다.

루카스와 프레데릭은 반대의 예였다. 루카스는 20대 후반의 호주 남자였고, 프레데릭은 30대 중반의 스웨덴 남자였다. 루카스는 젊고 유머 감각이 있는, 망할 자식이었다. 루카스는 방콕에서 1년을 살다 호주로 돌아갔는데, 몇 달 후 시드니로 찾아온, 한때는 애인이자 와이의 또 다른 친구인 나디아를 냉정하게 돌려보냈다. 하룻밤을 보내고 난 다음에. 프레데릭은 백패커(backpacker)였다. 그는 유스호스텔 직원이었던 메이와 사귀었다. 먼저 구애한 쪽은 프레데릭이었다. 프레데릭은 스웨덴으로 돌아갈 때 메이를 데리고 갔다. 메이는 동거 비자를 받았다. 메이의 목적은 이민이었다. 1년 반 후, 프레데릭과 헤어진 메이는 빈손으로 다시 태국으로 돌아왔다. 메이는 사촌인 와이의 품에 안겨 한참을 울었다.

와이는 마지막으로 알렉스를 떠올렸다. 영국 대사관 직원이자 자신의 애인이었던 남자, 개자식. 알렉스는 방콕을 처음 찾은 사람들에게 이런 농담을 즐겨 했다.

런던에는 300가지 종교와 세 종류의 소스가 있어. 파리에는 세 가지 종교와 300종류의 소스가 있고. 방콕은 어떤지 알아? 300종류의 소스와 300종류의 여자가 있지.

2년이 고비였다. 2년 이상 만나는 태국 여자와 외국 남자 커플은 드물었다. 남자가 방콕을 떠나거나 다른 여자 품에 안

겄다. 함께 떠났다가 여자만 돌아오는 경우도 많았다. 와이는 방콕에서 벤과 함께 아이를 키우며 살고 싶었다. 방콕이 천국이 아니어도 상관없었다. 아무도 모르는 곳에 혼자 버려지는 것이 더 끔찍했다. 와이는 악어를 바라보며 속으로 되뇌었다. 마이 펜 라이, 마이 펜 라이. '마이 펜 라이'는 태국어로 괜찮아, 신경쓰지 마, 다 괜찮을 거야, 라는 의미였다. 마이 펜 라이는 행복을 위한 주문 같은 것이었다. 와이는 생각했다. 이대로는 괜찮지 않아.

조련사가 막대기를 휘두르며 악어들을 구석으로 몰았다. 악어가 아니라 해코지하기 쉬운 몸집 큰 양서류를 다루는 듯했다. 관객들이 우르르 자리를 뜨자 조련사의 아들로 보이는 꼬마 조련사가 물과 무대 위에 떨어진 동전을 긁어모았고 동전을 주울 때마다 관객들을 향해 꾸벅꾸벅 인사했다. 꼬마 조련사는 악어가 동전을 가리고 있으면 올라타서 괴롭히다 멀리 쫓아냈다. 악어는 긴 꼬리를 휘저으며 구석으로 숨어들었다.

*

AAI 캐나다 지부에서 보낸 동영상 속 바다표범들은 얼음 위에 한가로이 누워 있었다. 무슨 일이 일어났는지 자신도 모르는 듯했다. 잠시 후, 바다표범의 머리에서 검붉은 피가 흘러 나와 얼음을 물들이기 시작했다. 그제서야 바다표범은 몸을 비틀며 괴로워했다. 사냥꾼들이 배 위에서 쏜 총에 머리를 관통당한 것이었다. 사냥꾼들은 모피를 온전히 얻기 위해 정확히 머리를 조준했다. 동영상이 끝나자 섬머는 진저리를 치며 정우에게 물었다.

인간이 할 수 있는 가장 잔인한 일은 뭐라고 생각해?

한국 속담에 밥 먹을 때는 개도 안 때린다는 말이 있어.

정우는 아차 싶어 고개를 돌렸다. 이미 섬머의 표정은 일그러져 있었다.

밥 안 먹을 땐 개를 때려도 된다는 뜻이야?

실수했어. 좀 이상하게 들리겠지만 식사할 때는 누구든 편히 먹게 두라는 의미인데 오해할 만해. 잘못된 말이야. 미안.

섬머의 굳은 표정이 살짝 풀어지자 정우는 씩 웃으며 몸을 돌려 마늘을 다시 편으로 썰기 시작했다. 정우는 섬머의 기분이 가라앉아 있을 때면 늘 마늘 파스타를 만들었다. 여기에 꽃향기가 나는 화이트와인 한 잔을 곁들이면 섬머의 밝은 표정을 다시 볼 수 있었다. 면을 삶는 동안, 정우는 미리 오픈해 둔 와인을 섬머의 잔에 따랐다.

내가 복권에 당첨되면 한국 개 농장을 다 사서 부술게.

자기를 다그치려고 하는 말이 아냐. 그렇게 들렸다면 미안해. 근데 정말 답답해서 그래. 내 질문에 대답해 봐. 인간이 할 수 있는 가장 잔인한 일이 뭐야?

누군가의 마음을 거절하는 거. 그리고 내가 사랑하는 사람이 내가 아닌 다른 누군가와 사랑에 빠지는 거.

예상치 못한 답변이라는 듯, 섬머는 동영상이 담긴 아이패드를 식탁 한쪽으로 치웠다.

사랑에 실패한 적이 많아?

내가 원한 게 식사 때 바로 이런 이야기를 하는 거였어. 기억 안 나? 당신도 처음엔 나를 밀어냈어.

그랬나?

내가 개고기를 먹는 나라 출신인 게 이유일 거라며 자위했지.

저런. 그때는 자기에 대해 잘 몰랐을 뿐이야.

지금은 나에 대해 얼마나 알고 있어?

알래스카에 데려갔던 콜라 기억나? 그때 자기가 콜라를 안고 속삭이는 모습을 보고 생각했어. 이 정도 연기력이면 괜찮은데? 나 보라고 그런 거 아냐?

속일 수가 없네.

정우는 완성된 파스타를 식탁에 내려놓고 섬머 맞은편 의자에 앉았다. 섬머는 파스타의 마늘 향과 와인 향을 번갈아 가며 깊이 빨아들였다. 그리고 와인으로 입을 축인 후 턱을 괴고 정우의 얼굴을 부드럽게 바라보았다.

자긴 선한 눈을 가졌어. 내가 알고 있는 사람 중에 웃는 모습이 가장 부드럽고 따듯해. 악한 사람은 가질 수 없는 눈과 표정이야.

아직 나에 대해 모르는 것 같은데?

자기가 말해 줘. 자기는 어떤 사람이야?

애인으로는 90점, 친구로서는 80점, 아들로서는 50점. 그리고, 교사로서는 0점.

교사? 애들을 가르쳤어? 지금껏 왜 말 안 했어?

알게 되면 애인으로서도 0점이 될 것 같았거든.

그건 걱정 마. 애인이 아니어도 침대에서는 계속 100점 줄 테니까.

정우는 테이블 냅킨으로 입을 닦은 후 의자를 뒤로 밀며 일어나는 시늉을 했다. 그리고 손짓으로 침실을 가리켰다. 섬머는 깔깔 웃었다. 정우가 다시 테이블 냅킨을 무릎에 깔려 하자 섬머가 벌떡 일어나 정우를 침실로 끌고 갔다.

두 사람은 서두르지 않았다. 오랫동안 전희를 했고, 섹스가 끝난 후에도 서로를 꼭 껴안은 채 누워 있었다. 섬머가 정우의 볼을 쓰다듬으며 물었다.

왜 교사를 그만둔 거야?

학생 폭행 문제 때문에.

학생?

나는 중학교 국어 선생이었어. 교사가 되는 게 오랜 꿈이었는데 운 좋게도 꿈을 이룬 거지. 아이의 뺨을 10여 차례나 때리는 교사가 될 줄은 몰랐지만. 실제로는 더 많았는지도 몰라. 기억나는 게 그 정도야. 내가 폭행한 아이는 같은 반 친구 얼굴에 침을 뱉고 그 침을 먹게 했어. 체육복 고무줄로 끈을 만들어 그 학생 목에 묶은 채 끌고 다녔고. 한 학기 동안 폭행과 모욕이 계속됐어. 그러다 피해 학생이 아파트 옥상에서 뛰어내렸어. 간신히 목숨은 건졌어. 두 학생 모두 내가 맡은 반의 아이들이었어.

오, 저런.

나는 내가 할 수 있는 모든 일을 하려 했어. 그리고 나 역시 처벌받아야 했지. 그 사실을 전혀 몰랐으니까. 나는 피해 학생뿐만 아니라 가해 학생 역시 심리 치료가 필요하다 생각했어. 그런데 가해 학생은 처음부터 거짓말로 일관했어. 폭행당한 학생과의 대면을 요구했고. 병원에 입원해 있는 피해 학생과 말이야. 피식 웃기도 했어. 아니었는지도 몰라. 나는 순간 이성을 잃었어. 아이의 뺨을 때리고 또 때렸어. 두 손으로, 정신없이. 그 순간엔 그 아이가 나를 누구보다도 두려워하게 만들고 싶다는 생각뿐이었어. 아이 입술과 왼쪽 귀가 찢어지고 고막이 파열됐어. 그날 이후 사직하고 회사를 다녔어. 3년 정도. 그러다 공부하러 여기에 온 거야. 집에서도 강요했지만 내 뜻이 더 컸어.

섬머는 훌쩍였고 손바닥으로 눈물을 계속 닦아 냈다.

난 선한 사람이 아니야.

나쁘기만 한 사람도 아냐. 많은 사람이 그래. 인간이 할 수 있는 가장 잔인한 일은 누군가의 고통에 눈감는 일이라고 생각해. 누군가에게 고통을 주는 사람보다 누군가의 고통에 눈감는 사람이 더 많아. 그래서 끝없이 고통이 반복되는 거야. 동물에 대해서도 마찬가지고. 눈을 감지 않는 게 중요해. 그러면 많은 것이 달라질 수 있어.

그래.

섬머는 정우의 볼에 키스한 후 몸을 일으켰다. 그리고 정우에게 등을 보인 채 고무줄로 머리카락을 묶었다. 정우는 조용히 움직여 섬머의 어깨에 가볍게 입을 맞추었다.

나 다시 한국에 가야 해. 섬머가 말했다.

언제?

한 달 뒤에.

잘됐네. 나도 그럴 생각이었거든.

프로젝트 안 끝났잖아?

여동생 독주회가 있어. 혹시, 우리 엄마 만나 볼 생각 없어?

섬머는 잠깐 생각했다.

꼭 그래야 해?

침묵이 스치듯 지나갔다. 섬머가 고개를 돌리자 정우는 슬쩍 미소를 지었다.

편한 대로 해. 그럼 우린 한 달 뒤에 개들의 지옥으로 함께 가는 거네?

그것도 비싼 비행기 티켓을 사서 말이지.

내일 당장 예약해야겠어.

근데 걔는 잘 지내고 있어?

누구?

피해 학생.

모르겠어.

잘 지냈으면 좋겠다.

응. 그래야지.

섬머는 더 이상 묻지 않았지만 정우는 잊고 싶은, 고통 가득한 기억을 떠올릴 수밖에 없었다. 조금 전, 집으로 오는 차 안에서 섬머는 말했다. 동물이든 사람이든 하나의 생명체에게 지옥인 곳이 다른 생명체에게 천국일 수는 없다고. 누군가의 고통은 부메랑처럼 결국 다른 이들에게 돌아온다고. 정우는 그 말을 이제 이해할 수 있었다. 그러나 꼭 그런 것만은 아니라고도 생각했다. 자신은 학교를 떠나야 했지만 징계 때문은 아니었다. 학교 이사장의 부인이 어머니 대학 동기였다. 경찰서를 찾을 필요도 없었다. 어머니가 그쪽에서 원하는 합의금을 건넸다. 문제는 없던 것이 되었다. 가해 학생은 학교를 정상적으로 다녔다. 병원에서 퇴원한 피해 학생은 아침 일찍 일어나 다리를 끌며 타 지역의 학교로 등교했다.

*

홍은 아침 6시에 출근했다. 그때부터 밤 10시까지 일했다. 다음 날은 아침 8시에 출근해 오후 5시까지 일하고 저녁을 먹었다. 다시 저녁 6시부터 9시까지 일했다. 그리고 휴게실에서 조금 자다 나와 철야를 했다. 철근을 짊어진 것처럼 몸이 무거웠지만 이렇게 일하면 매달 200만 원 가까운 돈을 벌 수 있었다. 늘 그런 것은 아니었다. 납품 물량이 적을 때는 최저임금으로 만족해야 했다.

철야가 이어지던 주에도 정인은 회사를 찾아와 구내식당에서 윤 사장과 밥을 먹었다. 정인은 윤 사장과 대화를 나누며 눈웃음을 멈추지 않았다. 홍은 정인의 모습을 힐긋힐긋 바라보다 정인의 눈길이 자신이 있는 곳으로 향하면 얼른 고개를 숙였다. 다시 고개를 들어 보면 정인은 작은 입을 오물거리고 있었다.

점심시간이 끝나기 전, 홍은 본관 뒤쪽 주차장으로 달려갔다. 그리고 정인의 차 앞에 서서 들고 있던 노트를 뒤적이다 두 장을 골랐다. 기린 브로치와 건반 위를 흘러 다니는 정인의 손을 그린 그림이었다. 홍은 그림을 정인의 차 와이퍼에 끼워 놓고 돌아섰다. 정인이 주차장으로 다가오고 있었다. 정인은 홍을 향해 고개를 살짝 숙였다. 홍은 침착한 표정으로 고개를 깊게 숙였다. 그리고 정인을 멀리 돌아서 지나친 후 허겁지겁 공장 안으로 뛰어 들어갔다.

정인은 그림을 보고 빙긋 웃었다. 브로치는 자기 것이 확실했고, 손은 자신의 것보다 더 가늘고 섬세한 느낌으로 묘사되어 있었다. 정인은 자신의 두 손과 그림을 번갈아 쳐다보았다. 그림 속 손은 흔한 노트에 그린 게 민망할 정도로 아름답게 느껴졌다.

잠시 후, 정인의 얼굴에서 천천히 웃음기가 사라지며 망설이는 듯한 표정이 떠올랐다. 정인은 차에 올라 시동을 걸었다. 정인의 차는 빠른 속도로 회사를 빠져나갔다.

홍은 주차장으로 다시 가 보지 않았다. 가기 두려웠다. 그림이 주차장 바닥에 떨어져 있을 것 같은 생각이 들었다. 그림이 어떠냐고 묻고 싶은 마음도 가슴속에서 메아리쳤다. 마음에 들어요? 정말 잘 그린 건 따로 있어요. 정말 제일 잘 그린 것도 따로 있고요. 아틀리에를 구하면 정말정말 아름다운 그림을 그려 줄 수 있어요. 연주회에 가고 싶어요. 연주하는 모습을 보고 싶어요. 최고로 아름다운 그림을 선물하고 싶어요. 연주회장에 피아노를 가지고 가요? 옮길 때 내가 도와주면 안 돼요? 정말정말 그러고 싶어요. 오후 작업을 하는 내내, 홍은 머릿속에서 정인을 떨쳐 내지 못했다.

원청 새끼들 강냉이를 다 털어 버리든가 해야지. 모레까지 이걸 어떻게 다 해? 살게는 해 주면서 일을 시켜야 할 거 아냐?

열처리 라인 반장은 납품 물량을 재차 확인하며 끊임없이 투덜거렸다. 누구도 반장의 말에 맞장구치지 않았다. 다들 몽롱한 표정이었다. 홍은 야간 교대조라 오후 작업 이후 쉬러 가야 했지만 열처리 라인 반장이 홍을 붙들었다.

좀 더 해 주고 가. 다른 애들 작업 속도가 너무 느려. 나 좀 살려 주라. 미안하다. 질로이, 질로이.

홍은 불평 없이 7인치 그라인더로 TM-CASE를 다시 다듬기 시작했다. 그라인더를 부드럽게 밀어 올린 후 재빠르게 깎아 내렸다. 그라인더로 쇠의 표면을 연주하듯 같은 동작을 리드미컬하게 반복했다. 저녁 8시가 되자 홍의 눈이 천천히 감겨 왔다. 동작도 거칠어졌다. 순간, 그라인더의 숫돌에서 둔탁한 파열음이 터져 나왔다. 홍은 뒤늦게 들었다. 처음에는 피아노 건반을 내리치는 소리로 착각했다.

정인은 연주하다 말고 문득 손을 멈췄다. 「Fantasie in C major, Op. 17」 1악장 41마디를 들어가는 타이밍이 조금 빠른 듯했다. 처음으로 양손이 같은 선율을 노래하는 부분이었다. 정인은 슈만이 이 곡의 악보 앞머리에 쓴 말을 되새겼다. "은밀히 귀 기울이는 자에게/ 온갖 대지의 꿈속에서/ 나지막한 음이/ 모든 음을 뚫고 울려 나온다." 정인은 처음부터 다시 연주했다. 왼손 아르페지오가 시작이었다. 정인은 감정을 최대한 싣지 않았다. 연주자의 감정을 배제해야 곡 자체의 감정이 살아날 때도 있었다. 정인은 머리를 비우고 연주했다. 잠시 후, 1악장 연주가 끝났다. 정인은 감은 눈을 떴다. 이번에는 타이밍이 맞은 듯했다. 정인의 입가에 미소가 번졌다.

정인은 뮌헨 국립 음대에서 최고연주자과정(Meisterklasse)을 마쳤다. '뮌헨ARD국제음악콩쿠르'에서 우승했고, '슈만국제피아노콩쿠르' 2위, '퀸엘리자베스피아노콩쿠르'에서도 입상했다. 그 외에도 커피 쿠폰에 도장을 찍듯 수많은 콩쿠르에 참가했고 우수한 성적을 거두었다. 정인은 후원금과 지원을 받기 위해 이곳저곳 불려 다닐 필요가 없었다. 윤 사장이 모든 것을 다 해 주었다. 윤 사장은 정인에게서 악보 밖의 현실적 세계를 말끔히 지워 버렸다. 정인은 피아노 앞에 앉기만 하면 되었다.

정인은 낭만주의 시대의 작곡가들, 특히 슈만을 좋아했다. 평소 정인은 천진한 얼굴로 두꺼운 악보를 필사하는 사람처럼 차분해 보였는데 연주를 시작하면 달라졌다. 작곡자의 의도에 충실한 연주인 듯하면서도 부드러움과 강렬함이 공존하는 자기 색깔을 확실히 드러냈다. 한 평론가는 정인의 연주를 이렇게 표현했다. '폭탄을 싸맨 리본' 같다고. 앙드레 브르통이 프리다 칼로의 작품을 처음 보고 한 말이었다. 이번 독주회는 정인의 고향인 이 도시에서 시작해 위로 올라갔다. 프로그램에는 자신이 제일 좋아하고 자신만만하게 연주하는 슈만과 리스트의 곡이 포함되어 있었다.

정인이 2악장을 연주하려 할 때, 윤 사장이 정인의 연습실 문을 열고 들어왔다.

좀 빠른 것 같은데?

또 그랬어?

그랜드피아노 앞으로 다가온 윤 사장은 프레임 안을 들여다보며 먼지가 하나라도 있어서는 안 된다는 듯 눈에 보이지 않는 먼지를 향해 입바람을 후후 불었다. 그리고 다시 고개를 들었다. 악보 받침대 위에 그림이 놓여 있었다. 정인의 손을 그린 그림이었다. 윤 사장이 그림을 집어 들며 말했다.

내가 그렇게 느낀 것일 수도 있어. 나이가 들었나 봐. 뭐든

빠르게 들려. 이거 누가 그린 거야?

　나도 몰라. 차 와이퍼에 꽂혀 있었어. 잘 그렸지?

　언제? 오늘 점심때?

　응.

　이 자식들 봐라?

　왜? 고맙지 않아?

　한국 남자는 안 돼. 너희 아빠, 욱하는 성미 때문에 뇌에 무리 가서 일찍 죽은 거야. 나한테 막 소리 지르고 난리 치던 거 기억나지? 그래도 된다고 생각하니까 그랬던 거야. 정우 그 자식도 욱하는 지 애비 성격 닮아서, 말을 말자. 정말 별로야.

　회사에 외국인 많잖아?

　그림을 쥔 윤 사장의 손에 힘이 들어갔다. 정인은 천진한 표정으로 윤 사장의 반응을 기다렸다. 윤 사장은 무언가 말하려다 입을 다시 다문 채 그림을 반으로 접고 또 반으로 접었다. 그리고 슬쩍 미소 지으며 입을 열었다.

　갖은 고생 다 하고 살아온 애들은 안 돼. 엄마 봐. 자기 손해 보는 일 절대 안 해. 희생은 여유에서 나와. 여유 있는 외국 남자 만나. 설마, 회사에 마음에 드는 놈이 있는 건 아니지?

　있으면?

　자기 나라로 뺑 차 버려야지.

　나중에 엄마가 100명쯤 데려와. 그중에 고를게.

나중에. 아주 나중에.

윤 사장은 그림을 들고 창가로 걸어갔다. 정인은 윤 사장의 뒷모습을 바라보다 윤 사장에게 다가가 어깨에 손을 올리고 머리를 기댔다. 윤 사장은 자신의 머리를 정인의 머리에 비빈 후 블라인드를 걷어 올렸다. 주황색 가로등 불빛에 젖어 저녁 놀처럼 퍼져 있는 산책로의 나무들과 가을바람에 조용히 흔들리고 있는 억새들이 집 주변을 부드럽게 감싸고 있었다.

정인의 집은 회사에서 10킬로미터 정도 떨어진 곳에 있었다. 걸어서 가긴 멀고 차를 타면 그리 멀지 않은, 딱 그 정도의 거리였다. 집은 시에서 전원주택 단지를 만들고자 애쓰는 지역에 위치했다. 대지 면적 4500평 위로 마흔 채의 전원주택이 들어설 예정이었다. 입주자는 아직 많지 않았다.

주택단지의 모든 땅이 윤 사장의 것이었다. 17년 전, 뇌종양으로 죽은 윤 사장의 남편이 남겨 놓은 유산이 바로 이 땅이었다. 나머지 유산은 너덜너덜해진 회사 재정과 원청 업체 간부들과 짜고 돈을 가져간 회사 간부들의 전횡이었다. 윤 사장은 이 땅을 담보로 대출받아 두 번의 부도 위기를 넘겼고 공장을 확장했다. 그 과정에서 많은 사람들이 다치고 구속되고 무너졌지만 윤 사장은 말을 아꼈고 결코 흔들리지 않았다.

회사가 안정되자 윤 사장은 주택단지 진입로에서 가장 멀리 떨어진 곳에 집을 지었다. 산책로 입구에서는 제일 가까운 곳이었다. 산책로는 단지의 절반을 감쌌다. 산책로 어디서든 고개를 들면 윤 사장의 집이 보였다. 전원주택이라고 부르기엔 모호했다. 송판 무늬를 한 노출 콘크리트 외벽이 울타리 역할을 하며 집을 감쌌다. 외벽은 정면에서 사선을 그렸는데 그 사선 너머를 통해서만 집 내부를 어렴풋이 볼 수 있었다. 네모난 상자의 앞면과 윗면 일부를 잘라 내서 외형을 만든 형태였다. 멀리서 보면 작은 요새 같았다.

정인은 윤 사장의 손을 잡고 산책로를 오래 걸어 다녔다. 가을이면 붉은 단풍잎이 산책로에 두텁게 쌓였다. 넘어져도 낙엽 향기만 몸에 묻을 듯했고, 몸을 털면 너울거리는 마른 흙냄새와 낙엽 냄새가 손에 잡힐 듯했다. 지난해, 윤 사장은 뉴잉글랜드 지역의 80년 된 단풍나무를 들여와 산책로 입구에 심었다. 스타인웨이앤드선스(Steinway & Sons Co.)가 피아노를 만들 때 사용하는 나무였다. 나무를 가만히 들여다보면 피아노 소리가 들려, 라고 윤 사장은 정우에게 말한 적이 있었다. 정우는 웃으며 이렇게 대꾸했다.

사장님, 기타 소리는 안 들리세요? 옆에 있는 게 가문비나무예요. 저걸로 기타 네 대를 만들어요.

윤 사장이 다시 블라인드를 내리자 방 안에는 스탠드 불빛만 남았다. 정인은 연습실을 항상 어둡게 했다. 조명을 하나만 밝혔다. 그래야 집중할 수 있었다. 정인은 돌아서서 피아노 뒤쪽으로 놓인 LP 선반으로 다가갔다. LP 선반 옆으로는 CD가 꽂혀 있는 선반이 이어졌다. 정인은 찾고 있는 앨범이라도 있는 듯 LP를 하나씩 들춰 보았다. 윤 사장이 연습실 불을 켜며 말했다.

정우도 네 연주회 맞춰 들어오기로 했어. 여자 친구랑 같이 올 거야.

정말?

여자 친구는 집에 안 올지도 몰라.

그럼 왜 와?

일이 있나 봐. 미국 애래.

뭐 하는 사람인데?

안 물어봤어. 결혼하겠다고 그럴까 봐.

아, 엄마.

문신이 있는지 확인부터 좀 하고. 우리 산책하자. 바람 좋아.

윤 사장의 휴대폰이 울렸다. 윤 사장은 연습실을 나가 받았다. 윤 사장은 잠자코 듣다가 수술부터 시켜요, 라고 말하곤 전화를 끊었다. 정인이 문밖으로 얼굴을 내밀었다.

누가 다쳤어?

산책 안 할래?

연습 좀 더 하고.

넌 누굴 닮아서 그렇게 독하니?

엄마?

정인은 배시시 웃었다. 윤 사장의 눈에 정인의 손에 들린 LP가 들어왔다. 윤 사장은 LP를 장난스럽게 낚아챘다.

이건 내 거야.

500장만 발매된 「김추자 히트 퍼레이드」 한정판이었다. 정인은 윤 사장이 했던 것처럼 윤 사장의 손에 들린 그림을 낚아챘다.

이건 내 거고.

내가 보관하고 있을게. 부정 타.

사장님, 너무하시네요. 「눈이 내리네」는 연습하고 있어?

당연하지.

윤 사장은 LP와 정인에게서 건네받은 그림을 들고 2층에 있는 자신의 방으로 올라갔다.

윤 사장은 텐테이블에 LP를 올린 후 그림을 책상에 내려놓았다. 윤 사장은 접혀 있던 그림을 다시 펼쳤다. 그리고 그림을 바라보며 생각했다. 아주 가까운 곳에서 오랫동안 관찰한 후 그린 것 같다고. 스피커에서 「월남에서 돌아온 김상사」가 흘러나왔다. 윤 사장은 한숨을 내쉬며 혀를 찼다. 뒤이어 「눈이 내리네」가 이어졌다. 윤 사장은 창가로 다가가 창문을 열었다. 비가 내리고 있었다.

*

슬레이트 지붕에서 양은 냄비 위로 빗물이 뚝뚝 떨어져 내렸다. 빗물은 금세 가득 찼다. 홍은 양은 냄비를 싱크대로 가져가 빗물을 비우고 다시 제자리에 두었다. 빗물이 쌓이는 속도가 점점 빨라졌다. 긴 가뭄 끝에 내린 비였다.

홍은 마당으로 나갔다. 빗물을 받을 더 큰 용기가 필요했다. 홍은 수도꼭지 아래 놓여 있는 스테인리스 세숫대야를 들고 다시 집 안으로 들어갔다. 그러다 장판에 번진 빗물을 밟고 미끄러졌다. 홍은 무의식적으로 두 손을 머리 위로 번쩍 들어 올렸다. 손 대신 허리가 바닥에 먼저 닿았다. 오른손에 들린 세숫대야가 홍의 머리를 쿵 치며 바닥으로 떨어졌다. 화끈거리는 허리의 통증이 등을 타고 올라와 뒤통수를 쿡쿡 찔렀다. 홍은 낑낑대며 일어나 양은 냄비를 세숫대야로 대체했다.

홍은 동네 아시아 마트에서 산 쌀국수 라면을 끓여 먹은 후 대충 씻었다. 한 손으로 비누칠하고 한 손으로 닦았다. 그리고 벽에 허리를 기대고 앉아 노트를 펼쳤다. 초등학생이 그린 것 같은 그림이 나타났다. 홍은 펜을 오른손에 쥐고 완성이 덜 된 정인의 얼굴을 마저 그리기 시작했다. 흉측하게 변해 버린 왼손처럼 그림도 엉망이었다. 잠시 후, 홍은 붕대 감긴 왼손을 오른손으로 부여잡았다. 뼈가 찢어지는 듯한 고통이 밀려왔다.

부서진 그라인더 숫돌은 홍의 왼손 중지와 약지, 새끼손가락 위를 지나갔다. 중지, 약지는 중간까지 떨어져 나갔고 새끼손가락은 첫 번째 마디까지 날아갔다. 열처리 라인 반장은 홍의 잘려 나간 손가락을 비닐에 담아 얼음물에 넣고 보관하다 응급 요원에게 넘겼다. 빈번하지는 않지만 익숙한 사고였다. 수술 비용은 500만 원을 넘었다. 홍은 비자가 없어 산재 처리가 불가능했다. 회사에서 수술비와 3개월 치 월급이 나왔다. 월급은 최저임금으로 계산한 것이었다. 손가락이 정상적으로 움직이려면 몇 개월이 필요했다.

홍은 반장에게 일만 하게 해 달라고 했다. 수술비는 자신이 내겠다고, 여길 떠나면 갈 곳이 없다고, 무슨 일이든 하겠다고, 여기서 일하며 한국에서 오랫동안 살고 싶다고. 반장은 홍의 어깨를 토닥였다.

홍이 퇴원할 무렵 반장은 윤 사장의 집무실을 찾아가 홍의 사정을 설명했다. 윤 사장은 머뭇거리지 않았다. 윤 사장은 말했다. 손가락 세 개는 너무 많다고. 반장은 무슨 말인지 이해하지 못한 채 고개를 꾸벅 숙였다.

제가 붙잡아서 사고가 생겼습니다. 납품 기한 맞추려다 보니 그렇게 되었습니다. 부탁드립니다.

반장님. 알아요, 알아.

그라인더는 못 잡겠지만 다른 일은 지장 없이 할 겁니다. 똘똘한 친구입니다.

내가 보고 있기 속상해서 그래요.

일하게 해 주면 그 친구가 더 감사해할 겁니다.

반장님, 원청 애들 단가 낮추는 거 봤죠? 이번에 또 5퍼센트 깎았어요. 물량도 확 줄었고. 내가 그래도 일을 받아 왔는데 하나도 안 고마워요. 가능하면 안 보는 게 서로의 평안을 위해 좋지 않겠어요? 내가 박 사장한테 한번 부탁해 볼게요. 근데 거기도 요즘 물량이 줄어서 일이 있으려나 모르겠네.

사장님이 좋은 분이라는 건 직원들 모두 알고 있는 사실입니다.

어머, 그래요?

반장은 꾸벅 인사하고 집무실을 나왔다.

*

GOOD GUYS GO TO HEAVEN, BAD GUYS GO TO BANGKOK.

벤은 'KING'이라는 상호를 가진 펍의 간판 아래 적힌 문구를 따라 읽으며 실실 웃었다.

여기가 천국이야. 다른 천국은 없어.

벤이 펍을 오가는 남자들과 가벼운 인사를 하고 있을 때, 스무 살도 안 돼 보이는 태국 여자가 다가와 벤에게 말을 걸었다. 애인이 있는 남자에게 접근하지 않는 것은 불문율에 가까웠다. 여자는 와이가 잠시 자리를 비웠다는 것을 모르는 듯했다.

어때요? 좋은 구경 좀 할래요?

여자는 벤의 등에 자신의 커다란 가슴을 비벼 왔다. 벤은 낄낄거리기만 했다. 마사지 숍에서 나온 와이가 그 모습을 보았다. 와이는 여자에게 성큼성큼 다가갔다. 그리고 여자의 이가 흔들릴 정도로 뺨을 때렸고 머리카락을 거세게 움켜쥔 채 흔들었다. 벤이 두 사람을 간신히 떼어 놓았다. 여자는 욕을 하며 뒷걸음질 쳤다. 그러다 돌아서서 서럽게 울었다. 벤은 고개를 절레절레 저었다.

저 여자애는 모르고 그런 거야.

당신은 알고 있어.

그냥 이야기만 나눈 거야. 이야기는 할 수 있잖아?

멍청한 척하지 마. 내가 멍청하다고 생각하지도 말고.

알았어. 사과하지.

지옥에나 가 버려.

와이는 휙 돌아섰다. 예전에도 이런 일이 있었다. 언젠가 벤은 와이에게 다른 여자들 머리카락을 수집하냐고 농담했다가 '아이삭'이라는 말을 들었다. 벤은 그것이 짐승 같은 놈을 뜻한다는 것을 나중에 알았다.

벤은 와이를 쫓아가지 않고 팟퐁에 위치한 '호프 브로이 하우스'에 갔다. 호프 브로이 하우스는 레스토랑과 펍을 함께 운영하는 곳이었다. 독일의 시골 맥줏집처럼 고색창연한 느낌이 나는 목재로 지은 가게였는데 실외에는 천막 아래 긴 테이블이 있었고, 실내는 가게를 찾은 손님들과 가게 사장이 함께 찍은 사진이 벽면을 빼곡히 메우고 있었다. 외국인들이 손님의 다수였다. 테이블에 앉아 있으면 서너 개의 언어를 들을 수 있었다.

벤은 실내 테이블에 앉은 후 맥주와 독일식 족발인 '슈바인스학세'를 주문했다. 와이의 전화기는 꺼져 있었다. 벤은 오늘밤 와이가 집에 들어오지 않으리라는 것을 알고 있었다. 이렇게 화가 난 날에는 자신의 어머니 집에서 자고 온다며 짧게 문자만 보낸 후 집으로 돌아오지 않았다. 연락이 없는 날도 있었다. 다음 날 집에 들어오면 와이는 이렇게 말했다. 엄마와 자면 불면증이 사라진다고. 요즘 제대로 잠을 자지 못했다고. 임신한 이후로 불면증이 더 심해졌다고. 벤은 와이의 외박에 대해 겉으로는 아무런 불만도 드러내지 않았다.

벤은 레스토랑 실내를 시큰둥한 표정으로 둘러보다 바텐

더석에서 낯익은 얼굴을 발견했다. 린이었다. 린 옆에는 코와 얼굴이 길쭉한 서양 남자가 앉아 있었다. 남자는 린의 귀에 대고 무언가를 계속 속삭이다 다시 자세를 고쳐 앉았다.

꿈이 뭐야?

그건 또 왜 물어?

그게 중요하니까.

너랑 상관없어.

발음 좋은데. 상관있을지도 몰라.

사실이야?

그럴 땐 'true'가 아니라 'really'가 더 적당해.

really?

남자는 린의 가늘고 긴 눈을 느긋하게 가로로 훑었고 린의 가슴까지 내려온 머리카락을 음흉하게 세로로 훑었다. 남자는 독일 뮌스터 출신의 스쿠버다이빙 강사였는데 호프 브로이 하우스에서 린과 가끔 마주치면 맥주를 한 잔씩 사곤 했다. 린도 스스럼없이 남자를 대했다. 린이 좋은 남자를 판단하는 방법은 보수적이었다. 미국 남자는 너무 노골적이다, 영국 남자는 뒤통수를 친다, 일본 남자는 매너가 좋다, 독일 남자도 그렇다, 영어를 잘하는 독일 남자라면 더욱 괜찮다, 한국 남자는 책임감이 턱없이 부족하다, 클럽이나 바에서 비싼 양주를 시켜 놓고 음흉하게 웃고 있는 애들 중 열에 일곱은 한국 남자다, 베트남 남자는 제일 별로다, 여자 등쳐 먹는 놈들이 태반이다, 특히 방콕에서는.

린은 맥주를 들이켜며 주변을 둘러봤다. 그러다 벤과 눈이 마주쳤다. 벤이 린을 향해 맥주잔을 들어올렸다. 독일 남자가 어깨를 으쓱하며 벤을 쏘아보았다. 벤은 독일 남자를 향해서도 잔을 들어 올렸다. 린이 독일 남자의 손을 토닥였다.

가게에 자주 오는 손님이야. 오만한 태국 여자랑 사귀어.

린은 자신을 내려다보는 듯한 와이의 눈빛을 기억하고 있었다. 린은 와이의 눈빛이 가소로웠다. 시간이 지나면 자연히 남자로부터 버림받는 이덕의 눈빛이라 여겼다. 린이 생각하기에 방콕에 머무는 서양 남자들의 의리는 혼자 맥주를 마시고 있는 저 미국 남자가 자신에게 남긴 팁만큼의 가치도 없었다. 독일 남자가 벤을 눈짓으로 가리키며 말했다.

또 추근거리면 말해.

어쩌게?

따끔하게 말해야지. 내 여자 친구에게 추근거리지 마. 이렇게.

난 네 여자 친구 아닌데?

지금부터 하면 되지.

여기 좀 둘러봐.

독일 남자는 고개를 돌려 주변을 훑었다. 서양 남자들과 아시아 여자들이 함께 앉아 있는 좌석이 많았다.

예전 남자 친구가 여기 있어?

저 사람들 중에 서로 사랑하는 사이는 얼마나 될 것 같아?

그게 중요해?

조금? 사랑이 제일 중요한 건 아냐. 태도가 중요하지. 여기 있는 남자들 태도가 별로야. 대놓고 자동차 전시장에 온 것처럼 굴잖아. 자동차 취급받긴 싫어.

남자는 크게 웃었다.

방콕은 그러려고 오는 거야. 나도 세 번째 방문인데 여전히 방콕만 생각하면 가슴이 두근두근한다고. 배려, 헌신, 신뢰 같은 감정들이 개입될 틈이 없지. 여기 여자들도 대부분 그걸 알고 있어. 그리고 적극적으로 이용하고. 서로 동의만 하면 문제될 게 없잖아?

서로를 존중하지 않는 섹스는 애들이나 하는 거야. 존중과 사랑은 언제 해?

존중과 사랑은 미래를 위해 남겨 두는 거지. 현재는 그냥 즐기는 거고. 떠날 시간이 오면 과거는 방콕에 던져두고 훌훌 날아가는 거야.

아주 솔직하네. 마음에 들어.

솔직하지 않은 말에 속는 게 나쁜 거지.

웃기네.

더 웃긴 이야기 해 줄까? 지난주에 여기서 한 태국 여자를 만났어. 분위기가 아주 좋았지. 영어를 곧잘 하더라고. 그런데 그 여자가 가게 밖으로 나가는 아시아 남자한테 손을 흔드는 거야. 물어봤어. 누구냐고. 뭐라 그랬는줄 알아?

애인?

남편이라고 했어. 놀란 표정으로 괜찮으냐고 그랬더니 아무 문제 없대. 일하는 중이니까. 남편은 뭐 하냐고 물었더니 자기가 벌어 주는 돈으로 먹고산다고 했어. 그래서 내가 어떻게 한 줄 알아? 주머니에 있던 돈을 다 꺼내서 주고 혼자 밖으로 나갔어. 남편이 칼을 들고 기다리고 있으면 어쩌나 걱정했는데 그렇지는 않더라고.

그런 여자들 꽤 있어.

주말에는 집에 가서 남편, 애들과 있고 평일에는 밖에 나와 일을 한다고 했어.

주 5일 근무네?

그런 말도 알아? 훌륭한데?

독일 남자가 맥주잔을 내밀자 린은 자신의 잔을 들어 툭 부딪혔다. 린은 몸을 틀어 벤을 향해서도 잔을 들어 올렸다. 벤은 똑같이 따라 하며 씩 웃었다. 린은 잔을 비운 후 자리에서 일어났다.

술 잘 마셨어.

벌써 가게? 꿈이라도 알려 주고 가. 그럼 우리 사이가 좀 더 가까워질 것 같은데.

내 꿈은 벤츠를 타는 거야.

독일 차가 좋지.

벤츠가 독일 차야?

독일 차야.

really?

벤츠 태워 줄까?

아니. 내가 살 거야.

못 살걸?

두고 봐. 네가 하는 건 나도 해.

영어 정말 많이 늘었네.

*

자기 어머니 영어 할 수 있어?

섬머와 정우는 오전 7시 5분에 덜레스 공항에서 출발한 아메리칸에어라인 AA127을 타고 인천공항으로 향하는 중이었다. 인천공항엔 다음 날 오후 4시 25분에 도착했다. 섬머는 경기도에 위치한 개 농장으로 갈 계획이었고, 정우는 국내선으로 환승해 집으로 갈 예정이었다. 정인의 연주회가 사흘 뒤로 다가와 있었다.

외국 바이어를 가끔 상대하니까 조금은 해. 혹시, 만나 보기로 결정한 거야?

지금 아니면 또 언제 볼지 모르잖아? 사실, 조사관한테 미리 말해 뒀어. 일정을 하루만 늦추자고.

고마워.

너무 심각하게 받아들이진 마.

안 심각해. 기뻐서 그래. 엄마가 좋아할 거야.

섬머는 이마 위로 흘러내린 정우의 머리카락을 가지런히 정리했다.

어쩌지? 아빠는 자기를 싫어할 텐데.

확실해?

예전 남자 친구들, 다 싫어했어.

마음에 드는 사람이 없었던 거 아닐까?

다음엔 남부 남자들을 데려가 볼까 봐. 말을 탈 줄 아는.

레드넥?*

그건 옳지 못한 말이야.

미안. 근데 나도 말 탈 줄 알아.

---

* 보수적 성향을 보이는 가난하고 교육 수준이 낮은 미국 남부의 백인 농부, 노동자를 비하하는 단어이다.

자긴 못하는 게 없는 것 같아. 중국어도 할 줄 알아?

조금.

이것 봐. 어떻게 배웠어? 이번 일 끝나면 다시 중국에 가야 해. 그 사람들 정말 못 말려.

어머니 회사에서 일하는 중국인 노동자들이 있어. 대부분 조선족이지만. 간단한 대화 정도는 해.

조선족?

한국인이랑 다를 바 없는 사람들이야. 자기 조상들이랑 비슷해. 피난처를 찾아 신대륙으로 향한 영국 난민들 말이야. 물론, 조선족은 중국 사회의 주류가 되지 못했어.

종교 문제로 떠난 거야?

그건 너무 고상한 이유지. 대부분 생계를 잇기 위해서였어. 흙을 파먹던 때였으니까.

슬프다. 근원을 찾아 들어가면 언제나 주체할 수 없는 슬픔이 있어. 중국어 보여 줘 봐.

당신 한국어 인사부터. 안녕하세요, 는 알지?

만나서 반갑습니다.

잘하네. 또 뭘 할 줄 알아?

기다려 봐.

섬머의 미간에 주름이 잡혔다. 정우는 기대에 찬 얼굴로 섬머를 바라보았다. 섬머가 목소리를 긁으며 말했다.

누구냐 넌?

섬머 옆 좌석에 앉은 한국 여자가 키득거렸다. 영화 「올드
보이」의 대사라는 것을 알았던 것이다. 정우는 섬머에게서 늘
기대 이상의 것을 보는 듯했다. 정우는 환하게 웃으며 섬머의
머리를 가슴에 꼭 안고 흔들었다.

비행기가 회색 구름 사이를 통과했다. 섬머는 정우의 어깨
에 머리를 기댄 채 잠들었다. 정우는 세상의 모든 좋은 것들
이 자신의 어깨 위에 놓여 있는 것 같았다. 정우는 섬머의 머
리카락에 얼굴을 파묻었다. 그리고 속삭였다.

누구냐 넌?

*

홍은 거울에 비친 자신의 얼굴을 가만히 바라보았다. 햇볕
에 그을린 피부와 불에 탄 잔디 같은 콧수염, 상처처럼 팬 주
름과 코를 덮을 만큼 길게 자란 머리카락. 홍은 오른손으로
눈을 가리고 있던 머리카락을 옆으로 걷어 냈다. 왼쪽 눈썹
을 가로지르는 상처가 나타났다. 부서진 그라인더 숫돌에 부
딪혀 튀어 오른, 공장 바닥의 알루미늄 조각에 찢겨 생긴 상
처였다. 홍은 거울을 보며 늘 이렇게 다짐했다. 자신을 똑바로
바라볼 수 있는 사람이 되어야 한다고. 그래야 해야 될 일과

하지 말아야 될 일을 정확히 알 수 있다고. 홍은 눈을 감았다가 천천히 떴다. 거울 속에는, 눈에 보이지 않는 거미줄에라도 걸린 것처럼 암울한 현실에서 한 발짝도 나아가지 못한 남자가 있었다.

사고 이후, 홍은 열처리 라인 반장으로부터 어떤 회신도 받지 못했다. 홍은 회사로 찾아가려 했지만 같이 사는 동료들이 만류했다. 일거리가 줄어 자신들도 기본 근무 시간만 간신히 채우는 중이라는 것이다. 홍은 며칠 더 기다려 보다 회사로 반장을 찾아갔다. 그런데 경비실 직원이 홍의 회사 출입을 막았다. 홍은 다음 날도 갔다. 같은 상황이 반복되었다.

회사를 찾은 지 사흘째 되던 날, 열처리 라인 반장이 회사 정문 앞을 서성거리는 홍에게 다가왔다. 반장은 말했다. 계속 귀찮게 하면 회사에서 불법 이주 노동자로 신고할지도 모른다고. 그러면 다른 동료들까지 곤란해진다고. 홍은 반장의 얼굴을 차갑게 바라보기만 했다.

윤 사장 같은 사람도 없어. 수술비도 주고 월급도 줬잖아?

돈은 필요 없어.

그럼 뭐가 필요한데?

난 손가락이 잘렸어.

그건 네 실수지. 누가 억지로 자른 게 아냐.

홍은 잠깐 생각했다.

조까 씨발.

반장은 침을 뱉고 돌아섰다. 잠시 후, 홍과 같은 처지의 불법 이주 노동자들이 홍에게 다가왔다. 그들은 반장이 했던 이야기를 반복해서 했다. 우리가 서로를 원망해서는 안 되지 않겠냐고. 우리가 적이 되어서는 안 된다고. 회사로 그만 찾아오라고. 남자답게 물러나라고. 그중에는 홍과 같은 집에서 사는 베트남 동료 타오도 있었다. 타오는 홍의 눈을 똑바로 쳐다보지 못했다. 홍은 이들이 자신에게 이렇게까지 하는 이유를 알 수 없었다. 그때 윤 사장의 차가 정문에 멈춰 섰다. 지난 사흘은 그냥 지나친 참이었다. 타오와 나머지 노동자들은 눈치를 보며 회사 안으로 우르르 몰려 들어갔다. 윤 사장이 차창을 내리고 홍을 바라보았다.

왜 이렇게까지 하는 거예요? 지금 회사 사정이 안 좋아요.

내가 잘못한 게 아닙니다.

여기 잘못한 사람이 어디 있어요? 잘못한 사람, 아무도 없어요.

나는 시키는 대로 했습니다.

사정 좋아지면 부를게요.

차창이 닫히며 차가 다시 출발했다. 정문을 통과한 차는 본관 앞에 멈춰 섰다. 차에서 내린 윤 사장은 홍을 힐끗 쳐다본 후 본관 계단을 올랐다. 홍은 닫힌 출입구 앞에서 악을 쓰며 소리쳤고, 경비실 직원들은 모기장 밖에서 앵앵거리는 모기를 바라보듯 홍을 지켜보기만 했다.

점심시간이 될 때까지 홍은 묵묵히 서 있었다. 12시 15분이 되자 정인의 차가 홍의 옆을 지나갔다. 정인은 늘 하던 대로 입구에서 차를 세우고 본관으로 뚜벅뚜벅 걸어갔다. 홍은 정인의 이름을 부를 뻔한 것을 가까스로 참았다. 정인은 홍의 존재를 인식하지 못한 듯했다. 홍은 정인의 뒷모습을 바라보며 생각했다. 착한 것 빼곤 다 잘하게 생긴 정인의 얼굴이 보고 싶다고. 홍은 천천히 닫히고 있던 출입구를 향해 달려갔다. 경비실 직원들이 홍을 붙잡아 밖으로 끌어냈다. 정인은 잠깐 뒤돌아봤을 뿐 이내 무심한 표정으로 본관 안으로 들어갔다.

점심시간이 끝나기 5분 전, 정인의 차가 회사를 빠져나갔다. 홍은 회사 앞 가로수에 기대서서 정인의 차가 멀어지는 것을 지켜보았다. 모든 것이 자신으로부터 멀어지고, 자신을 외면하는 것 같았다. 홍은 집으로 돌아갔다. 집으로 가는 도중 튀어나온 돌부리에 몇 번이나 발이 걸려 휘청거렸다.

그날 밤, 같이 사는 동료들이 집에 올 시간이 지났음에도 돌아오지 않았다. 느낌이 좋지 않았다. 홍은 조심스럽게 대문 밖을 살펴보았다. 경찰 두 명이 자신의 집을 향해 걸어오고 있는 것이 보였다. 홍은 방에 뚫린 작은 창을 통해 집을 빠져

나갔다.

　홍은 여관에서 이틀을 보냈다. 왼손에 감긴 붕대는 때로 찌들었다. 옆방에서는 짐승들이 울부짖는 것 같은 울음소리와 신음 소리가 들려왔다. 홍은 눈에 보이고, 손에 잡히는 대로 아무거나 부수고 깨뜨리고 싶었다. 홍은 탁상을 집어 들었다. 보이지 않던 바닥과 벽지에는 저주가 담긴 불길한 부적처럼 색이 바랜 피가 흩어진 채 말라붙어 있었다. 홍은 몸서리치며 탁상을 다시 내려놓았다. 그리고 억지로 눈을 감고 잠을 청했다. 홍은 개 짖는 소리와 발자국 소리에도 번쩍 눈을 뜰 수밖에 없었다. 홍은 몸을 구부리고 귀를 막은 채 저주하고 싶은 사람의 얼굴을 하나씩 떠올렸다. 홍은 끝내 잠들지 못했다.

　다음 날 오후, 홍은 경찰을 피해 도망칠 때처럼 창문을 타고 자신의 방으로 들어갔다. 그리고 거울 앞에 서서 자신의 얼굴을 바라보았다. 러시아 어선의 화장실 창문을 통해 부산항의 불빛을 볼 때도 이런 기분이었다. 그리고 지금과 똑같은 생각을 했다. 할 수 있을까? 어디까지 도망갈 수 있을까? 홍의 심장은 점점 더 크게 요동쳤고, 긴장감에 속이 뒤집혔다. 홍은 싱크대로 달려가 길게 토했다. 홍은 생각했다. 할 수 있다고, 해야만 한다고, 보이지 않는 거미줄을 끊어야 한다고.

홍은 입을 닦은 후 셰이빙 크림을 짜서 얼굴에 발랐다. 그리고 면도칼로 수염을 가지런히 정리했다. 구레나룻도 다듬었다. 면도를 하는 동안 홍의 표정은 점점 단단하게 변해 갔다.

홍은 바닥에 앉아 왼손에 감긴 붕대를 풀었다. 손은 주물로 찍어 낸 것처럼 시퍼렜다. 붕대를 다 벗겨 내자 아직 다 녹지 않은 실밥이 봉합 부위에 잡초처럼 엉겨 붙어 있었다. 홍은 작은 가위를 이용해 삐져나온 실밥을 하나씩 뜯어내고 잘라 냈다. 접합 부위에서 피가 번져 나왔다. 홍은 흘러내리는 피를 500밀리리터 생수통에 담았고, 물을 조금 부은 후 흔들어 섞었다. 그리고 손바닥 크기만큼 자른 랩으로 생수통 입구를 감싼 채 뚜껑을 닫았다. 그다음 손가락에 묻은 피를 휴지로 닦아 내고 밴드를 하나씩 감았다. 이어서 손가락마다 붕대를 두어 번 휘감았고, 세 손가락을 모아 또 붕대를 감은 뒤 움직여 보았다. 작은 돌멩이 하나는 쥘 수 있을 것 같았다.

홍은 새로 산 백팩을 옷장에서 꺼내 바닥에 내려놓았다. 등에 밀착되고 방수 기능이 있는 것이었다. 홍은 바닥에 쌓여 있는 돈을 다시 한번 셌다. 모두 3500만 원이었다. 홍은 5만 원권을 500만 원씩 묶었고 다발마다 랩으로 감쌌다. 그리고 검은 비닐봉지에 돈을 넣은 후 가방 제일 아래에 담았다. 잡동사니를 담은 것처럼 보이게 빨지 않은 속옷과 양말로 봉지를 덮었다. 다음으로 네 권의 노트를 가방에 넣었다. 진회색 3밀리미터 로프와 오피넬*도 가방에 챙겨 넣었다. 오피넬은 칼날이 날카롭게 서 있었다.

홍은 방을 채우고 있던 잡동사니들과 바닥에 흩어져 있는 나머지 물건들을 모두 쓰레기봉투에 담았다. 처음부터 그 안에 있어도 이상하지 않을 것들이었다. 홍은 부엌과 방을 성큼성큼 걸어 다니며 남은 자신의 물건이 있는지 확인한 후, 의식을 준비하는 사람처럼 청바지와 검은색 라운드 티, 그리고 검은색 윈드브레이커를 입었다.

쓰레기봉투는 교회에서 쓰레기를 모아 두는 곳에 갖다 버렸다. 이미 버려져 있던 쓰레기봉투들은 상처받은 영혼처럼 이곳저곳 찢기고 구멍이 뚫려 있었다. 과거, 홍은 전도사의 손에 이끌려 조선족 출신 동료와 함께 집 앞 교회에 간 적이 있다. 일요일이면 열두 대의 대형 버스가 입구에 도열하는 대형 교회였다. 적벽돌로 지어진 교회는 수만 평의 공장 건물보다는 작았고 천국보다는 조금 큰 듯했다. 담임 목사는 적벽돌을 뽑아 사람의 머리를 내리치듯 얼얼하게 설교했다. 담임 목사의 설교가 끝나자 조선족 동료가 전도사에게 따지듯 물었다.

한국이 천국인 줄 알고 왔는데요? 맞잖아요? 아니에요?

전도사는 천국은 하늘나라에 있다고 대답했다. 조선족 동

---

* 접을 수 있는 손칼. 나무 손잡이가 달렸다.

료는 낄낄거렸다.

사기 치지 마시고 여기서 강제 추방이나 안 당하게 해 주세요.

간절히 기도하세요. 하나님의 은혜는 어디에나 누구에게나 미칩니다.

홍은 바닥 웅덩이에 비친 자신의 모습을 바라보며 중얼거렸다.

조까 씨발.

웅덩이에는 더러운 빗물이 고여 있었다. 홍의 얼굴은 수신을 거부당한 비에 젖은 손 편지처럼 쓸쓸하고 처량해 보였다.

교회 첨탑 그림자가 점차 사라지며 사위가 어둑해져 갔다. 홍은 뉴욕 양키스 로고가 박힌 군청색 모자를 눌러쓰고 미사일 공업 탑까지 걸어갔다. 거기서 택시를 기다렸다. 잠시 후, 택시가 멈춰 섰다. 홍은 택시 기사에게 목적지를 말해 주었다. 원래 가려던 곳에서 2킬로미터쯤 떨어진 곳이었다.

*

정인은 독주회 초대권을 고등학교 시절 담임선생님에게 갖다주었다. 선생님이 포스터를 보고 정인에게 먼저 연락해 왔다. 정인은 미처 챙기지 못해 죄송하다며 직접 학교로 찾아갔다.

정인이 다녔던 학교는 16년 전, 간척지 위에 새롭게 세워진 예술 학교였다. 고등학교 시절, 정인은 두 도시의 도심을 가로 질러 학교를 다녔지만 지금은 시와 시를 잇는 바다 위의 대교 만 건너면 되었다. 총 길이 1700미터의 대교는 밤이면 줄줄이 이어진 가로등과 사장교 아래의 커다란 조명을 반짝이며 칠 흑같이 어둡고 차가운 바다가 마치 내 편인 양 착각하게 만 들었다. 대교가 자살 다리로 불리기까지는 그리 오랜 시간이 걸리지 않았다.

정인은 연습이 끝나는 저녁 7시가 되면 대교 아래의 해안 도로로 차를 몰고 와 산책을 하거나 도로 난간에 기대서 바다를 바라보았다. 정인의 오랜 꿈은 피아니스트 백건우처럼 바다가 내려다보이고 통통배가 떠다니는 곳에서 연주회를 여 는 것이었다. 베토벤의 「Piano Sonata No. 8 In C Minor, Op. 13 'Pathetique」 2악장 같은, 사람들이 알 만한 곡, 멜로디만으로 도 좋아할 곡을 선택해 관객들에게 파도 소리와 자신의 연주 소리를 함께 듣게 하고 싶었다. 두 소리 모두 신의 선물이란 듯. 정인은 바다를 바라보며 속으로 중얼거렸다. 이번 연주회 가 그 시작이야. 정말 잘 해내야 돼.

정인은 해안 도로 한편에 주차한 후 해안 도로를 따라 조 금 걸었다. 낚시꾼 두어 명이 낚싯대 끝에 방울을 매달아 놓고 해안 도로 한쪽 구석에 앉아 소주를 마시고 있었고, 바다 위로는 작은 통통배 한 대가 불빛이 어른거리는 항구 근처로 느릿느릿 나아가고 있었다. 대교의 조명 불빛을 받은 통통배는 야간 철길을 달리는 완행열차처럼 아늑한 느낌이 들었다.

30분쯤 걷다가 정인이 차가 주차된 곳으로 돌아가려 할 때, 자전거를 타고 있는 남자가 뒤쪽에서 정인에게 다가왔다. 해안 도로를 드라이브하다 보면 가끔 마주치게 되는, 패드를 붙인 바지를 입은 사람들 중 하나였다.

남자는 정인의 옆을 지나치더니 곧 앞을 가로막으며 멈춰 섰다. 정인은 남자를 빠르게 훑었다. 남자는 30대 초반으로 보였고, 짧지도 길지도 않은 머리카락을 적당히 휘어 놓은, '셰도우펌'이라는 부르는 머리 스타일을 하고 있었다. 자전거는 '서벨로S5'였는데 어지간한 신차보다 비싼 것이었다. 정우가 이 자전거를 살지 말지 몇 번 고심했던 일을 정인은 기억하고 있었다. 남자의 자전거 프레임에는 H.J.P라는 글자가 로고처럼 새겨져 있었는데 남자의 이니셜처럼 보였다.

자주 오시네요. 화요일, 수요일에도 봤어요. 집이 근처예요?

아, 네.

정인은 자전거를 피해 걸음을 옮겼다.

잠깐만요!

정인은 멈추지 않고 걸었다. 남자가 다시 정인을 뒤따랐다. 남자는 정인의 걸음 속도에 맞춰 자전거 페달을 조작하며 정인과 나란히 움직이려 노력했다.

외국에서는 바닷가나 강가에 사는 사람들이 주변 동료들을 진심으로 축하해 주는 때가 있어요. 언제인지 알아요?

정인이 뭐라고 대꾸하려던 찰나, 정인의 가슴까지 내려온 머리카락이 오른쪽에서 불어온 바닷바람에 쓸려 정인의 입 주변을 가렸다. 정인은 흩날리는 머리카락을 어렵사리 목 뒤로 쓸어 넘겼다. 남자는 자신의 일인 양 안타까워했다. 정인은 남자의 표정을 외면한 채 앞을 바라보았다. 저 멀리, 술에 취해 바다코끼리처럼 널브러져 있는 낚시꾼과 그 옆에 주차되어 있는 자신의 차가 보였다. 정인은 걸음을 옮기며 시간을 끄는 것이 좋겠다고 생각했다.

그게 언제인데요?

남자는 씩 웃었다.

동료가 요트를 팔아 치웠을 때래요. 요트가 엄청 속을 썩이는 물건이거든요.

외국이면 어느 나라예요?

남자는 멍한 표정이었다. 공격받았다고 생각하는 것 같기도 했다. 남자의 자전거가 휘청거렸다. 정인은 생각했다. 차 번호판이 보일 때까지는 서두르지 말자고.

요트가 있으신가 봐요?

네! 저기 보이는 코너를 돌면 선착장이 있어요. 가을 바다에서 요트 타는 기분이 어떤지 알고 싶지 않아요? 태워 드릴수 있는데.

기회가 또 있겠죠. 오늘은 안 돼요. 약속이 있어요.

기회는 자주 없어요.

남자는 다시 정인의 앞에 멈춰 섰다. 정인은 두려운 표정을 감추지 못했다. 남자는 정인의 겁먹은 표정이 귀엽다는 듯 헤헤 웃었다.

이렇게 헤어지면 두 번 다시 못 볼지도 몰라서 그래요. 인연이라면 모를까.

죄송해요.

정인은 자전거를 빙 둘러서 지나쳤다. 남자는 포기하지 않았다. 남자는 정인의 그림자를 붙잡고 달리는 사람처럼 바로 뒤까지 다가왔다가 멀어지고 다시 다가와 나란히 달리기를 반복했다. 잠시 후, 남자는 정인의 팔을 아슬아슬하게 스쳐지나며 앞을 또 가로막았다. 정인은 떨리는 목소리로 더듬더듬 말했다.

안 비키면, 소리 지를 거예요.

예? 너무하네요.

제 스타일이 아니에요. 정말 미안해요.

머리 스타일이 별로예요? 요새 유행하는 거라는데?

네. 정말 별로예요.

남자는 피식 웃었다.

본인은 정말 귀여운 거 알아요? 요트 타기 싫으면 커피라도 한잔해요.

정인의 시야로 바닥에 널브러져 있던 늙은 낚시꾼이 주춤주춤 일어나는 것이 들어왔다. 정인은 늙은 낚시꾼에게 눈빛으로 구원을 요청했다. 낚시꾼은 무언가를 찾는 듯 주변을 둘러보더니 회를 친 사시미를 집어 들고 두 사람이 있는 곳을 향해 비틀거리며 다가왔다.

무슨 일이야? 왜 그래?

남자가 손을 흔들며 말했다.

아무 일도 아닙니다!

살려 주세요!

예? 아, 씨발.

낚시꾼이 달려오자 남자는 욕을 내뱉으며 반대 방향으로 내달렸다.

내가 뭘 어쨌다고!

늙은 낚시꾼은 허공을 향해 사시미를 휘둘렀다.

저런 개새끼! 불알을 회쳐 버릴라!

늙은 낚시꾼은 남자가 사라진 곳을 향해 돌멩이를 집어 던졌다. 돌멩이는 맥없는 포물선을 그리며 바닥으로 떨어졌다. 늙은 낚시꾼은 씩씩거리며 정인을 향해 돌아섰다.

아가씨, 괜찮아?

정인은 여전히 겁먹은 표정으로 꾸벅 인사한 후 자신의 차를 향해 달려갔다. 늙은 낚시꾼은 걸쭉한 침을 뱉으며 정인의 뒷모습을 황망하게 쳐다보았다.

정인은 차에 앉아 호흡을 가다듬었다. 눈물이 났고 화도 났다. 정인은 천천히 심호흡을 한 후 시동을 걸었다. 그리고 차를 돌려 남자가 사라진 쪽으로 몰고 갔다. 잠시 후, 다리 근육이 터질 듯 부풀어 오른 채 자전거 페달을 밟고 있는 남자의 뒷모습이 보였다.

엔진 소리가 낮게 뻗어 나가며 차의 속도가 점점 빨라졌다. 무언가가 자신을 집어삼키기라도 할 듯 다가오는 소리에 놀란 남자는 힘껏 페달을 밟으며 황급히 뒤를 돌아보았다. 자동차 라이트의 쨍한 불빛이 남자의 얼굴을 덮쳤다. 남자의 찡그린 얼굴은 순식간에 납빛으로 변했다.

아! 아!

정인의 차는 직선으로 곧장 달려가다 남자의 옆을 빠르게 스쳐 지나갔다. 남자가 정인에게 했던 것처럼. 남자는 차창 너머로 보이는 정인의 얼굴을 확인하며 급하게 브레이크를 잡았다. 찢어지는 마찰음과 함께 남자의 자전거는 해안 도로를 따라 이어진 난간에 부딪혔고, 남자는 바닥에 내동댕이쳐졌다. 정인은 차를 멈추지 않고 그대로 달렸다. 정인은 심장이 터질 것 같았다.

*

정적 속에서, 홍은 점점 규칙을 되찾아 가는 자신의 심장 소리를 듣고 있었다. 희미하지도 선명하지도 않은 심장 소리는 마음이 조금씩 부서지며 내는 소리 같았다. 홍은 정인의 집에서 조금 떨어진 공터에 촘촘히 자란 억새 안으로 몸을 더 깊이 숨겼다.

베트남 롱미에서 살던 어린 시절, 홍은 누렇게 때가 찌든 베개를 베고 누워 있는 아버지의 가슴에 귀를 묻은 적이 있다. 홍은 아버지가 죽었을지도 모른다고 생각했다. 그러나 아버지의 심장은 뛰고 있었다. 잠시 후, 홍의 아버지가 가늘게 눈을 떴다. 홍의 아버지는 전의를 상실한 병사처럼 선의도 악의도 느껴지지 않는, 다만 무너져 내리는 눈빛을 하고 있었다. 홍이 고개를 들자 홍의 아버지가 홍을 바라보며 말했다.

네 인생은 애초부터 글러 먹은 거다.

무슨 말인지 모르겠어요.

내 아들로 태어난 게 잘못이라는 거지.

아버지는 나쁜 사람이 아니에요.

그렇게 생각하지 마라. 나를 미워하고 증오해.

싫어요.

그러냐? 사실, 나도 그 창녀를 나쁜 년이라 생각하지 않아.

그 여자가 엄마를 죽인 거예요.

누군가 넘어져서 땅이 파인 자리에는 다른 누군가가 반드시 또 넘어지게 되는 법이야. 그 창녀도 누군가한테 옮았겠지. 네가 내 아들로 태어난 것처럼 스스로 어찌할 수 없는 일이었을 거다. 그렇지만 너하고 트린한텐 정말 미안해. 트린을 잘 보살펴야 해. 알겠지?

그로부터 3주 후, 홍의 아버지는 죽었다. 홍의 어머니가 죽은 지 1년이 지난 시점이었고, 홍이 열두 살이 되던 때였다. 홍의 아버지는 매춘을 하다 에이즈에 걸렸고, 홍의 어머니에게 에이즈를 옮겼다. 홍의 어머니가 죽기 전, 홍의 아버지는 모든 사실을 가족들에게 밝혔다.

홍은 트린과 함께 에이즈로 부모를 잃은 아이들이 모여 사는 호치민의 에이즈 고아원에서 2년을 지냈다. 그러다 갓 결혼한 홍의 삼촌이 홍과 트린을 다시 롱미로 데리고 갔다. 돌아오는 기차 안에서 홍의 삼촌은 말했다. 그 창녀가 우리 집안을 망친 거니까 아버지를 원망하지 말라고.

홍은 공터 뒤편의 산책로를 바라보았다. 낮게 경사진 언덕 위로 가로등 불빛이 희미하게 반짝이고, 가로등 불빛이 닿지 않은 산책로의 수풀은 어둠 속에 잠겨 있었다. 홍은 어둠을 응시했다. 그리고 속으로 중얼거렸다. 이젠 네가 넘어질 차례야.

손가락이 절단되는 사고가 난 이후, 홍은 정인의 집 앞을 서성거렸다. 이유는 하나였다. 정인을 보고 싶다는 것. 이때 알게 된 사실은 정인이 항상 저녁 7시면 집을 나갔고, 한 시간 30분 후에 다시 집으로 돌아온다는 것이었다. 그러나 오늘 홍이 확인한 시간은 평소와 달랐다. 정인은 조금 더 일찍 집에서 출발했고 도착 시간도 늦어지고 있었다. 홍은 문제 될 일은 아니라고 생각했다. 중요한 것은 정인이 집으로 돌아올 때였다. 홍은 손에 들린, 핏물이 담긴 생수통을 다시 흔들었다.

어둠이 완전히 내려앉았을 무렵 택시 한 대가 정인의 집 앞에 멈춰 섰다. 젊은 남자와 여자가 택시에서 내렸다. 지난 일주일간 정인의 집을 찾은 사람은 그들이 전부였다. 택시가 떠나자 남자는 여자의 헝클어진 머리카락을 바로잡아 준 후 여자를 안은 채 귀에 대고 가만가만 속삭였다. 여자는 남자의 어깨에 턱을 기댄 채 꺄르르 웃었다. 그러다 여자의 시선이 공터로 향했다. 홍은 억새 속으로 조심스럽게 몸을 더 구겨 넣었다.

잠시 후, 여자가 남자에게서 몸을 떼더니 허리를 구부린 채 공터 쪽으로 걸어오기 시작했다. 홍은 낮은 포복으로 슬금슬금 물러났다. 무릎까지 내려오는 갈색 니트 원피스를 입은 여자는 가슴에 기린 브로치를 하고 있었다. 정인의 것과 같은 것이었다. 여자가 공터 바로 앞까지 다가왔을 때, 억새 속에 있던 검은 고양이 한 마리가 길가로 뛰쳐나갔다. 고양이는 꼬리를 치켜든 채 여자의 다리 곁을 맴돌았다. 여자는 그 자리에 주저앉아 고양이의 머리와 턱을 쓰다듬었다. 남자가 고개를 흔들며 다가와 여자의 손을 억지로 잡아 끌었다. 홍은 남자의 얼굴이 기억났다. 최정우. 해맑게 웃는 부자 새끼.

정우와 섬머가 집 안으로 들어가자 현관 불이 자동으로 꺼지며 다시 주위가 어둑해졌다. 홍의 얼굴은 땀으로 얼룩졌다. 홍은 몸을 일으켜 주택단지 진입로를 초조하게 바라보았다.

15분이 더 지났을 때, 진입로로 차가 한 대 들어섰다. 정인의 차였다. 차는 진입로로 들어선 후에도 속도를 늦추지 않았다. 차의 빠른 속도는 홍의 예상에 없던 일이었다. 코너의 가로등이 기준점이었다. 차의 머리 부분이 가로등 옆을 지나 보이기 시작하는 순간이 기회였다. 홍은 황급히 생수통 뚜껑을 열고 붕대 감은 왼손에 피를 뿌렸다. 정인의 차가 코너를 돌았다. 고속도로에 느닷없이 던져진 택배처럼 홍은 진입로를 향해 몸을 날렸다.

차는 요란한 소리를 내며 멈춰 섰다. 정인의 고개가 꺾이며 몸이 앞으로 쏠렸고, 자동차 번호판이 몸을 웅크리고 있는 홍의 몸에 아슬하게 닿았다. 고무 타는 냄새와 뜨거운 열이 홍의 몸을 감싸고 돌았다. 홍은 왼손을 부여잡고 고통스러운 신음을 내뱉었다. 홍의 왼손에서 흘러내린 피가 바닥으로 뚝뚝 떨어졌다. 홍은 다리 사이로 얼굴을 파묻었다.

짧은 정적이 지나간 후, 차 핸들에 머리를 처박고 있던 정인이 고개를 들었다. 정인의 얼굴은 눈물로 얼룩져 있었고 심장은 요동치고 있었다. 조금 전과 다른 점은 쾌감이 온데간데없이 사라졌다는 것이었다.

정인은 창밖으로 얼굴을 내밀고 보닛 앞에 보이는 시커먼 물체를 살폈다. 헤드라이트 불빛 때문에 제대로 볼 수 없었지만 사람임에 틀림없는 것 같았다. 정인은 시동을 끄고 허겁지겁 휴대폰을 찾았다. 외투 주머니에 넣어 두었던 휴대폰이 보이지 않았다. 휴대폰은 조수석에 놓여 있는 핸드백 속에 있었다. 정인은 다시 차창 밖으로 고개를 내밀었다. 헤드라이트가 자동으로 꺼지며 몸을 웅크린 채 피를 흘리고 있는 사람의 실루엣이 확연히 드러났다. 정인은 핸드백을 들고 차에서 내렸다. 그리고 조심스럽게 차 앞으로 다가갔다.

괜찮으세요?

홍은 대답하지 않고 앓는 소리만 냈다. 정인은 남자가 차 앞으로 뛰어든 것인지 자신이 남자를 미처 보지 못한 것인지 확신할 수 없었다. 정인은 손을 떨며 핸드백에서 휴대폰을 꺼내 병원으로 전화했다. 자동 응답기의 목소리가 들려왔다. 홍은 앓는 소리를 더 크게 냈다. 정인은 휴대폰을 붙들고 있을 수 없었다. 정인은 다리를 떨며 홍의 곁으로 다가와 허리를 숙였다.

응급차가 오려면, 병원부터, 걸을 수 있어요? 많이 다치셨어요?

홍은 고개를 들며 오른손으로 정인의 아랫배를 강하게 때렸다. 정인은 낮은 신음을 내뱉으며 홍의 어깨 위로 고꾸라졌다. 홍은 정인의 엉덩이를 받쳐 들고 일어났다. 정인의 손에서 빠져나온 휴대폰이 바닥으로 떨어지며 툭 소리를 냈다. 홍은 주변을 둘러보았다. 사람의 모습은 보이지 않았다. 홍은 정인을 둘러멘 채 정인의 핸드백을 집어 들었다. 휴대폰은 그냥 내버려 두었다. 홍은 경사진 언덕을 빠르게 올랐다. 풀벌레들이 찢어지게 울기 시작했다.

*

열대 나무에 달라붙어 울고 있는 귀뚜라미 소리가 거실 창을 타고 넘어왔다. 벤은 1층 거실에 혼자 앉아 있었다. 테이블 위에는 불 밝혀진 여러 개의 초와 담배, 상아로 만든 재떨이, 버번위스키와 잔이 놓여 있었다. 벤은 담배 필터 부분을 테이블에 툭툭 내리쳤다.

와이의 전화기는 여전히 꺼져 있었다. 와이는 오늘 밤에도 들어오지 않을 작정인 듯했다. 벤은 와이의 배를 어루만지고 있을지도 모를 남자의 모습을 떠올렸다. 벤은 상관없다고 생각했다. 자신이 누리는 자유만큼 와이도 그것을 누릴 자격이 있었다.

벤은 바지 주머니에서 작은 비닐에 담긴 야바를 꺼냈다. 벤은 하얀 알약처럼 생긴 야바를 잔에 담고 버번을 중간까지 따랐다. 야바에서 기포가 올라왔다. 벤은 기포가 올라오는 모습을 끈질기게 지켜보았다. 기포가 점차 잦아들자 벤은 단번에 술을 삼켰다. 잠시 후, 기분 좋은 숨소리가 벤의 입에서 새어 나왔다. 벤은 담배를 물고 촛불로 불을 붙였다.

벤이 이유 없는 웃음을 짓고 있을 때, 와이가 거실로 들어왔다. 와이는 건조한 표정으로 벤을 쳐다보곤 냉장고로 다가갔다. 벤은 와이의 뒷모습을 눈으로 좇았다.

잠은 좀 잤나?

못 잤어.

와이는 냉장고에서 물통을 꺼내 컵에 따랐다. 벤은 와이의 옆모습을 보며 생각했다. 여전히 근사하군. 와이는 벤에게 시선을 주지 않은 채 물을 마셨다.

약했어?

남았어. 줄까?

아이가 싫어할 거야.

와이는 컵을 싱크대에 내려놓고 2층으로 올라가는 내부 계단으로 향했다. 벤은 잠자코 있다가 담배를 비벼 끄고 일어났다. 그리고 2층으로 올라갔다.

와이는 침대에 누워 천장을 바라보고 있었다. 부드러운 달빛이 창문을 통해 밀려들어 왔다. 와이는 속으로 중얼거렸다. 날 내버려 둬. 벤은 술잔을 손에 든 채 문에 기대섰다.

휴대폰은 왜 꺼 놓았지?

깊게 자고 싶었으니까.

못 잤다며?

노력해야 했어.

다른 남자를 만난 건 아니고?

당신 취했어. 혼자 있고 싶어.

혼자 있고 싶다고?

벤은 침대로 다가갔다.

오늘밤엔 더 이상 남자가 필요 없다는 뜻인가?

당신은 미쳤어.

와이, 난 괜찮아. 내가 준 돈으로 어떤 놈팡이 포주 놈을 먹여 살리고 그놈의 자식까지 나한테 떠맡겨도 당신은 나한테 여전히 천사야.

다른 남자는 없어.

난 괜찮아, 와이. 정말 괜찮아.

벤은 침대에 누워 와이를 사로잡듯 뒤에서 껴안았다. 그리고 와이의 치마를 걷어 올린 후 팬티를 벗겼다. 와이는 벤을 밀어냈다. 벤은 달래면서 밀어붙였다. 와이는 저항하길 포기했다. 몸속 깊숙이 벤이 들어왔다.

당신이 나의 유일한 천사라고 말해 줘.

나는 당신한테 유일한 천사야.

그래, 그거야. 바로 그거라고.

당신은 짐승이고 악한이야.

천사에게 무릎 꿇은 짐승이자 악한이지.

와이는 창밖을 바라보았다. 와이는 눈을 감지도 신음 소리를 내지도 않았다.

내가 천사와 다른 점이 뭔지 알아?

벤은 와이의 말을 듣지 못했다. 한 가지에 집중했다. 살과 살이 부딪치는 소리가 파도처럼 이어졌다.

나는 당신에게 고통도 함께 줄 거야. 기대해.

아, 와이, 아.

벤은 망치로 머리를 두들겨 맞고 뻗어 버린 도살장의 소처럼 정신이 혼미해졌고 곧 나락으로 떨어졌다.

주방 식탁 위에는 채식주의자를 위한 식단이 준비되어 있었다. 아보카도와 당근, 오이를 넣고 만든 김밥. 토르티야에 브로콜리, 강낭콩, 두부 스크램블, 그릴드 피망, 그릴드 양파를 싸 넣은 브리토. 그린빈에 토마토소스를 뿌린 렌틸콩 파스타. 접시 위 현미밥에는 살사 소스로 볶은 양배추와 토마토가 곁들여져 있었다.

입에 맞을지 모르겠네. 아줌마가 아니라 내가 한 거야. 가족끼리 있었으면 해서 하루 쉬라고 했어. 윤 사장이 말했다.

정인인 언제 와요?

30분 전에 도착할 거라더니 좀 늦네. 고등학교 때 담임 선생 만나고 온다고 했어. 연주회 표 준다고. 그 선생, 실크 행거치프를 늘 꽂고 다녔는데. 말도 엄청나게 많고. 기억나니?

기억나요.

내가 미리 챙겨야 했는데 기억력이 예전 같지 않아.

윤 사장은 계속 한국말로 사소한 일들을 이야기했다. 섬머의 인내력을 시험하는 듯했다. 섬머는 알아듣지 못해도 예의 있게 귀를 기울였다. 정우의 인내심이 먼저 바닥났다.

엄마, 영어로 말해요.

알았어, 인마.

정우는 지금까지의 대화를 섬머에게 통역했다. 정우는 한국에 오기 직전, 윤 사장에게 섬머에 대해 알려 주었다. 채식주의자이며 동물 보호 활동을 펼치고 있다고. 동거 사실도 이때 알렸다. 윤 사장은 놀라지 않았다. 우리 아들, 그런 것도 할 줄 알아? 라고만 했다.

세 사람은 준비한 음식을 먹기 시작했다. 섬머는 음식이 맛있다며 연신 감탄했다. 와인 한 병이 금세 동났다. 윤 사장은 점잔 빼지 않았다. 잇몸을 보이며 웃었다. 섬머는 얼마 전 한국의 개들을 미국에 입양시킨 일을 비롯해 AAI의 활동 배경과 주요 업무를 설명했다. 윤 사장은 관심을 보이며 이것저것 물었다.

동물의 권리와 인간의 권리를 동등하게 여겨야 하는 이유가 있어요?

피터 싱어라는 철학자가 있어요. 프린스턴에서 학생들을 가르쳐요. 그는 동물과 인간에겐 많은 공통점이 있다고 했어요. 여러 공통점이 있지만 제일 큰 공통점은 고통을 느끼는 점이라고 했어요. 동물도 인간처럼 슬퍼하고 아파하고 괴로워한다는 거죠. 인간이 느끼는 비참함과 절망감을 동물도 느낄 수 있어요. 어떤 경우에는 더 예민하기도 하고요. 저는 동물의 고통에 더 쉽게 전염돼요. 인간보다 연약한 존재들이니까요.

윤 사장이 정우를 바라보자 정우가 보충해서 설명했다. 윤 사장이 다시 섬머에게 물었다.

인간과 동물이 고통으로 묶여 있어서 동등하다는 거네요?

정확해요. 고통을 통한 연대라고 할 수 있죠.

윤 사장은 고개를 끄덕이곤 정우에게 한국말로 물었다.

이 아가씨, 염세주의자야?

아, 엄마.

윤 사장은 다시 섬머에게 영어로 물었다.

피터 싱어라는 그 사람도 채식주의자예요?

아마 그럴 거예요. 그런데 그건 다른 문제예요.

다른 문제?

연대의 길이 꼭 한 방향일 필요는 없으니까요.

윤 사장은 또 정우를 바라보았다.

동물을 보호하는 차원이 여러 가지라는 거예요. 채식주의
자도 여러 갈래로 나뉘잖아요. 비건, 락토, 오브 등등.

복잡하면 될 것도 안 돼.

정우는 그 말을 통역하지 않았다. 섬머가 말을 이었다.

사실 동물이 고통받는 곳은 사람도 살기 어려워요. 고통에
무감한 사람들이 많다는 거니까요.

윤 사장이 말을 덧붙이려 할 때, 현관문 열리는 소리가 났
다. 윤 사장은 자리에서 일어났다. 정우와 섬머도 따라 일어
섰다. 윤 사장은 섬머에게 앉아 있으라 손짓하며 현관 앞으로

걸어갔다.

왜 이렇게 전화를 안 받아? 휴대폰 갖다 버려. 그렇게 안 받을 거면.

정인이 구두를 벗고 거실로 들어섰다. 윤 사장을 뒤따라온 정우가 환하게 웃으며 정인을 강하게 껴안았다. 정인은 두 손을 코트에 넣은 채 힘없이 미소 지었다.

오랜만이야.

응. 오랜만.

어디 아프니? 윤 사장이 물었다.

아냐. 먼저 먹지 그랬어?

그러고 있었어. 근데 입술에 그거 뭐야?

정인은 오른손을 주머니에서 빼려다 그만두고 왼손으로 입술을 빠르게 훑었다.

립스틱이 번졌나 봐.

세 사람은 부엌으로 향했다. 정인은 윤 사장 옆에 앉았다. 정인과 섬머는 간단하게 인사를 주고받았다. 정인의 눈에 섬머의 가슴에 매달린 기린 브로치가 들어왔다. 정인은 고개 숙여 자신의 가슴을 바라보았다. 브로치가 보이지 않았다. 기린 브로치는 정우가 미국에 있을 때 보내 준 것이었다. 정우는 섬머와 함께 참석한 행사에서 브로치를 샀다. 두 개를 사서 하나는 정인에게 선물하고 나머지는 섬머에게 주었다. 멸종 위기의 기린을 보호하기 위한, 자선 모금 행사의 일환으로 제작된 것이었다. 브로치를 열 개쯤 팔면 기린 한 마리를 구할 수 있었다.

정인은 음식에 거의 손대지 않았다. 와인만 홀짝였다. 손을 떠는 것 같기도 했다. 정우와 섬머는 알아채지 못했다. 윤 사장만 눈치챘다.

피곤하면 먼저 잘래?

물 좀 마셔야겠어.

정우가 물을 가져다주려 하자 정인이 괜찮다며 먼저 일어나 냉장고로 다가갔다. 정인은 냉장고 문을 붙잡은 채 후들거리는 다리를 버티고 섰다. 정인은 냉장고 문을 간신히 열었다. 정인의 얼굴을 향해 차가운 냉기가 덮쳐 왔다. 정인은 뺨을 후려 맞은 것 같았다. 정인은 주저앉았고 뒤로 쓰러지며 그대로 기절했다. 윤 사장이 짧은 비명을 질렀다. 정우는 바닥에 쓰러진 정인을 끌어안은 채 정인의 볼을 흔들며 정인의 이름을 반복해서 외쳤다. 정인은 눈을 뜨지 못했다.

*

벤이 침실에서 눈을 떴을 때, 와이는 곁에 없었다. 오전 8시였다. 벤은 1층 거실로 내려갔다.

와이는 식탁에서 밥을 먹고 있었다. 접시 위에는 바게트와 바나나, 로즈애플이 놓여 있었다. 와이는 입맛이 없었지만 정의로운 일을 위해 갖은 난관을 헤쳐 나가는 사람처럼 꾸역꾸역 먹었다.

잠은 좀 잤나?

조금.

병원에서는 뭐라고 했어?

즐거운 생각을 하라고 했어. 마음을 편히 가지라고. 불면증을 치료하려면 그게 중요하다고 했어.

알았어. 즐거운 것을 하자고. 뭘 하면 좋겠어?

경찰병원에 데려다 줘. 에라완 사원 옆에 있는 거. 거기 산부인과가 괜찮다고 들었어.

그러지. 벌써부터 즐거워서 어쩔 줄을 모르겠군.

벤은 와이의 머리에 입을 맞춘 후 냉장고에서 탄산수를 꺼냈다. 그리고 와이의 맞은편 의자에 앉았다.

섬머는 노크를 먼저 하고 배 속에서 나왔어. 그런데 엄청나게 울더군. 배 밖의 세계가 자신의 기대에 한참 못 미쳐서 그런 게 아닐까 했지.

와이는 웃지 않았다. 벤의 눈을 지그시 바라보기만 했다.

무슨 생각해?

내 아이 생각.

걱정하지 마. 아이는 내가 보살필 테니까.

언제까지?

연금이 바닥날 때까지.

와이는 다시 벤의 얼굴을 빤히 바라보았다. 벤은 어깨를 으쓱한 후 담배에 불을 붙였다. 와이는 벤을 향한 시선을 거두지 않은 채 로즈애플을 베어 물었다.

그 이상은 바라지 않는군. 돈이 떨어지면 당연히 나를 떠날 테니까.

그러길 원해?

전혀. 그렇지만 그렇게 되겠지.

나는 당신을 사랑해.

나도 그래. 그런데 늘 고민하게 되더군. 사랑 뒤에 뭐가 있을까 하고 말이야.

다음엔 뭐가 있는데?

그리움? 아쉬움? 예전에 그렇게 생각했지. 지금은 아니야. 이혼한 아내는 전혀 없더라고. 가끔 전화하면 이렇게 말했어. 또 술 취해서 전화하면 경찰에 신고할 거라고.

와이는 반쯤 베어 먹은 로즈애플을 벤에게 내밀었다. 벤은 손을 저었다. 와이가 재차 권하자 벤은 억지로 한입 베어 물었다. 와이는 벤의 담배를 넘겨받은 후 한 모금 빨고 재떨이에 비벼 껐다. 그리고 벤의 눈을 바라보며 말했다.

당신이 죽거나 사라지면, 나는 죽을 때까지 당신을 생각하고 아파하고 그리워할 거야. 당신을 향한 내 그리움은, 바다를 항해하는 배처럼 멀리멀리 나아갈 거야.

*

휘몰아치는 바닷바람에 파도가 들썩였다. 낡은 배는 버둥거리며 나아갔다. 홍은 갑판에 위태롭게 서서 멀어지는 항구를 바라보았다. 해무가 피어 오른 항구는 이름을 알 수 없는 먼 나라의 것처럼 아득하게 느껴졌다.

부산항에서 출발한 중국 어선은 동중국해로 나아갔다. 중국 어선보다 러시아 어선이 더 믿을 만했지만 선택의 여지가 없었다. 홍은 중국인 선장에게 200만 원을 건넸다. 중국인 선장은 100만 원을 더 요구했다. 홍은 100만 원을 더 건넸다. 싱가포르까지 실어다 주는 조건이었다. 선장은 보름 이상 걸릴 거라고 했다. 홍은 그보다 더 걸릴 거라는 것을 알고 있었다. 홍은 속으로 중얼거렸다. 트 깐바. 쓰레기라는 뜻이었다. 그것은 자신을 겨눈 말이기도 했다. 붕대로 대충 감아 놓은 홍의 왼쪽 새끼손가락은 비틀린 채 너덜거리고 있었다.

홍은 선원들과 함께 아침을 먹었다. 선원들은 홍에게 가까이 다가오지 않았다. 말을 거는 사람도 없었다. 홍은 더러운 바닷물을 퍼마시는 기분이었다. 선원들의 작업이 시작되자 홍은 기계실로 내려갔다.

홍은 선장이 준 낡은 모포를 바닥에 깔고 누웠다. 그리고 가방에서 정인의 지갑을 꺼내 내용물을 확인했다. 신용카드 몇 개와 주민등록증, 운전면허증이 있었다. 그리고 가족사진. 윤 사장은 의자에 앉아 있었고, 윤 사장 오른쪽에는 정인이, 왼쪽에는 정우가 서 있었다. 정우와 정인은 환하게 웃으며 윤 사장의 어깨에 한 손을 올리고 있었다. 홍은 정인의 얼굴을 오랫동안 들여다보았다. 잠시 후, 홍의 눈이 천천히 감겨 왔다.

거친 파도에 배가 뒤집힐 듯 일렁였고, 요란한 엔진 소리가 울려 퍼졌다. 홍은 몸을 뒤척이다 바로 누웠다. 그리고 눈을 떴다. 정인이 눈앞에 있었다. 정인의 눈동자에는 홍의 얼굴이 가득했고, 정인의 입을 막고 있는 하얀 손수건은 붉은 피로 흥건히 젖어 있었다. 하얀 손수건에서 흘러내린 피가 홍의 얼굴 위로 한 방울, 또 한 방울 떨어졌다.

어젯밤, 홍은 정인의 몸을 짓누른 채 피로 얼룩진 정인의 얼굴을 조용히 바라보았고, 정인은 홍을 올려다보며 조금 전 홍이 자신에게 한 짓을 끔찍한 악몽처럼 되새겼다. 가을바람 이 가문비나무와 단풍나무를 흔들고 지나갔다. 나뭇잎 사이 로 피아노 소리와 기타 소리가 들려오는 듯했다. 메트로놈이 박자를 세는 것처럼, 홍의 왼손에서 흘러내린 피가 바닥의 단풍잎을 향해 뚝, 그리고 또 뚝 떨어졌다.

잠시 후, 홍은 몸을 일으켰다. 그리고 두어 발짝 물러나 정인을 내려다보았다. 정인은 바닥에 누운 채 뒤로 물러났다. 산책로에 깔린 마른 단풍잎이 바스러지며 쓸려 나갔다. 정인은 등 뒤로 묶여 있는 손을 타고 전해지는 고통 때문에 정신이 아찔했다. 정인이 쓸고 나간 자리는 정인의 손에서 흘러내린 피로 붉게 물들었다.

더 콩마이라 하잉동 꾸어 또이 비이 깍엠 마 하 깍반 녀 늉 지 민 다 람 버이.

홍은 그 말을 마지막으로 산책로 옆 터널 속으로 사라졌다. 정인은 멀어지는 홍의 뒷모습을 보며 생각했다. 누구에게도 오늘밤의 일을 말해선 안 된다고, 가족들도 알아서는 안된다고, 사실이 알려지면 지금보다 더한 치욕이 자신을 기다리고 있을 것이라고. 정인은 입안 가득한 홍의 피를 뱉어 내며 오랫동안 헛구역질했다.

가을 독주회는 취소되었다. 정인은 사건이 있은 날 밤부터 그다음 주 토요일까지 병원에 입원했다. 공식적으로는 빈혈이 공연 취소 사유였다. 정인만 공연이 취소된 진짜 이유를 알았다. 주체할 수 없이 떨리는 오른손이 문제였다.

정인은 그날 밤 공중화장실에서 얼굴에 묻은 홍의 피를 닦아 냈듯, 틈만 나면 거울을 보며 마른 얼굴을 씻어 내렸다. 메트로놈이 정해 놓은 것보다 느리다며 벽을 향해 집어던졌고, 빠르다며 바닥에 내동댕이쳤다. 악보를 수수께끼 풀듯 쳐다보며 자주 딴생각에 빠졌다. 혼자 울고, 웃었다. 정인은 누구에게도 더 이상 친절할 수 없었다. 현이 끊어져 눌러도 소리 나지 않는 건반처럼 살아오며 간직하던 감정 몇 개가 사라져 버렸다.

2부

걸어온 모든 길,
막연한 원망,
어둠과 뒤섞인 타고난 희망

— 파블로 네루다, 고혜선 옮김, 「마음 아픈 낮」,
『실론 섬 앞에서 부르는 노래』(문학과지성사, 2000)

린은 페인트가 벗겨지고, 외벽 군데군데가 잡초 뿌리처럼 금 간 복도식 임대 아파트 4층에 살았다. 임대 아파트는 룸 피니 공원에서 네 블록 떨어진 곳에 있었는데 웅온 레스토 랑에서도 그리 멀지 않았다. 임대 아파트에서 자전거를 타고 20분쯤 달리면 레스토랑에 닿을 수 있었다.

임대 아파트의 모든 거주자들은 거리 쪽으로 난 큰 창에 짐을 얹어 놓을 수 있게 받침대를 덧대어 놓았고, 그 위에 천 막을 쳐서 비를 피할 수 있게 했다. 받침대 위에는 형체가 뒤 틀린 양동이, 보호망이 사라진 선풍기, 옆구리가 터진 공룡 인형, 출처를 알 수 없는 철골들, 밑 빠진 항아리들이 놓여 있 었다. 건조대도 창밖으로 나와 있는 경우가 많았는데 화려한 색상의 티셔츠가 제일 많이 널려 있었다. 세탁을 한 것인지 아닌지 구분하기 어려웠다. 복도를 따라 이어진 현관문 앞에는 더러운 운동화와 슬리퍼 여러 개가 어지럽게 놓여 있었고 아파트 계단에는 빈 페트병과 담배꽁초, 휴지 조각, 쓰고 버린 콘돔과 마스크 등이 쌓여 있었다.

임대 아파트 출입구는 자동차 두 대가 간신히 지나갈 만한 좁은 거리를 돌아 들어가야 찾을 수 있었다. 거리에는 임대 아파트 벽을 등진 채 천막을 치고 장사를 하는 가게들과 전깃줄이 난잡하게 엮여 있는 키 낮은 전봇대가 줄지어 서 있었다. 임대 아파트 출입구 왼쪽에는 슬레이트를 엮어 만든 주차장이 있었고, 그 앞에 오토바이와 차 들이 질서 없이 주차되어 있었다. 얼핏 보면 폐차장 같았다. 출입구 계단 바로 앞에는 콘크리트로 사면을 두른 우물이 있었는데 끝없이 악취가 올라왔다.

밤이면 임대 아파트 창밖으로 온갖 소리가 뻗어 나왔다. 주로 낄낄거리는 소리였고 가끔은 남녀가 날을 세우고 다투는 소리도 들렸다.

왜 왔어?

여긴 내 집이야.

이제부턴 내 집이야.

내가 먼저 살았어!

집세를 내가 더 많이 냈어. 꺼져!

누구도 싸움에 간섭하지 않았다. 간섭하면 칼부림이 날 때도 있었다. 더 치열하고 비열하게 싸우는 건 간섭으로 인한 다툼이었다. 누군가는 이런 모습들을 보며 이렇게 생각할지도 몰랐다. 사유와 사투 중에서 사유를 빼면 그게 바로 삶이며, 가끔 둘 사이에서 찌부러지는 게 삶이기도 하다고.

린은 작년 여름까진 차오프라야강을 끼고 있는 사판 탁신역 근처의 작지만 깨끗한 스튜디오에서 살았다. 중국 레스토랑에서 일하는 베트남 여자와 집세를 나눠 냈는데 여름에 그녀가 치앙마이로 떠났다. 그곳 대학의 일본어 강사와 연애를 하게 된 것이다. 린 혼자 스튜디오 월세를 감당하기에는 벅찼다. 때마침 응온에서 함께 일하는 베트남 동료가 린에게 제안했다. 동거하고 있는 남자가 요즘 집에 들어오지 않는다고, 다른 여자가 생긴 것 같다고, 자신과 임대 아파트에서 세를 나눠 내며 같이 살지 않겠냐고. 그 남자는 린도 아는 사람이었다. 20대 중반의 태국 남자였는데 낡은 오토바이를 끌고 다니며 응온과 그 주변 식당에 야채 같은 식재료를 배달하고, 술집에서 일하는 여성들을 고고바에 데려다주는 일로 생계를 잇는 사람이었다. 그것도 지역 조직폭력배의 허락을 받아야 할 수 있는 일이었다. 구역별로 색깔이 다른 조끼를 입은 남자들이·오토바이와 툭툭이를 이용해 사람과 물건을 실어 날

랐는데 목 좋은 곳의 조끼는 한국 돈으로 약 1800만 원에 거래되었다. 지정 구역이 아닌 곳에서 일하다가 피를 보는 일도 흔했다.

린은 동료의 제안을 오래 끌지 않았다. 동료가 큰방을 썼고 린이 작은방을 썼다. 그렇게 며칠 지났을 때, 태국 남자가 다시 임대 아파트로 돌아왔다. 린의 동료와 태국 남자는 서로의 물건을 집어 던지며 싸웠다. 셋은 한동안 함께 살았는데 어느 날 린의 동료가 말없이 사라졌다. 뜨내기들 사이에서는 흔한 일이었다.

태국 남자는 집세를 낼 수 없다고 버텼다. 그 멍청한 여자는 곧 돌아올 것이라고, 돌아오면 그 여자가 집세를 낼 거라고, 그 전까지는 린이 내야 한다고 했다. 린은 남자가 뻔뻔한 얼굴로 억지를 부리는 것이 지긋지긋했다.

이 집에서 나갈 거야.

나는 어떻게 하라고? 안 돼.

그건 네 문제야.

아니. 이건 순리에 어긋난 문제야.

태국 남자가 린보다 먼저 집을 나갔다. 린이 새로 산 선풍기를 몰래 들고. 남자는 창가 받침대 위에 놓여 있던, 담뱃불로 지져진 탓에 여러 군데 구멍이 뚫린 등번호 25번의 오토바이 조끼와 찢어진 티셔츠 두 장을 남겨 놓았다. 린은·남자의

짐을 갖다 버리며 다짐했다. 남자를 다시 만나면 다리를 부숴
놓겠다고.

이틀 뒤, 린은 식당 뒷문에 서서 남자를 노려보았다. 남자
는 실실 웃으며 양배추를 주방으로 옮겼다. 일이 끝나자 남자
가 손을 털며 린에게 말했다.

내 오토바이 조끼 내놔.

선풍기부터 가지고 와.

그건 벌써 팔았어.

네 조끼는 내다 버렸어.

거짓말. 그게 얼마짜리인지 알아?

집세랑 선풍기값부터 계산해. 그럼 돌려줄게.

복잡하게 그럴 거 없어.

남자는 린의 손을 거칠게 붙잡았다. 뒤에서 지켜보고 있던
주방장이 남자에게 주먹을 날렸다. 베트남 출신의 주방장은
살집이 두툼한 중년의 게이였는데 린을 친동생처럼 아꼈다.
남자가 비틀거리며 무릎을 꿇자 린은 주방에서 육수 낼 때
쓰는 소 다리뼈를 가져와 남자의 얼굴에 집어 던졌다. 남자는
비명을 지르며 코피를 쏟았다.

미친 베트남 꼴통들! 내가 누군지 모르지? 절대 가만 안
둘 거야!

린은 남자에게 다가갔다. 남자는 뒷걸음치며 가까이 오지

말라고 소리쳤다. 린은 멈춰 서서 왼쪽 새끼손가락을 치켜세웠다.

네 물건이 딱 이만하다며? 잘 보이지도 않지? 넌 네 거기만 한 자식이야.

남자는 욕을 내뱉으며 오토바이를 타고 사라졌다. 그날 이후 남자는 나타나지 않았다. 주방장이 태국 남자가 하던 일을 대신할 사람을 구했다. 베트남 남자였고 이름은 하이였다.

하이는 옹온에 배달 오면 주방장이 건넨 쌀국수를 골목 귀퉁이에 앉아 조용히 먹고 갔고, 식재료 배달이 끝나면 관광객들을 태우고 다녔다. 하이는 천국에 살며 토라진 사람처럼 불만도 행복도 느껴지지 않는 얼굴로 해야 할 행동만 했고, 꼭 필요한 말만 했다. 린은 그런 하이가 이유 없이 거슬렸다. 린이 하이에 대해 묻자 주방장은 이렇게 말했다. 배달 일을 하기 전에는 차오프라야강 하류 선착장 근처의 수상 가옥에서 베트남 출신 잡부들과 함께 살며 노역을 했다고. 펍에서 우연히 말을 섞었는데 자신과 고향이 같았다고. 성실한 것 같아 기사 일을 할 수 있도록 지역 조폭 두목에게 줄을 대주었다고. 착실히 돈을 모았는지 계약금으로 5만 바트를 선뜻 내더라고. 주방장은 씩 웃으며 덧붙였다.

게이야. 내 타입은 아니지만.

하이가 일을 시작한 지 한 달이 지났을 때, 린은 골목에 쭈

그리고 앉아 쌀국수를 먹고 있는 하이에게 베트남식 스프링롤인 고이쿠온 몇 개를 가져다주었다. 하이는 의아한 표정으로 린을 바라보기만 했다.

어차피 버릴 거였어.

린은 등 뒤에 감추고 있던 맥주를 하이가 손을 뻗어 집을 수 있는 거리에 내려놓았다.

이것도.

하이는 린의 눈을 바라보며 맥주를 집어 들었다. 그리고 한 모금 들이켠 후 스프링롤을 먹기 시작했다. 린은 팔짱 낀 채 하이가 먹는 모습을 지켜보았다. 린은 생각했다. 무고한 사람에게 죄책감을 느끼게 만드는 피곤한 타입이라고. 스프링롤이 하나 남았을 때, 하이가 입을 열었다.

같이 살래?

린은 어이없는 웃음을 지었다.

애인 있어.

애인 하자는 말이 아냐.

아, 맞다. 게이랬지.

주방장한테 들었어. 네가 룸메이트를 구하고 있다고.

거기 집세 비싸.

돈은 있어.

하이는 주머니에서 돈을 꺼내 린에게 내밀었다. 대충 봐도 다섯 달 치는 될 것 같았다. 린은 하이의 얼굴을 빤히 바라보았다. 짧은 머리카락이 머리 위로 삐죽삐죽 솟아 있었고, 이마는 적당히 굴곡을 이루고 있었다. 눈두덩이 천막처럼 펼쳐져 있어 눈이 더 깊어 보였고, 엷게 그늘진 눈 아래서 아이처럼 맑은 눈빛이 반짝였다. 코는 작았지만 콧날이 날카로웠다. 하이는 자신을 낱낱이 훑어보는 듯한 린의 노골적인 눈빛 때문에 난감한 표정으로 눈웃음을 지었다. 린은 하이가 내민 돈을 세지도 않고 주머니에 넣었다.

내가 여기서 본 베트남 남자들은 대부분 쓰레기 아니면 멍청이였어. 너는 어느 쪽이야?

이 근처에 살면서 사업을 할 거야.

무슨 사업?

그건 차차 생각해 봐야지.

비자 없지?

없어.

그럼 못해.

할 수 있어.

멍청이네. 아파트에는 언제 들어올 거야?

오늘밤부터. 돈 가지고 도망갈 생각이라면 지금 말해. 그냥 줄 수도 있으니까.

도망갈 거야. 미국으로.

악수를 하자는 듯 하이가 오른손을 내밀었다. 린은 하이의 손등을 툭 치곤 레스토랑 안으로 들어갔다. 하이는 린의 뒷모습을 바라보며 남은 맥주를 들이켰다.

두 사람은 마주치는 일이 거의 없었다. 하이는 며칠씩 집을 비울 때도 있었고, 어떤 때는 하루 종일 방에만 있었다. 사업을 준비하는 것이 아니라 음모를 꾸미는 사람처럼 보였다. 하이가 집을 비웠을 때, 린은 하이의 방을 몰래 뒤졌다. 범죄자라면 자신까지 곤란할 일이 생길 수 있다는 게 이유였다. 하이의 방은 잠시 머물다 가는 싸구려 여관방 같았다. 티셔츠 몇 벌과 해진 반바지가 걸려 있는 옷걸이, 태국 남자가 쓰던 앉은뱅이책상과 침구가 한쪽 구석에 놓여 있을 뿐 다른 것은 없었다. 린은 앉은뱅이책상으로 다가가 서랍을 당겨 보았다. 서랍은 잠겨 있었다.

함께 산 지 2주가 지났을 무렵 하이는 린에게 아침마다 레스토랑에 공짜로 태워다 줄 테니 태국어를 알려 달라 부탁했다. 곧 시작할 사업을 위해 태국어를 더 잘해야겠다는 것이었다. 린은 자신이 손해라는 투로 말하며 못 이기는 척 하이의 제안을 받아들였다. 하이는 태국어를 그리 느리지 않게 익혀 나갔다. 그런 하이의 모습을 보며 린은 속으로 중얼거렸다.

완전 멍청이는 아니네.

태국어를 배우는 동안, 하이는 하루도 거르지 않고 린을 레스토랑에 데려다주었다. 아침이면 아파트 입구에서 오토바이에 앉아 린을 기다리다 린이 오토바이 뒷좌석에 앉으면 말없이 레스토랑으로 향했다. 가끔 밤에도 린을 데리러 왔다. 린이 팟퐁의 펍에서 놀 때는 펍 밖에서 기다리다 술에 취한 린이 비틀거리며 펍을 나오면 오토바이 뒤에 짐짝처럼 얹고 집으로 돌아갔다. 린이 방콕 외곽의 술집에 있을 때도 데리러 왔다. 린은 아무것도 묻지 않았다. 속으로는 이렇게 중얼거렸다. 제기랄.

두 사람 모두 쉬는 날엔 하이가 요리하고 린은 먹었다. 린은 가끔 남자를 집에 데리고 왔다. 하이는 그 누구도 데려오지 않았다. 속옷만 입고 거실에 누워 있는 린과 마주친 이후에는 자신도 속옷만 입고 돌아다녔다.

2월 첫째 주 금요일 밤, 린은 클럽에서 늦게까지 술을 마셨다. 동이 터 올 무렵 클럽 앞에서 친구들과 헤어진 린은 무언가를 찾는 듯 주변을 둘러보다 쓴웃음을 지었다. 그리고 택시를 타고 집으로 돌아왔다.

린이 현관문을 열자 화장실에서 샤워하는 소리가 들려왔다. 린은 화장실 문을 벌컥 열었다. 하이는 침착한 표정으로 린을 바라보기만 했다.

자위해?

가끔. 지금은 아니고.

너 정체가 뭐야?

무슨 정체?

나한테 왜 잘해 주는 거야?

네가 잘해 준 게 아니고?

난 그런 적 없어.

그렇다고 해. 계속 거기 서 있을 거야?

린은 몸의 잔 근육을 따라 하얀 거품이 흘러내리는 하이의 벌거벗은 몸을 노골적으로 훑어보다 구름처럼 부풀어 오른 하이의 성기에서 시선을 멈췄다. 그리고 자신의 손바닥을 펼쳤다. 자신의 손으로는 부족했다. 하이가 아래를 내려다보며 말했다.

난 게이가 아냐.

그래서?

그냥 그렇다는 거야.

관심없어. 상관도 없고.

알았어.

하이는 몸을 돌려 손바닥에 묻어 있는 샴푸를 머리에 바르고 문질렀다.

나한테 잘해 주지 마.

알았어.

린은 하이를 잠깐 흘겨본 후 화장실 문을 쾅 닫았다.

*

녹이 슨 철문이 열리며 뼈가 으스러지는 듯한 소리가 났다. 정인은 마당 안으로 조심스럽게 발을 내밀었다. 한 발 그리고 또 한 발. 좁은 마당에는 동파에 대비해 흰 천을 감아 놓은 수도꼭지가 오래된 지팡이처럼 꽂혀 있었고, 그 아래 빨랫비누, 스테인리스 세숫대야가 놓여 있었다. 바람이 지나가자 세숫대야에 얕게 담긴 물 위에서 달빛이 출렁였다.

정인은 현관문으로 다가가 허리를 숙였다. 그리고 일자형 알루미늄 문고리가 달린 현관문에 귀를 대고 집 안의 기척을 살폈다. 불규칙적으로 코를 고는 소리가 들려왔다. 문을 열고 들으면 귀가 아플 정도로 큰 소리였다.

정인은 문고리를 천천히 잡아당겼다. 문은 잠겨 있었다. 정인은 문고리를 붙잡고 앞뒤로 흔들었다. 꿈쩍도 하지 않았다. 정인은 오른손에 들고 있던, 손잡이에 십자가 문양이 새겨진 30센티미터 길이의 칼을 문틈에 끼웠다. 그리고 휴대폰 불빛에 의지해 칼날 끝을 실린더에 찍어 누르고 홈을 지렛대 삼아 옆으로 계속 밀어냈다. 몇 번을 반복한 끝에 실린더가 긁히는 소리를 내며 밀려 나갔다. 정인은 재빠르게 문고리를 잡아당겼다. 그리고 잠시 동안 숨죽인 채 기다렸다.

번쩍거리는 타일 바닥에는 기름때가 묻은 운동화 몇 개가 질서 없이 놓여 있었다. 정인은 신발을 벗지 않고 문턱을 넘었다. 1미터 간격으로 떨어져 있는 방문 두 개가 보였다. 정인은 오른쪽 방문 앞으로 다가갔다. 그리고 문고리를 잡고 천천히 돌렸다.

방 안에는 남자 둘이 이불을 나눠 덮고 있었다. 한 남자는 바로 누워 있었고 다른 남자는 모로 누워 있었다. 정인은 남자들의 얼굴을 확인한 후 문을 닫았다. 그리고 확신에 찬 표정으로 왼쪽 방문 앞에 섰다.

왼쪽 방에는 고개를 창문 쪽으로 향하고 있는 남자가 침대 위에 거꾸로 누워 있었다. 남자의 머리맡 바닥에는 달빛에 반짝이는 무언가가 아무렇게나 놓여 있었는데 정인은 그것이 무엇인지 단번에 알 수 있었다. 그날 밤 잃어버린 기린 브로치였다.

정인은 브로치를 집어 들었다. 그리고 남자의 얼굴을 확인하기 위해 다시 허리를 굽혔다. 순간 촛대 하나가 정인의 얼굴 옆으로 불쑥 나타났다. 촛대 위에는 세 개의 초가 불을 밝히고 있었다. 정인은 촛대를 든 손을 따라 천천히 시선을 옮겼다. 땅에서 솟아난 그림자처럼, 짙은 명암이 얼굴에 드리워진 윤 사장이 곁에 서 있었다. 윤 사장은 정인을 보며 짧게 고개를 끄덕였다. 그리고 촛대를 남자의 얼굴 가까이 들이밀었다. 불빛을 받은 남자의 얼굴 위로 촛불의 그림자가 불안하게 흔들거렸다.

윤 사장이 촛대를 바닥에 내려놓자 정인은 오른손에 든 칼을 남자의 목 아래 들이댄 후 왼손으로 남자의 머리카락을 강하게 움켜쥐었다. 남자가 번쩍 눈을 떴다. 윤 사장은 남자의 가슴을 두 손으로 짓눌렀고, 정인은 남자의 목소리가 새어 나오기도 전에 남자의 목을 깊게 그었다. 남자의 목에서 피가 뿜어져 나왔다. 남자는 헤엄치듯 허우적거리며 정인의 얼굴을 향해 손을 휘둘렀다. 정인은 물러서지 않았다. 더 깊숙한 곳으로 끈질기게 칼을 밀고 나갔다. 남자는 두 손으로 칼을 움켜쥐며 밀어내려 했다. 그럴수록 칼날은 남자의 손바닥을 더 깊게 파고들었다. 남자는 전기에 감전되기라도 한 것처럼 몸을 떨었다. 남자의 피가 매트리스를 타고 바닥으로 흘러내렸다.*

정인은 천천히 뒤로 물러섰다. 남자는 한 손으로 자신의 머리를 내리눌렀고 나머지 손으로는 피가 흘러나오는 목을 감쌌다. 남자는 정인을 바라보며 입을 뻐끔거렸지만 입에서 새어 나온 소리는 단어로 뭉쳐지지 않았다.

똑바로 말해. 정인이 말했다.

남자는 다시 입을 뻐끔거렸다. 결과는 마찬가지였다. 정인

---

* 아르테미시아 젠틸레스키, 「홀로페르네스의 목을 베는 유디트」.

은 무릎을 꿇으며 남자의 입 쪽으로 귀를 내밀었다. 남자는 간신히 말했다.

더 콩마이라 하잉동 꾸어 또이 비이 깍엠 마 하 깍반 녀 늉 지 민 다 람 버이.

정인은 몸을 일으켰다. 그리고 남자의 얼굴을 바라보았다. 남자는 정인을 비웃고 있었다. 정인은 칼을 높이 치켜든 후 가차 없이 남자의 목을 내리쳤다. 애처롭게 붙어 있던 남자의 머리가 몸통에서 떨어져 나가며 매트리스 아래로 툭 떨어졌다. 정인은 남자의 머리를 집어 들고 다시 한번 남자의 얼굴을 확인했다.

남자는 홍이 아니었다. 조금 전까지 보였던 왼쪽 눈의 상처와 거뭇거뭇한 콧수염도 사라져 있었다. 정인은 남자의 머리를 방구석으로 내던졌다. 그리고 침대로 다가가 축 늘어져 있는 남자의 왼손을 들어 올렸다. 남자의 손가락은 갓 태어난 아기의 것처럼 부드럽고 매끈했다. 정인은 소리쳤다.

한국말!

정인은 꿈에서 깨어났다. 식은땀이 정인의 이마에서 귓가로 피처럼 흘러내렸고, 등 아래서 단풍잎이 바스락거리는 소리가 들려왔다. 정인은 한동안 움직이지 못했다. 얼어붙은 얼굴로 천장을 바라보기만 했다. 정인은 생각했다. 일어나야 해. 지면 안 돼.

정인은 매번 같은 꿈을 꾸었고 같은 방식으로 꿈에서 깼다. 홍을 죽였지만 목을 자르고 보면 홍이 아니었고, 홍이 마지막으로 남긴 말이 메아리처럼 귓가를 맴돌 때, 번쩍 눈을 떴다. 홍의 말을 이해할 수 없다는 것이 더욱 고통스러웠다. 베트남어 교수를 찾아가 기억나는 대로 들려주자 교수는 말했다.

해몽은 제 분야가 아닌데요?

정인은 가운을 입고 1층으로 내려갔다. 윤 사장은 아직 깨지 않은 듯했다. 정인은 커피를 내린 후 연습실로 들어갔다. 창밖으로 쓰레기 수거 차량이 어둑어둑한 거리를 지나는 모습이 보였다. 그날 이후 정인은 블라인드를 항상 올려 두었고 연습 시에도 환하게 조명을 밝혔다.

정인은 선반에서 CD 한 장을 꺼냈다. 2004년에 발매된 레온 플라이셔의 「TWO HANDS」였다. 레온 플라이셔는 '근육 긴장이상'으로 30여 년 이상 오른손을 쓰지 못했는데 오랜 재활 끝에 병을 이겨 내고 40여 년 만에 양손으로 연주한 앨범을 발표했다. 그 앨범이 「TWO HANDS」였다. 스피커에서 레온 플라이셔가 연주한 드뷔시의 「Clair du Lune」이 연주실의 무거운 적막을 깨뜨리며 흘러나왔다.

지난해 취소된 가을 공연은 올해 4월로 다시 잡혔다. 정인은 홍이 자신의 공연을 보길 원했다. 정인은 홍의 손과 발을 로프로 묶은 후 손수건으로 입을 틀어막은 다음 객석에 앉혀 놓고 싶었다. 그리고 그 앞에서 보란 듯이 연주하고 싶었다. 넌 아무것도 아니라고. 너 따위에게 절대 굴하지 않겠다고. 넌 야유도 손짓도 그 어떤 것도 할 수 없다고. 연주가 끝나면 피아노를 쳤던 이 두 손으로 너의 두 손을 잘라 버리겠다고. 평생 씻을 수 없고, 잊을 수 없는 기억을 만들어 주겠다고.

정인은 하루 여덟 시간씩 연습했다. 많을 때는 열 시간을 넘겼다. 허리가 끊어질 것 같은 날도 있었다. 정인은 스스로를 다그쳤고 극한으로 자신을 밀어 넣었다. 의지와 행동으로 자신의 오른손을 정복하고 굴복시키고 싶었다. 가끔은 오른손을 떨지 않았다. 그러나 생각이 차오르면 불현듯 오른손이 떨려 왔다. 정인은 불협화음을 연주할 때처럼 마음 깊은 곳에서 무언가가 어긋나고, 어딘가가 뒤틀려 있다는 생각을 떨쳐 낼 수 없었다.

「Clair du Lune」이 끝나고 슈베르트의 「Piano Sonata No. 21 in B-Flat Major, D. 960」 1장이 흘러나왔다. 윤 사장은 연습실 문 앞에서 서성였다. 어떻게 이야기를 꺼내야 할지 몰랐다. 이야기를 꺼내면 마음속 두려움이 현실로 나타날 것 같아 두려웠다.

며칠 전, 열처리 라인 반장이 윤 사장의 회사 집무실로 찾아왔다. 반장은 쭈뼛거리며 입을 열었다. 두 달 전, 정인이 그림을 그리던 이주 노동자의 이름과 행방을 물었다고, 그 남자가 손을 다치게 된 경위와 회사를 그만둔 이유를 알고 싶어 했고, 사장님에게는 자신이 찾아온 것을 비밀로 할 것을 요구했다고, 어떻게 해야 될지 몰라 지금껏 망설이다 이제 말씀드려 죄송하다고. 반장은 정인의 질문에 이렇게 대답했다고 했다. 애들이 다들 비슷비슷하게 생겨 이름이 헷갈린다고, 불법 이주 노동자들은 어지간히 바쁘지 않으면 안 쓰는 게 좋다고, 단속 나오면 하루 종일 어두운 창고에 갇혀 있어야 하고 늘 도망치듯 사는 게 불쌍하고 딱하다고, 그래서 사고가 났을 시에는 사장님이 수술 비용과 임금을 모두 보전해 주었다고. 반장은 정인의 집요한 질문에 이름과 주소를 알려 주었다는 말은 숨겼다. 윤 사장은 반장의 말을 들으며 지난 몇 개월간 자신을 대하는 정인의 달라진 태도를 뒤돌아보았다. 자신이 말을 걸면 정인은 이렇게 대꾸했다.

목소리 높이지 마. 천천히 말해. 듣기 거슬려.

윤 사장은 반장을 바라보며 머리카락을 쓸어 넘겼다. 몇 가닥의 머리카락이 손에 잡혀 나왔다. 윤 사장은 되돌릴 수 없는 일이, 홍도 자기 자신도 용서받을 수 없는 일이 벌어진 것은 아닐까 두려웠다.

그 사람 좀 찾아봐요. 그때 경찰이 놓친 게 확실요?

반장은 우물거리기만 했다.

나가서 찾아요.

네?

회사 안 나와도 되니까 그 사람 찾으라고요.

제가 어떻게?

됐어요. 나가 봐요. 이 일 소문나면 회사 그만둬요.

알겠습니다.

반장이 집무실을 나가자 윤 사장은 홍의 얼굴을 떠올려 보려 했다. 애를 써도 홍의 얼굴은 그려지지 않았다. 윤 사장은 생각했다. 필리핀? 베트남?

*

정우의 MBA 과정이 끝나자 섬머는 정우에게 태국에 함께 가자고 했다. 자신의 아버지를 만나자는 것이었다. 프러포즈였다. 정우의 놀란 표정을 따라 하며 섬머는 덧붙였다.

당신은 선수고 나는 감독이야. 당신은 내가 시키는 대로 하면 돼. 일단 4월에 방콕에서 봐.

바람피우긴 충분한 시간이네?

감독 말 안 들으면 어떻게 되는지 알지? 퇴출이야. 그 열정을 좀 더 유익한 일에 쓰는 거 어때?

섬머가 태국에 가는 목적은 또 있었다. 태국은 코끼리 상아 밀수의 거점이었다. 아프리카에서 밀수입된 상아는 국내용으로 둔갑해 관광객들에게 팔렸고 일부는 중국을 비롯한 동남아시아 국가로 수출되었다. 중국이 제일 큰 손이었다. 상아 때문에 매달 약 3000마리의 아프리카코끼리가 살해됐고 결국, 멸종 위기에 몰렸다. 상아를 팔아 벌어들인 돈은 아프리카 테러 조직의 자금원으로 쓰였다. 섬머는 '야생동물 거래를 감시하는 국제 네트워크'와 협력해 아프리카 국가들에 압력을 가할 수 있는 보고서를 작성해야 했다. 태국 정부도 적극적 지원과 협력을 약속했다. 지금껏 섬머가 맡은 업무 중 제일 규모가 크고 위험한 일이었다. 그러나 정우에게는 티크 벌목꾼들의 코끼리 학대 실태를 조사하는 일이라고만 말했다. 지난 인도네시아 출장 때 멸종 위기 동물인 '검정짧은꼬리원숭이' 밀렵을 막으려던 섬머의 동료는 밀렵꾼들이 휘두른 칼에 다리를 깊이 베였다. 그 사실을 뒤늦게 알게 된 정우는 섬머에게 조심스럽게 부탁했다. 결혼 후에는 다른 일을 해 보는 것이 어떠냐고. 섬머는 정우의 볼을 부드럽게 어루만진 후 단호하게 거절했다. 섬머는 정우를 태국에서 한국으로 먼저 돌려보낸 후 본격적으로 일을 시작할 생각이었다.

정우는 귀국하자마자 회사에 출근했다. 직함은 기획, 영업, 해외 영업, 전산 팀을 관리하는 상무이사였다. 회사 사정은 좋지 않았다. 꾸준히 납품 물량이 줄고 있었다. 윤 사장은 정우가 한국에 들어오기 전 구조 조정했다. 나이 많은 노동자를 해고했고, 남은 사람들과 이주 노동자들을 조별로 돌아가며 일하게 했다. 한 달에 열흘만 일하는 경우도 있었다. 잔업도 없앴다. 정우는 회의 시간에 간부들에게 당부했다. 경기가 좋아질 때까지만 함께 참자고. 자기가 더 노력하겠다고.

4월이 되었을 때, 정우는 윤 사장에게 섬머와 결혼하겠다고 말했다. 윤 사장은 정우의 얼굴을 조용히 바라보다 천천히 입을 열었다.

안 돼.

왜요?

나는 매일매일 늙어 가는데 너만 너무 행복해지는 것 같아. 쇳가루 날리는 공장에 더는 있기 싫어. 정인이 연주회 따라다니면서 젠틀한 외국 남자들과 차나 마시며 놀다가 그중 한 놈을 꾀어 결혼할 거야. 나 먼저 하고 해.

진심이죠?

진심이야.

제가 방콕에서 한 명 구해 올게요.

왜 방콕이야?

섬머 아버지가 거기 있어요.

거기서 뭐 하는데?

나도 몰라요. 만나면 물어보죠. 방콕에서 뭐 하시냐고.

윤 사장은 손가락으로 책상을 툭툭 두드렸다.

섬머도 결혼에 동의한 거야?

먼저 하자고 했어요.

결혼, 쉽게 생각하지 마. 결혼은 여기에서 저기로 가는 거야. 비슷한 사람들끼리 해도 견디기 힘들어. 근데 너랑 걔는 너무 달라. 공통점이 없어.

정우는 문을 열고 몸을 반쯤 밖으로 뺐다.

다음 주에 방콕에 가요.

다음 주? 정인이 연주회는?

오지 말래요.

너한테도?

엄마도 오지 말랬어요?

정우는 윤 사장의 대답을 기다렸다. 윤 사장은 말을 삼켰다. 그리고 생각했다. 정우는 아무것도 모르는 편이 낫다고.

나는 가야지. 갈 거야.

윤 사장의 방을 나온 정우는 정인의 연습실로 들어갔다. 정인은 리스트의 「Piano Sonata in B minor」를 연주하고 있었다. 이 곡은 리스트의 유일한 피아노 소나타였는데 양손이 빠르게 옥타브를 번갈아 가며 연주해야 하는, 테크닉이 중요한 작품이었다. 정인은 집중력을 잃지 않았고 실수도 없었다. 자신감도 넘쳐 보였다. 연주가 끝나자 정인은 떨려 오는 오른손을 꾹 쥐었다. 그리고 정우를 바라보지 않고 말했다.

리스트는 무대에 두 대의 피아노를 마주 보게 놓고 자신의 왼쪽, 오른쪽 얼굴을 번갈아 가며 보여 줬어. 나는 어느 쪽 얼굴이 더 나아?

너는 세 대를 사용해. 얼굴 정면까지 다 보여 줘.

정우는 정인의 등 뒤로 다가가 어깨에 두 손을 올렸다.

너 내가 사 준 브로치 안 하고 다니더라? 잃어버렸어?

싫증 나서 안 하는 것뿐이야.

부적 같은 거라고 늘 하고 다녔잖아?

정인은 피아노 건반 뚜껑을 덮고 일어섰다. 그리고 뒤돌아서서 정우를 가만히 바라보았다. 잠시 후, 정인이 말했다.

부적 따위는 없어.

다음 주 월요일, 정우는 공항으로 향하며 생각했다. 방콕에 갔다 오면 모든 게 다 잘 풀려 있을 것이라고. 정인이의 연주회도, 활기를 잃어 가는 엄마도, 위기를 맞은 회사도, 결혼도 아무 문제 없을 것이라고. 정우는 근거 없는 낙관의 화신 같았다. 자신의 지난 삶이 근거라면 근거였다.

섬머는 미국에서 방콕행 비행기에 오르기 전 정우에게 전화해 이렇게 말했다. 결혼하면 고양이처럼 아이를 낳고 싶다고, 고양이는 임신 기간이 65일이라고, 한 번에 많이 낳는다고, 이왕이면 빨리 해치우자고, 자신들의 아이는 자기처럼 외롭지 않게 키울 거라고. 정우가 헤헤 웃기만 하자 섬머는 덧붙였다. 새끼가 태어나면 수컷 고양이는 암컷 고양이에게 세상에서 제일 쓸모없고 성가신 존재가 된다고.

*

와이의 배는 일주일마다 크기가 달라졌다. 첫 번째로 놀라운 일이었다. 16주 차의 아기는 배 속에서 손발을 구부렸다 폈다. 몸의 위치를 바꾸었고 딸꾹질도 했다. 와이는 봉제 인형에 솜을 집어넣듯 먹고 또 먹었다. 아기가 명령하는 것 같았다. 먹어, 먹어, 먹어!

와이는 살이 쪘고 다리가 부어올랐다. 이것도 놀라운 일이었다. 와이는 아름답던 자신의 몸이 급격한 속도로 부서지고 무너지는 것 같았다. 벤이 자신의 다리를 보며 코끼리 다리 같다며 놀릴 때마다 와이는 생각했다. 다시 벤을 지배해야 한다고. 자신이 벤을 사랑하듯 벤이 자신을 사랑하게 만들어야 한다고.

와이는 벤을 지배하기 위한 무기를 가지고 있었다. 지금은 아니었다. 지배하기 위해선 지배받기 싫어하는 사람의 욕구를 충족시켜야 했다. 와이는 자신의 몸 외에 벤이 원하는 것이 무엇인지 알 수 없었다. 사랑? 진짜 사랑? 와이는 잠든 벤의 머리를 쓰다듬고 머리와 볼에 연신 입을 맞추었다. 그리고 생각했다. 아이를 보살펴 줄 다른 남자를 빨리 찾는 게 현명할지도 몰라. 그런데 누구? 아이가 갖고 싶어 미칠 것 같은 남자? 와이의 마음은 점점 쪼그라들었고 몸은 점점 불어났다.

와이는 벤이 자신의 배를 자주 어루만졌고 코를 골며 자다 일어나 허리를 주물러 준 것을 기억했다. 주기적으로 병원에 데려다준 일도. 마지막으로 놀라운 일이었다. 벤은 할 수 있는 일을 하는 것 같았다. 그러나 할 수 없는 것까지 생각지는 않는 것 같았다. 예를 들면, 아이의 미래를 함께 고민하고 준비하는 것. 병원에서 집으로 돌아오는 차 안에서 벤은 말했다. 자신은 새로운 인생을 살기 위해 방콕에 온 것이 아니라고. 지난날, 젊었을 때, 야수였고 망나니 같던 그때를 다시 한번 반복하기 위해 왔다고. 자랑할 일은 아니지만 그것이 있는 그대로의 사실이라고. 와이는 벤의 오른쪽 귀를 붙잡고 힘껏 잡아당겼다. 벤은 내버려두었다.

와이는 자신에 대한 벤의 욕망이 뜨거운 햇빛 아래의 껌처럼 바짝 말라 가고 있다고 생각했다. 과거, 벤은 유부녀나 애인이 있는 여자와 섹스하는 남자처럼 끝없는 과시로, 누구에게도 꿇릴 것 없지 않느냐는 물음으로 자신에게 달려들었는데 언제부턴가 배가 불러 오는 자신을 말없이 바라보기만 했다. 와이는 끝이 보이는 것 같았다.

아기가 지금까지 자랐으면 28주 차가 되었을 것이고 배 속에서 긴 속눈썹을 깜빡였을 것이다. 배 속에서도 이미 아름다운 여자처럼 보였을 것이다. 와이는 벤에게 어머니 집에서 며칠 지내겠다고 말한 후, 19주 차의 아기를 병원에서 떼어 냈다. 낙태 경험이 있던 친구가 소개해 준 병원이었는데 불법 낙태 시술을 전문으로 하는 곳으로 비밀이 확실히 보장되었고 간소하지만 장례식도 치러 주었다. 장례가 끝나면 병원에 소속된 잡부들이 태아의 시신이 담긴 흰 비닐봉지를 근처 사찰의 영안실 주변에 묻었다. 수술을 하고 집으로 돌아온 와이는 벤에게 아이가 유산되었다고만 말했다. 벤은 따져 묻지 않은 채 이렇게 말했다.

울지 마. 나중에 또 가지면 되니까.

와이는 끝없이 울었다. 벤이 잠들었을 때도 울었다. 와이는 예전보다 더 잠을 자지 못했다. 사흘 동안 잠을 설친 적도 있었다. 잠이 들어도 금세 다시 깼다. 자다 깨는 일이 반복되었다. 와이가 잠깐 잠들었다 깨어났을 때, 벤은 집에 없는 경우가 많았다. 와이는 눈을 뜨면 고개를 들고 벤이 사라져 버렸을지도 모른다는 두려움 속에서 주위를 두리번거렸다.

4월 둘째 주 토요일 밤, 잠에서 깬 와이는 침실을 나와 벤의 서재로 들어갔다. 그리고 책상 뒤편 창문 커튼을 걷고 거리 양옆으로 즐비한 술집을 내려다보았다. 술집 앞에 놓인 플라스틱 테이블에 모여 앉아 술잔을 부딪치는 사람들은 활력이 넘쳐 났다. 그들에게는 찰나의 하룻밤을 오랫동안 기억에 남을 찬란한 추억으로 둔갑시킬 힘이 아직 있어 보였다. 와이는 다시 커튼을 치고 몸을 돌려 벤의 책상에 앉았다. 책상 위에는 재떨이와 스탠드만 덩그러니 놓여 있었다. 와이는 책상 오른쪽 아래 달린 서랍을 열었다. 첫 번째 서랍에는 벤의 총과 소음기가 있었다. 와이는 총을 꺼내 손에 쥐었다. 처음 만져 보는 것이었다. 총은 가볍고 시리게 느껴질 만큼 차가웠다. 와이는 서재 문을 향해 총구를 겨누었다. 거기 누가 서 있기라도 한 것처럼. 서재 문 앞에는 벤이 서 있었다.

그건 가지고 놀기 좀 무거울 텐데?

소화제를 찾고 있었어.

왼쪽 서랍에 있어. 맨 아래.

와이는 총을 책상 위에 올려놓고 왼쪽 서랍을 열었다. 벤은 책상으로 다가와 총을 집어 들었다. 안전장치는 잠겨 있었다. 벤은 총을 서랍에 다시 집어넣었고, 와이는 소화제를 입에 물었다.

어디 갔다 왔어?

잠깐 기다려.

벤은 밖으로 나가 물을 떠 왔다. 와이는 벤이 건넨 물을 소화제와 함께 삼켰다.

와인 좀 사 왔어. 이거하고.

벤은 작은 비닐에 든 야바를 책상 위로 툭 던졌다.

총은 왜 가지고 있어?

난 천국의 이방인이거든.

벤은 짐 자무시의 영화 「천국보다 낯선(Stranger than Paradise)」을 인용하며 농담했다. 여기서 Stranger는 비교급 형용사라고. 와이의 표정에 변화가 없자 벤은 지나가는 말처럼 덧붙였다.

살다 보면 누군가를 혼내 줘야 할 때가 있는 법이야.

벤은 비닐에서 야바를 꺼내 물컵에 넣었다. 두 사람은 기포가 올라가는 모습을 말없이 지켜보았다. 벤이 와이에게 물컵을 건네자 와이는 고개를 저었다. 벤은 물컵을 깨끗이 비웠다. 와이는 자리에서 일어나 벤을 뒤에서 껴안았다.

먹은 음식이 계속 올라와.

움직여야 돼. 수영할까?

좋아.

약 기운 때문에 벤의 몸은 빠르게 달아올랐다. 벤은 와이를 두 손으로 받쳐 들었고, 와이는 벤의 목에 팔을 둘렀다. 서재를 나가다 벤의 머리가 문틀에 부딪혔다. 두 사람은 함께 웃었다. 무언가를 새로 시작할 때의 웃음처럼 들렸다.

와이는 투명한 원피스를 입은 채 수영장에 들어갔다. 벤은 선베드에 누워 와이가 수영하는 모습을 지켜보았다. 물에 젖은 원피스는 와이의 몸에 빈틈없이 달라붙었다. 와이는 예전의 몸을 빠르게 되찾고 있었다. 와이가 반대편에서 걷듯이 헤엄쳐 와 벤에게 손을 내밀었다. 벤은 손을 저었다.

와인은 왜 샀어? 안 마시잖아.

섬머가 오기로 했어.

그게 누군데?

내 딸이야, 와이. 몇 번째인지 모르겠군.

여기서 지내?

방은 충분하니까.

난 원하지 않아. 정말 원하지 않아.

벤은 몸을 일으켰다. 그리고 수영장 안으로 들어가 와이를 껴안았다. 와이가 밀어내려 하자 벤은 와이의 어깨를 붙잡고 입술에 부드럽게 키스했다. 벤이 입술을 떼려 하자 와이가 벤의 얼굴을 붙잡았다.

이곳에서 지내는 건 안 돼. 나는 당신이 원하는 걸 다 해 줬어. 당신도 그래야 돼.

나도 당신이 원하는 건 다 해 줄 거야.

당신은 늘 거짓말을 해. 나는 늘 속고.

원래 다 해 줄 수는 없어.

있어.

와이, 언제 어른이 될 거야?

당신은?

벤은 씩 웃었다.

왜 오는 거야?

아버지가 어떻게 사나 궁금했겠지. 행복한지, 불행한지.

당신은 행복해.

그래?

당신은 절대 모를 거야.

내가 행복하길 바라는군. 당신은 좋은 여자야.

벤은 다시 와이에게 키스했다. 벤은 눈을 감았고 와이는 눈을 감지 않았다. 벤이 감은 눈을 천천히 뜨며 말했다.

섬머가 데려오는 얼간이 같은 자식도 여기서 지낼 거야.

섬머든 누구든 여기서 지낼 순 없어.

벤은 어깨를 으쓱하곤 수영장 밖으로 나갔다. 벤이 거실로 들어가자 와이는 물 안으로 깊이 들어갔다. 그리고 눈을 부릅 뜨고 소리 없는 비명을 질렀다.

벤은 몸을 닦지 않은 채 거실 소파에 길게 드러누웠다. 그리고 고개 돌려 와이를 바라보았다. 이곳에 한가롭게 누워 와이가 수영하는 모습을 보면 마치 새로운 가정을 꾸린 것처럼 여겨지기도 했다. 그래서? 벤은 되물었다. 그래서 앞으로 어떻

게 되는 거지? 벤은 한 걸음 물러나 지난 일을 되돌아보는 것
도, 한 발짝 앞서서 미래를 고민하는 것도 지겨웠다. 방콕에
어울리는 생각이 아니었다. 이곳에서는 현재가 전부였고, 조
건 따위는 두지 않아야 했다. 그것이 방콕에 온 이유였다. 벤
은 낮게 중얼거렸다.

제기랄.

*

제기랄.

린은 막 레스토랑을 나온 참이었다. 린은 속으로 다시 한
번 중얼거렸다. 제기랄.

길 건너편에서 담배를 피우고 있던 하이는 린과 눈이 마
주치자 딴청을 피웠다. 린은 하이를 흘겨보다 하이를 등진 채
걷기 시작했다. 시간이 지나도 따라오는 소리가 들리지 않자
린은 멈춰 서서 돌아보았다. 돌아볼 줄 알았다는 듯, 하이는
오토바이에 올라타 시동을 걸었다. 하이는 등을 보인 채였고
오토바이 뒷좌석은 보란 듯이 비워져 있었다. 기다리고 있겠
다는 의미 같기도 했고, 어서 뒤에 타지 않으면 가 버리겠다
는 뜻 같기도 했다. 린이 망설이고 있을 때, 오토바이는 신경
질적인 소리를 내며 앞으로 튀어 나갔다.

쳇.

린은 몸을 돌려 길가에 세워 둔 자전거에 올라탔다. 막 출발하려는데 누군가 린의 어깨에 손을 올렸다. 린은 엷게 미소 짓다가 표정을 감추었다. 그리고 고개를 돌렸다.

오랜만이야.

임대 아파트에서 함께 살았던 태국 남자였다. 린은 어깨에 올려진 남자의 손을 쳐 냈다. 남자는 손을 치켜들었다가 다시 내렸다. 그리고 실실 웃었다.

아까 그 자식이 내 일을 대신하던데?

그런데?

베트남 놈이지? 물론, 비자는 없을 테고.

그래서?

네가 돈을 안 주면 그 자식한테 받아야 하거든.

무슨 돈?

그 자식이 입은 조끼가 내 것이랑 같은 색깔이었어. 번호도 같고.

널리고 널린 게 그 조끼야.

역시 그 자식한테 돈을 받는 게 빠르겠어. 남의 밥그릇을 가져간 대가로 말이야. 세상에 공짜는 없어. 먹었으면 똥을 싸야 돼. 그게 순리에 맞는 일이지. 비자가 없으니까 더 비싸게 받을 거야.

하이는 건드리지 마.

네가 돈을 주면 그 자식에게는 방콕에 사는 천사처럼 굴어 주지.

나는 너한테 빚진 게 없어.

그럼 방법이 하나밖에 없네? 그치?

하이에게 해코지하면 경찰에 신고할 거야.

네가 무슨 상관인데?

린은 멈칫했다.

상관없어. 마음대로 해.

남자는 코를 만지며 웃었다. 남자의 코에는 흉터 자국이 남아 있었다.

치료비도 그 자식에게 받을 거야. 코에 금이 갔었거든.

린은 남자를 남겨 두고 자리를 떴다. 린은 자전거가 있다는 것을 잊은 듯했다. 남자는 멀어지는 린을 향해 손을 흔들었다. 그러다 린이 다시 몸을 돌려 되돌아왔다. 남자는 주춤거렸다.

린은 남자 앞에 서서 턱으로 뒤쪽을 가리켰다. 남자가 망설이자 린은 재차 뒤를 가리켰다. 남자의 고개가 유혹을 참지 못하고 돌아가자 린은 남자의 사타구니를 강하게 걸어찼다. 남자는 비명도 지르지 못한 채 앞으로 고꾸라졌다.

또 협박했다간 거길 치료할 필요도 없게 만들어 줄 거야.

린은 지갑에 있던 돈을 있는 대로 꺼내 바닥에 던졌다. 남자는 바닥에 쓰러진 채 돈을 긁어모았다. 대충 세어 보더니 남자가 소리쳤다.

이걸로는 티셔츠도 못 사!

린은 남자의 말을 무시한 채 자전거 페달을 힘껏 밟았다. 남자는 린의 뒤통수를 향해 무시무시한 말들을 쏟아 냈다.

임대 아파트 입구에 들어서자 시동 꺼진 오토바이에 앉아 있는 하이의 모습이 보였다. 조금 전까지 비어 있던 오토바이 뒷좌석이 배낭으로 채워져 있는 것도. 린은 하이를 못 본 척하며 임대 아파트 계단을 올랐다. 하이가 시동을 걸며 말했다.

집세 낼 때가 됐어. 붙잡지 않으면 이대로 다른 곳을 찾아갈 생각이야.

또 다섯 달 치를 낼 거면 붙잡고 아니면 이대로 올라갈 거야.

나도 조건이 있어.

뭐야?

레스토랑에 계속 데려다주고 싶어. 올 때도 갈 때도.

린은 하이를 가만히 지켜보다 짧게 고개를 끄덕였다. 그리고 속으로 중얼거렸다. 제기랄. 하이는 배낭을 등에 멘 채 소풍 가는 아이 같은 표정으로 계단을 뛰어올랐다. 린은 고개를 저으며 하이를 뒤따랐다.

거실 식탁 위에는 하얀 크림으로 뒤덮인 케이크가 놓여 있었다. 린은 현관에 서서 케이크를 멍하니 바라보기만 했다. 하이가 피식 웃으며 케이크에 초를 하나씩 꽂기 시작하자 린은 무언가에 홀리기라도 한 사람처럼 식탁으로 다가와 초에 불을 붙였다.

나이가 생각보다 많아서 놀랐어. 방콕엔 얼마나 있었던 거야?

7년. 어떻게 알았어?

주방장.

두 사람은 케이크를 가운데 두고 마주 앉았다. 하이가 생일 축하 노래를 불렀다. 노래가 끝나자 린은 산타클로스를 처음 본 아이처럼 얼떨떨한 표정으로 초를 껐다.

생일 축하해.

선물은?

그건 조금 있다가. 마음 바뀌면 안 주고.

어차피 마음에 안 들 거야. 내가 갖고 싶은 건 절대 아닐 테니까.

갖고 싶은 게 뭐야?

미국 영주권.

하이가 바지 주머니에서 돈을 꺼내 식탁에 올렸다.

1년 치 집세야.

도대체 준비한다는 사업이 뭐야? 집세 내면 밥 사 먹을 돈이나 있어?

한국어 학원을 차릴 거야. 캄보디아, 미얀마, 라오스 사람들에게 한국어를 가르치는 거지. 거기 가면 좋을 줄 아니까.

농담이지?

관광객들에게 그림을 팔 거야. 연필로 초상화를 그려서.

하이는 배낭에서 액자에 담긴 그림을 꺼내 린에게 건넸다. 린의 초상화였다. 하얀 캔버스에 연필로, 활짝 웃는 린을 그린 것이다. 린은 액자를 들고 물끄러미 바라보았다. 자신의 제일 사랑스러운 모습이 거기 있는 듯했다. 린은 자리에서 일어나 액자를 거실 벽에 걸었다. 그리고 뒤로 물러서서 액자를 또 바라보았다. 린은 액자에서 눈을 떼지 못했다.

굶어 죽을 거야.

자리도 구했어. 에라완 사원 근처에 있는 카페테라스. 돈이 좀 들었지.

거긴 악령이 살아.*

내가 그 악령이야.

---

* 1956년 에라완 호텔이 지어질 때 사고가 많았다. 인부들은 악령 때문이라고 믿었고 작업을 거부했다. 호텔 측은 점성술사를 불러 에라완 사원을 지었다. 그 후 호텔 공사가 다시 진행되었다.

린은 혀를 차며 냉장고에서 맥주를 꺼냈다. 하이는 케이크를 잘랐다. 두 사람은 케이크를 안주 삼아 맥주를 마셨다. 맥주가 떨어지자 하이가 밖으로 나가 다시 사 왔다. 린은 취하지 않았다. 밤새도록 술을 마실 수 있을 것 같았다.

사실, 린은 취했다. 휴대폰으로 음악을 틀고 창가에 서서 춤췄다. 아오자이를 입고 베트남 전통 모자인 '논'을 쓴 채 추는 베트남 전통춤이었다. 린은 모자가 있는 척 연기했다. 모자를 한 손에 들고 제자리를 돌다가 다시 두 손으로 모자를 돌려 가며 앞으로 걸어 나왔다. 린은 나비처럼 하늘하늘 움직였다. 하이는 비스듬히 누워 린의 춤을 바라보았다. 두 사람의 얼굴에서 웃음이 멈추지 않았다. 춤이 끝나자 린은 바닥에 털썩 앉아 맥주를 들이켰다. 휴대폰에서는 음악이 멈추지 않고 계속 흘러나왔다.

어땠어?

그냥 그랬어.

잠시 후, 하이가 한국말로 덧붙였다.

정말 아름다워.

그건 무슨 말이야?

한국말.

정말 한국말을 해?

응.

다시 해 봐.

하이는 린의 얼굴을 빤히 바라보며 말했다.

너의 이름은 린이야. 너는 강하고 아름다워. 지금 이 순간을 나는 영원히 잊지 못할 거야.

무슨 뜻이야?

너의 이름은 린이야. 너는 허영심이 많고 고집이 세. 시간이 지나면 나는 너를 완전히 잊어버릴 거야.

나쁜 놈. 집세를 두 배로 받아야 했어.

린은 하이와 1미터쯤 떨어진 채 바닥에 누웠다.

정말 그렇게 말했어?

아니.

그럼?

너의 이름은 린이야. 너는 강하고 아름다워. 지금 이 순간을 나는 영원히 잊지 못할 거야.

린은 대꾸 없이 천장으로 눈을 돌렸다. 하이도 천장을 바라보았다. 잠시 후, 린이 입을 열었다.

진심이야?

진심이야.

내 질문에 대답해 봐. 자신이 사랑하는 사람이 좋은 사람일 확률은 얼마나 된다고 생각해?

좋은 사람은 없어.

있어.

너와 사랑에 빠진 사람만 있을 뿐이야. 그렇지 않은 사람
하고.

나 사랑해?

아니.

린은 몸을 틀어 하이의 볼에 가볍게 입 맞췄다. 하이는 가
만히 있었다.

지금은?

하이는 어깨를 으쓱했다. 린은 하이의 입술에 짧게 입을 맞
췄다.

지금도?

하이는 린의 얼굴을 붙잡고 길게 키스했다.

사랑해.

린은 하이의 눈을 바라보았다. 그리고 속으로 중얼거렸다.
제기랄. 린과 하이는 서로의 눈에 담긴 것을 읽으려 했다. 린
의 눈은 투명했다. 하이의 눈빛에는 주저함이 묻어 있었다. 잠
시 후, 하이가 말했다.

내 이름은 홍이야. 하이가 아니고.

또 숨기는 건 없어?

린은 홍의 눈을 어려운 책을 읽듯 바라보았다.

없어.

린은 홍의 티셔츠를 위로 끌어 올렸고, 홍은 린의 치마를 걷어 올렸다. 린의 휴대폰에서 라낫으로 연주한 「Kangkao Kin Kuai」가 흘러나왔다. 라낫은 실로폰과 비슷한 태국 전통 악기였다. 린은 그 소리를 들었지만 홍은 듣지 못했다. 홍은 형체 없이 녹아내렸다. 얼굴이 사라지고 가슴이 사라지고 팔과 다리가 사라졌다. 린이 자신의 두 팔과 다리로 홍을 가득 안은 채 깨끗이 지워 버렸다.

*

정인은 길에서 마주치는 이주 노동자들이 모두 홍처럼 보였다. 곁을 지날 때 들리는 그들의 말은, 홍이 자신에게 마지막으로 내뱉은 말처럼 들렸다. 그럴 때마다 정인은 오른손이 떨려 왔다. 홍의 얼굴과 홍의 말은 우연히 들었다가 하루 종일 머릿속을 맴도는 낯선 선율처럼 정인을 따라다녔다. 정인은 극복해야 한다고 생각했고, 두려움이 차오르면 자동차를 운전해 이주 노동자들이 모여 사는 지역을 찾아갔다. 정인은 떨리는 오른손으로 핸들을 꼭 쥐며 생각했다. 이겨 내야 해. 두려워해선 안 돼.

정인은 차창을 내리고 치킨집 앞 야외 테이블에 앉아 있는 이주 노동자들을 바라보았다. 모두 네 명이었다. 남자 셋에 여자 하나. 어느 나라 사람인지는 알 수 없었다. 네 사람은 웃고 떠들며 앞다투어 말하려 했다. 잠시 후, 정인은 여자와 눈이 마주쳤다. 볼 한쪽에 보조개가 있는 작고 귀여운 여자였다. 여자가 눈인사를 했다. 정인도 받아 주었다. 여자의 손을 붙잡고 있던 남자가 정인의 차를 향해 고개를 돌렸다. 정인은 차창을 올리려다 그만두었다. 남자는 의아한 표정으로 여자에게 속삭였다. 아는 사람이냐고 묻는 듯했다. 여자는 고개를 저었다. 남자가 다시 정인을 바라보았다. 정인은 남자의 눈을 피하지 않았다.

남자가 술잔을 비우고 자리에서 일어나 정인의 차를 향해 느릿느릿 다가왔다. 정인의 오른손이 부르르 떨려 왔다. 차창 바로 옆까지 다가온 남자가 무언가 말하려던 찰나 정인은 액셀을 거칠게 밟았다. 남자는 멀어져 가는 정인의 자동차를 향해 주먹감자를 먹였다.

정인은 집 앞에 차를 멈춰 세웠다. 정인은 핸들에 머리를 기댄 채 숨을 고르다 차 문을 거칠게 닫고 집 안으로 들어가며 생각했다. 거지 같은 머리 스타일을 한 남자가 추근거리지 않았더라면, 엄마가 홍에게 그러지 않았더라면, 홍이 분노의 대상을 정확히 했더라면, 자신이 아니라 엄마였다면, 아니 처음부터 이주 노동자들이 없었더라면, 자신은 여전히 전도유망한 피아니스트이자 엄마의 자랑스럽고 사랑스러운 딸로 남아 있었을 것이라고. 빗나간 분노가 그러하듯, 정인의 분노는 총알이 아니라 폭탄이었고, 폭탄의 파편에는 눈이 없었다.

다음 날 밤, 정인은 이주 노동자 거주 지역을 다시 찾아갔다. 정인은 차에서 내려 한 포장마차가 거리에 내놓은 야외 테이블로 뚜벅뚜벅 걸어갔다. 테이블에는 이주 노동자로 보이는 남자 두 명과 30대 중반쯤 되어 보이는 한국 여자 한 명이 앉아 있었다. 정인이 다가오자 도로 가까이 앉은 남자가 정인을 향해 고개를 돌렸다. 키가 크고 눈썹이 짙은 말레이시아 남자였다.

정인은 테이블에 놓인 물컵을 들어 남자의 얼굴에 물을 뿌렸다. 머리와 얼굴이 물에 흠뻑 젖은 남자는 얼어붙은 표정으로 아무 말도 못했다. 옆에 앉아 있던 또 다른 남자는 알아들을 수 없는 말을 내뱉으며 화를 냈지만 정인의 몸에 손을 대지는 않았다. 경찰이라도 오면 불리하고 손해 보는 쪽이 자신임을 알고 있는 듯했다. 정인에게 이유 모를 화를 당한 남자가 씁쓸한 표정으로 얼굴의 물을 닦아 내고 있을 때, 가만히 상황을 지켜보던 한국 여자가 자리에서 일어났다. 여자는 화를 내고 있는 남자를 뒤로 물러나게 했고, 물벼락을 맞은 남자의 등을 토닥였다. 그리고 소주를 입에 털어 넣더니 정인의 얼굴을 향해 뿜었다.

미친년. 개 같은 년.

정인은 여자를 쏘아보았다. 여자는 정인의 뺨을 때렸다. 정인이 변함없이 노려보자 여자는 한 대 더 올려붙였다. 정인은 다리에 힘이 풀려 그 자리에 주저앉았다. 여자는 포장마차 뒤쪽의 건물 안으로 남자들을 데리고 갔다. 남자들은 피해자가 아니라 가해자 같았다. 고개를 숙이고 걸었다. 정인은 옷을 타고 오르는 바닥의 오물을 멍하니 바라보고만 있었다.

잠시 후, 여자가 다시 돌아왔다. 여자는 정인의 얼굴에 침을 뱉었다. 정인은 느릿느릿 일어났다. 그리고 차로 돌아갔다. 정인은 얼굴에 묻은 여자의 침을 손으로 닦아냈다.

집으로 돌아간 정인은 연습실로 들어가 피아노 앞에 앉았다. 그리고 땀으로 흠뻑 젖은 오른손을 건반 위에 올리고 손 가는 대로 쳤다. 정인은 피아노 소리를 듣지 못했다. 홍이 마지막으로 한 말만 이명처럼 들었다. 잠시 후, 접시를 깨뜨리는 것 같은 소리에 놀란 윤 사장이 노크도 없이 연습실로 들어오자 정인은 건반을 내리치던 것을 멈추었다. 짧은 정적이 지나갔다. 윤 사장은 짐짓 태연한 표정을 지으며 천천히 입을 열었다.

간다 온다 말하는 게 그렇게 어렵니?

정인이 대답하지 않자 윤 사장은 다시 물었다.

컨디션은 어때?

정인은 여전히 입을 열지 않았다.

좋다 나쁘다 말하는 것도 어렵구나.

나도 잘 모를 뿐이야.

윤 사장은 무언가 말하려다 입을 다물었다. 끊임없이 반복되는 일이었다. 사건 이후, 두 사람의 대화는 길거리의 공중전화처럼 어느 순간 말의 통로를 잃어버렸다. 윤 사장은 정인이 점차 응결되어 자신이 비집고 들어갈 틈이 다시는 돌아오지 않을 것처럼 느껴졌다.

잠시 후, 윤 사장은 연습실을 나가려다 마음을 달리하고 방 뒤쪽에 놓인 책상으로 성큼성큼 다가갔다. 그리고 책상 의자를 정인의 옆으로 옮겨 왔다. 정인은 멈칫거리며 옆으로 물러앉았다.

뭐로 할까? 아, 작년에 네가 가르쳐 준 곡으로 하자.

계속 틀릴 거면 그만둬.

네가 머릿속에 떠오를 때마다 연습했어. 이 곡은 내가 너보다 잘 칠 수 있어.

윤 사장이 연주를 시작했다. 「눈이 내리네」였다. 정인은 가만히 지켜보다 건반 위에 손을 올리고 보조를 맞추었다. 윤 사장은 계속 틀렸고 그럴 때마다 웃었다. 정인은 웃지 않았다. 윤 사장이 건반을 잘못 누를 때마다 정인의 눈빛은 점점 더 날카로워졌다. 윤 사장의 그늘진 눈가가 가늘게 떨려 왔다.

내가 정우보다 너를 더 사랑하는 거 알지?

오빠한테도 예전에 그랬다며? 나보다 오빠를 더 사랑한다고.

그 자식은 입이 너무 싸.

나는 엄마 말 안 믿어.

이번엔 진짜야. 너를 더 사랑해.

오빠한테는 비밀이야?

말해도 돼. 앞으로는 너랑 정우한테 비밀 안 만들 거야.

잠시 후, 윤 사장이 다시 말했다.

너도 나한테 그랬으면 좋겠어.

정인은 윤 사장의 눈을 힐끗 바라보았다. 그리고 속으로 중얼거렸다. 빌어먹을 반장 새끼.

숨기는 거 없어.

난 있어. 너희 아빠 죽고 얼마 안 지나 만난 남자가 있었어. 나보다 네 살 어렸어. 유부남이고 애도 있었어. 아들만 두 명. 변호사였어. 만난 지 1년쯤 되었을 때, 이 남자가 아내랑 이혼하겠다고 그랬어. 나랑 결혼하겠다고. 웃으면서 그러라고 했어. 그런데 진짜 이혼했어. 절대 안 할 줄 알았는데.

우리 때문에 재혼 안 했다고 말하고 싶은 거야?

그 남자가 이혼하고 나니까 양심의 가책이 느껴졌어. 그 전에는 없었어, 하나도. 그런데 어떤 파탄이 눈앞에 결과로 드러나니까 내가 무슨 잘못을 했는지 알 수 있었어. 그 남자 아내한테 정말 미안했어. 애들 둘을, 그것도 남자애들 둘을 혼자

키워야 했으니까. 끔찍하지 않니? 나는 그래도 딸이 하나 있
잖아.

윤 사장은 정인에게 웃음의 동의를 구했다. 정인은 거절
했다.

그 뒤로 안 만나 줬어. 며칠 후에 남자가 씩씩거리며 회사
로 찾아왔어. 믹스 커피 한 잔 내놓고 말해 줬지. 좋은 친구
로 지내자고. 그랬더니 넌 정말 미친년이라고, 꼭 복수하겠다
고 그랬어. 결국, 복수했어. 아내한테 싹싹 빌며 다시 돌아갔
어. 지금까지 잘 살아. 내가 별것 아닌 존재, 자기에게도 그냥
지나가는 존재였다는 거지.

연주가 끝났다. 윤 사장은 정인의 어깨에 머리를 기댔다. 정
인은 반대 방향으로 고개를 틀었다.

그런데 지금 생각해 보면 내가 뭐 그리 큰 잘못을 했나 싶
어. 어쩔 수 없이 상처 주고 상처받고, 다들 그렇게 사니까. 삶
의 어느 순간에 제일 중요하다 싶은 것이 머리에 차오르면 다
른 건 눈에 안 들어와.

어쩔 수 없었다고 생각하고 싶은 거겠지.

의지로 그렇게 되는 게 아냐. 자연스럽게 그렇게 돼. 순수
한 사랑에도 순서가 있어. 가끔 정말 궁금해. 너랑 정우 중 누
구를 더 사랑하는지. 주기적으로 바뀌긴 했어. 그런데 지금은
널 제일 사랑해. 진짜야.

엄마는 자신을 제일 사랑해.

너는?

난 엄마 닮았어.

윤 사장이 정인의 오른손을 부드럽게 감싸 쥐었다.

네 새끼 낳아 봐. 달라질 거야. 사랑이 뭔지는 정말 그때부터 배우게 돼. 시답잖은 남자들한테 배우는 게 아니라.

*

정우는 공항 게이트 앞에서 섬머를 기다렸다. 알록달록한 티셔츠를 입은 한 무리의 사람들이 게이트를 빠져나왔다. 열대 나무가 그려진 하와이안 티셔츠가 제일 많았다. 잠시 후, 속살이 띄엄띄엄 비치고 단정한 느낌의 풀잎이 프린트된 원피스를 입은 섬머가 게이트에서 걸어 나왔다. 정우는 달려가 섬머를 끌어안은 채 목에 키스하고 또 키스했다. 정우는 섬머를 놓아줄 생각이 없었다.

삶이 특별해지는 법을 알게 된 것 같아.

그게 뭐야?

사랑하는 사람을 다시 만날 순간을 매일 고대하면 돼.

섬머는 배시시 웃으며 정우의 목에 얼굴을 파묻었다. 게이트 앞에 서 있던 남자가 휴대폰 카메라로 정우와 섬머의 모습을 찍었다. 머리가 벗어진, 덩치 큰 아시아인이었다. 남자는 물을 쥐어짠 수건처럼 얼굴에 주름이 가득했고 지역 토박이들이 풍길 만한 지루한 표정을 짓고 있었다. 정우가 남자를 바라보자 남자는 슬쩍 웃으며 엄지손가락을 치켜세웠다. 정우는 부끄러운 듯 섬머의 머리카락에 얼굴을 숨겼고, 덩치 큰 남자는 돌아보지 않은 채 캐리어를 끌고 공항 밖으로 나갔다.

아빠가 공항에 오기로 했어.

긴장돼.

강한 척하지만 연약해. 새끼 맹수처럼. 내가 원하는 건 다 해 줬어. 이런 짧은 치마를 못 입게 한 것만 빼고. 그래도 짓궂긴 할 거야.

정우와 섬머가 공항버스 정류장 벤치에 앉아 있을 때, 2009년식 루비콘이 두 사람 앞에 멈춰 섰다. 섬머는 벤치에서 일어나 자동차 앞 좌석을 향해 다가갔다. 차에서 내린 벤은 자신을 향해 다가오는 섬머를 강하게 껴안았다. 덩치 큰 고릴라가 갓 태어난 새끼를 안은 것처럼 보였다. 벤은 섬머의 머리에 키스하고 또 키스했다. 벤은 오랫동안 섬머를 안고 있었다.

섬머가 벤의 손을 이끌어 정우가 있는 곳으로 데리고 왔다. 정우가 벤을 향해 고개 숙여 인사하자 벤도 똑같이 따라 했다. 벤이 섬머를 바라보며 말했다.

이 친구가 너한테 이런 옷을 입힌 거냐? 아랍 왕자처럼 굴면서?

섬머는 웃기만 했다. 벤은 다시 정우를 쳐다보았다.

그리 부자처럼 보이진 않는데? 아랍 왕자 같지도 않고.

다행히 전 한국 사람입니다. 아랍 사람들은 미국인을 싫어
하니까요. 정우라고 합니다. 성은 최고요.

벤은 씩 웃었다.

자넨 택시를 타. 주소를 알려 주지. 섬머는 내 차를 타고.

정우는 자신의 짐과 섬머의 짐을 차 트렁크에 실은 후 조
수석 문을 열었다. 그리고 매너 있는 아랍 왕자처럼 문을 한
손으로 붙잡고 섬머에게 올라타라는 듯 나머지 손으로 길을
만들었다. 섬머는 빙긋 웃으며 정우의 볼에 뽀뽀한 후 조수석
에 앉았다. 정우는 조수석 문을 닫고 벤에게 다가갔다. 그리
고 벤 앞에 우뚝 섰다. 정우는 벤을 와락 껴안았다.

주소는 다음에 알려 주십시오. 오늘은 이 차를 타고 가겠
습니다.

정우는 차 뒷문을 열고 올라탔다. 벤은 정우를 지켜보다 운
전석으로 걸어갔다. 섬머가 정우를 바라보며 미소 짓자 정우
는 어깨를 으쓱했다. 차에 시동이 걸렸다. 벤은 룸 미러로 정
우를 힐끗 쳐다본 후 액셀을 부드럽게 밟았다. 차가 출발했다.

결혼식은 언제 할 생각이냐?

7월에 했으면 해요. 한국에서. 올 거죠?

북한 놈들이 대포동미사일만 안 쏘면.

한국에 와 보신 적이 있습니까? 정우가 물었다.

없어. 하지만 잘 알지. 한국은 미국의 오랜 우방이니까. 한국인 테러리스트가 주한 미국 대사의 얼굴을 과도로 그었다지?

정우가 난감해진 표정으로 대답할 말을 찾는 사이 섬머가 고개를 저으며 화제를 돌렸다.

와이는 어떤 사람이에요?

천사지. 보면 놀랄 거야. 물론, 저 뒤에 앉은 친구처럼 세상 물정 모르긴 하지만.

정우는 입을 벌리지 않은 채 미소 지었다.

언젠가 집에 뱀이 들어온 적이 있어. 독사였지. 나는 어쩔 줄 몰라 했는데 와이가 뱀을 문밖으로 유도하더군. 눈 하나 깜짝 안 하고. 자넨 뱀을 다룰 줄 아나?

필요하면 노력할 생각입니다.

벤은 씩 웃으며 섬머를 바라보았다.

난 저 친구가 마음에 들어.

저도 아버님이 마음에 듭니다.

벤이라고 부르게.

알겠습니다. 벤.

차가 시내로 들어서자 차들이 길게 꼬리를 물기 시작했다.

시차 때문에 섬머는 꾸벅꾸벅 졸았다. 정우는 창밖으로 시선을 고정한 채 뜨거운 햇빛에 달구어진 방콕의 도심을 둘러보았다. 벤은 룸 미러로 정우를 드문드문 쳐다보았다. 그리고 생각했다. 저놈, 막대 사탕 정도는 부러뜨릴 수 있겠군. 그리고 한 가지 더 생각했다. 와이가 없으면 어떡하지? 벤이 집을 나서기 전, 와이는 말했다.

이 집에서는 절대 지낼 수 없어.

섬머를 오랫동안 못 봤어. 마음 같아선 밤새 껴안고 자고 싶어.

호텔로 데리고 가서 자.

괜찮은 방법이군. 더 낭만적인 방법이 있으면 생각해 놔. 내가 돌아오기 전까지.

내가 나가라는 말이야?

아니. 여기 있어. 섬머도 여기 있을 테니까.

돌아왔을 때 내가 없으면 어떡할 거야?

있을 거야. 내 것이니까.

*

린은 홍의 몸을 발끝부터 머리끝까지 소모하고 낭비했다. 두 팔과 다리로 홍의 몸을 조르고 풀면서 홍의 손길을, 홍의 몸짓을 조종했다. 린은 오르가슴에 가까워지면 홍의 배 위에 올라탄 채 손바닥으로 홍의 얼굴을 감싸고 짓눌렀다. 홍은 벌게진 얼굴로 전력을 다했다. 린이 자신의 가슴을 움켜쥐고 흐느끼면 홍은 부드럽게 린을 끌어안았다. 두 사람은 섹스가 끝난 후에도 깊은 생각에 잠기지 않았다. 가위처럼 엉켜 누워 있을 뿐이었다.

한국엔 왜 갔어? 돈 벌려고?

처음에는 한국인지 몰랐어. 항구에 도착하기 30분 전에 알았어. 러시아 어선을 타고 있었어. 배에서 내리지 않았으면 죽었을 거야. 살기 위해 도망쳤어.

한국에선 무슨 일을 했어?

쇠를 녹이고 깎았어.

그때 손을 다친 거야?

린은 홍의 왼손을 자신의 오른쪽 손바닥 위에 올렸다.

어쩌다 다친 거야?

일하고 있는데 피아노 연주 소리가 들려왔어. 꿈결처럼 황홀했어.

그런데?

클래식 음악을 들으면 어때?

졸려.

나도 졸았어.

농담하지 마.

린은 홍의 왼쪽 손가락 하나하나에 입을 맞추었다. 그리고 홍의 배 위에 올라탔다.

정말 아팠겠다. 멍청해.

맞아. 멍청했어. 짐승처럼 일하는 게 아니었는데.

그래서 한국을 떠난 거야? 다 알고 싶어. 하나도 빠짐없이.

홍은 몸을 일으켜 린과 자신의 위치를 맞바꿨다.

이 왼손으로 뭘 할 수 있는지 알려 줄까?

홍은 왼손으로 린의 입술을 어루만졌다. 이어서 홍의 손가락은 린의 몸이 마치 건반이라도 되는 것처럼 솔, 파, 미, 레, 도, 다시 솔, 파, 미, 레, 도를 누르며 린의 음부로 향했다. 홍의 손가락이 음부에 닿자 린은 몸을 비틀었다.

이렇게 몸을 연주할 수 있지.

또 뭘 할 수 있어? 더 해 줘.

보이는 대로 정말 엉큼해.

린은 숨이 넘어갈 것처럼 웃으며 몸을 비틀었다. 홍이 손가락을 부드럽게 움직이며 말했다.

꿈에서는 피아노 연주도 가능해.

꿈은 거짓말이야.

최근에 꾼 꿈은 뭐야?

린은 자신의 왼쪽 손가락을 홍의 입에 집어넣었다. 홍은 린의 손가락을 핥고 빨았다.

네가 나를 보며 이렇게 말했어. 너의 이름은 린이야. 너는 강하고 아름다워. 지금 이 순간을 나는 영원히 잊지 못할 거야.

거짓말 맞네.

홍은 오전엔 배달 일을 했다. 오후에는 에라완 사원 근처의 카페테라스에서 그림을 그렸다. 에라완 사원은 힌두의 신 브라흐마를 모셨다. 금동 칠을 한 코끼리 조각상이 브라흐마 주변을 둘러쌌다. 태국인들은 브라흐마에게 기도하면 기적이 일어난다고 믿었다. 유명 연예인과 외국인들도 찾아왔다. 사람들은 브라흐마 앞에 무릎 꿇고 기도하며 소원을 빌었다. 홍은 그 사람들에게 그림을 팔았다. 팁을 받으면 네 가지 언어로 감사를 표했다. 태국어, 한국어, 베트남어, 영어로. 홍은 지나가는 관광객을 불러 세웠다. 태국어로 인사하고, 베트남어로 포즈를 요청하고, 한국어로 가격을 흥정했다. 이제는 한국 사람을 보아도 움츠러들지 않았다. 린이 쉬는 날엔 함께 공원을 거닐고 백화점을 돌아다녔다. 밤에는 죄책감을 느낄 정도로 서로를 자극하고 흥분시켰다. 두 사람은 낙원에 유배된 사람들 같았다. 1년에 한두 번 스쳐 갔던, 기억하고 싶을 만큼 행복했던 날들이 긴 연휴처럼 이어졌다.

홍은 매일 이런 날을 살고 싶었다. 이제 겨우 하나를 얻은 것 같았다. 지금까지 살아오면서 오로지 자신만의 것이라 할 수 있는 것은 린뿐인 것 같았다. 홍은 미래를 의심하지 않았다. 그러나 린은 여전히 걱정이 있었다. 비자를 발급받자는 자신의 요구에 홍은 늘 조심스러워했다. 기약 없이 쫓겨날 수 있다는 것이 이유였다. 린은 홍이 자신에게 말하지 않은 문제가 또 있는 것은 아닐까 불안했다. 무언가를 감추고 사는 사람들은 언제든지 사라질 수 있었고, 또 불현듯 나타나 삶을 방해하고 어지럽혔다. 자신과 비슷한 처지에 있는 수많은 커플들이 그랬다. 그들은 종착역이 아닌 정거장처럼 방콕에 머물렀다. 쾌락을 충전하고 있는 힘껏 소모한 다음 부지불식간에 떠났다. 그리고 그것이 그리우면 느닷없이 다시 찾아왔다. 린의 걱정은 기우가 아니었다. 3월의 마지막 주가 시작되었을 때, 홍은 린에게 짧은 편지만 남겨 두고 사라졌다. 편지에는 이렇게 쓰여 있었다.

마주 보고 이야기하면 못 떠날 것 같았어. 매듭지어야 할 일이 있어. 오래 걸리지 않을 거야. 곧 돌아올게. 사랑해.

린은 홍의 편지를 갈기갈기 찢었다. 그리고 임대 아파트 베란다에 서서 어둠이 내려앉은 방콕의 밤거리를 하염없이 바라보았다.

*

    정인은 2층 테라스에 나와 주택단지를 바라보았다. 서늘한 기운을 떨치지 못한 바람이 집 외벽에 부딪혀 흩어지며 정인의 굳은 얼굴을 식혔다. 지난가을 열 가구밖에 없었던 단지에 새로운 집들이 들어서며 빈 땅이 점점 줄어들었다. 밤이면 가족 단위로 나온 사람들과 교복을 입은 학생들이 산책로를 걸으며 봄밤을 어루만지고 머금으며 하얗게 소진했다. 대로 건너편 아파트 단지에서도 사람들이 찾아왔다. 사람들은 벚꽃 나무 아래서 사진을 찍었고 단풍나무의 꽃을 따서 귀에 꽂았다.

    정인은 사건 이후, 어제저녁 처음으로 산책로를 걸었다. 그리고 홍이 자신을 짓눌렀던 가로등 아래를 찾아갔다. 잃어버린 브로치를 찾기 위해서였다. 린은 덤불을 헤집고 땅을 파헤쳤다. 브로치는 보이지 않았다.

    이틀 뒤로 다가온 연주회는 매진되었다. 젊고 유망한 연주자의 복귀 연주회는 좋은 기삿거리였다. 한 잡지와의 인터뷰에서 기자는 정인에게 물었다.

    작년 공연이 취소되면서 이번 연주회에 대한 기대감이 더 증폭됐어요. 차곡차곡 쌓아 놓은 최정인의 감정이 화려하게 터져 나오리라는 생각인 거죠. 어떻게 생각해요?

저는 감정을 쌓아 두는 사람이 아니에요. 털어 내지 않으면 연습도 할 수 없어요. 그래도 그날은 특별한 날이 될 거예요. 스스로도 기대치를 아주 높게 잡았어요. 누구보다 저한테 실망하지 않는 공연이 됐으면 좋겠어요.

거실 탁자 위에 놓여 있는 정인의 휴대폰이 울리기 시작했다. 정인은 거실 쪽으로 고개를 돌렸다. 윤 사장이 휴대폰을 들어 보이며 말했다.

정우야.

윤 사장은 휴대폰을 제자리에 내려놓은 후 다시 벽에 걸린 그림을 바라보았다. 그림은 신으로 보이는 골프 선수 복장의 남자가 지구를 골프공처럼 휘둘러 쳐 블랙홀 쪽으로 날리는 장면이 담긴 「Black Hole in One」*이라는 콜라주 작품이었다. 골프를 좋아하는 윤 사장에게 정인이 선물한 것이었다. 정인은 윤 사장의 옆모습을 가만히 지켜보았다. 윤 사장의 형체가 점차 흩어지고 옅어지는 것처럼 느껴졌다. 이어지던 휴대폰 벨 소리가 끊겼다.

정인은 거실로 나가 휴대폰을 들고 방으로 향했다. 윤 사장은 그림을 향한 시선을 거두지 않았다. 정인은 윤 사장의 뒷모습을 힐끗 쳐다본 후 방 안으로 들어갔다.

---

* 유지니아 로리, 「블랙 홀 인 원(Black Hole in One)」.

정우에게서 다시 전화가 왔다. 정인이 전화를 받자 정우는 들뜬 채로 벤을 만난 이야기를 했다. 정인은 잠자코 듣기만 했다. 정우는 벤이 자신을 싫어하는 것 같다고, 심술궂은 영감이라고, 엄마에게는 비밀로 하라고 말했다. 그리고 덧붙였다. 브로치 잃어버린 거 다 알고 있다고, 다른 브로치를 선물로 사 가겠다고, 깜짝 놀랄 준비나 하라고.

놀라고 싶지 않아.

응?

놀라고 싶지 않다고.

정인은 정우의 말을 더 듣지 않고 전화를 끊었다. 휴대폰 벨이 또 울렸다. 정인은 휴대폰 전원을 껐다. 윤 사장이 방으로 들어왔다. 정인은 피아노 의자에 앉아 건반 뚜껑을 들어 올렸다.

뭐래?

그 여자 아버지가 자신을 별로 좋아하지 않는 것 같대.

뭐? 꼴에, 같잖아서. 때려치우라 그래.

엄마가 간섭할 일이 아냐.

그게 내가 간섭할 일이 아니면?

정인은 건반 위에 손을 올리고 눈을 감았다. 그리고 '가온 도'를 반복해서 눌렀다.

정우 그 자식, 내 말 안 들은 거 나중에 후회할 거야. 너도 알지? 엄마가 내리는 결정이 늘 최선이었던 거. 네가 그 근거야. 네가 이렇게 아름답게, 훌륭하게 자란 것만 봐도 알 수 있잖아?

정인은 대답하지 않았다.

연주회, 정말 가지 마?

혼자 있고 싶어.

나는 혼자 있기 싫어.

정인은 윤 사장을 차갑게 바라보았다. 윤 사장이 무언가 말을 하려 할 때, 휴대폰이 다시 울렸다. 이번에는 윤 사장의 휴대폰이었다. 윤 사장은 부엌으로 가서 전화를 받았다. 베트남 롱미에 있는 흥신소 직원이 연락한 것이었다. 롱미는 홍과 함께 살던 베트남 노동자로부터 알게 된 홍의 고향이었다. 한국에서 홍의 행방을 찾을 수 없자 윤 사장은 흥신소 직원을 롱미로 보냈다. 흥신소 직원은 회사 야유회 때 찍은 홍의 사진을 들고 다녔다. 흥신소 직원은 그간의 성과를 윤 사장에게 길게 설명했다. 요약하면 곧 찾을 수 있을 것 같다는 것이었다. 윤 사장은 알았어요, 라고만 말하고 전화를 끊었다.

윤 사장은 냉장고에서 딸기와 바질을 꺼냈다. 정인이 딸기와 바질을 넣은 수프를 좋아했다. 윤 사장은 바질을 씻고 딸기 꼭지를 정성스럽게 따며 다짐했다. 홍을 찾으면 나머지 손도 부숴 놓겠다고. 자신과 정인이 사이에 금을 그어 놓은 것만으로도 홍은 대가를 치러야 했다. 홍을 끼워 놓고 생각지 않는 이상 모녀 사이에 느닷없이 존재하게 된 부당한 거리감을 설명할 길이 없었다. 윤 사장은 홍을 찾기 위해 무슨 일이든 할 생각이었다. 그것이 정인과의 관계를 예전으로 돌려놓는 유일한 방법이라 여겼고, 메마를 일밖에 남지 않은 자신의 삶을 구원하는 길이라 믿었다. 정인의 다음 공연은 미국 '카네기 와일 리사이틀 홀'에서 열렸다. 윤 사장은 그때부터 회사 일에서 완전히 손을 뗄 생각이었다. 정인의 공연을 따라다니며 여생을 보내고 싶었다. 윤 사장은 사람들을 부수며 악착같이 지켜 낸 회사가 점점 더 징그럽게 느껴졌다. 남편이 죽었을 때, 윤 사장은 잠든 아이들을 바라보며 약속했다. 너희는 나의 모든 것이며, 언제까지나 나의 모든 것일 거라고. 나는 너희를 위해 최선을 다할 것이라고. 그로부터 많은 세월이 흘렀다. 윤 사장은 지켜진 후 잊힌 약속처럼 공허한 기분이었다. 딸기를 먹기 좋게 자르며 윤 사장은 중얼거렸다.

정인아, 네가 내 삶의 근거야. 정말 그래.

*

벤은 와이에게 다가가 볼에 입을 맞췄다. 섬머는 태국 전통 인사법을 흉내 냈다. 두 손을 합장하듯 모은 후 고개를 숙이며 인사했다. 정우도 따라 했다. 와이는 짧게 고개만 끄덕였다. 와이는 웃지도 인상을 쓰지도 않았다. 대저택의 근엄한 안주인 같은 표정이었다.

세 사람이 인사를 하는 동안, 벤은 장 봐 온 음식을 들고 부엌으로 갔다. 식탁에는 와이가 만든 음식이 차려져 있었다. 쌀국수와 비슷한 카우소이와 여러 개의 작은 그릇에 밥, 튀긴 돼지고기 껍질, 카레 등을 담아 내는 칸토크. 와이와 와이의 엄마가 나고 자란 태국 북부 음식이었다. 와이는 섬머가 채식주의자라는 것을 몰랐다. 벤이 말해 주지 않았다. 벤은 와이가 요리를 할 것이라곤 전혀 생각지 못했다. 와이와 섬머의 난감한 표정이 벤의 머리를 스쳐 갔다. 벤은 씩 웃으며 과일과 태국 음식이 담긴 비닐을 식탁 한쪽에 올려놓았다.

섬머와 정우는 1층 침실에 짐을 풀었다. 정우는 침대에 앉아 옷 갈아입는 섬머를 입을 벌린 채 바라보았다.

그만 쳐다봐.

응. 그러니까, 와이는 어린 연인이네.

동거한 지 좀 됐어. 어떻게 생각해?

뭘? 와이? 예뻐.

할 수 있는 생각이 그것뿐이야?

정우는 침대에서 일어나 섬머에게 다가갔다.

와이가 별로야?

아빠가 별로야. 이 이야기는 나중에 해.

정우는 섬머를 뒤에서 껴안으며 목에 키스했다.

이거부터 하자는 거지?

저리 가. 남자들은 다 별로야.

섬머, 사랑일 수도 있잖아?

아빠가 사랑이란 걸 안다면 말이지.

사랑을 모를 수 있나?

사랑은 자기를 희생하는 거야. 아빠가 와이를 위해 희생하는 게 뭔지 모르겠어. 정말 아빠가 와이를 사랑한다고 생각해?

나는 모르지.

섬머가 뒤돌아서자 정우는 입술을 내밀었다. 섬머는 정우의 입술을 손으로 밀어냈다.

사실, 나도 잘 모르겠어.

그건 당사자 외에는 몰라. 당사자도 모를 때가 있고.

섬머는 와이가 준비한 음식을 먹을 수 없었다. 섬머는 와이에게 미안하다고, 자신은 고기를 먹지 않는다고, 아빠가 미처 말하지 못한 것 같다고 사과했다. 와이는 짧게 고개만 끄덕였다. 정우와 벤은 말없이 먹고 마셨다. 툭툭 끊기는 대화가 이어지다 식사가 끝날 무렵에는 어색한 침묵이 먼지처럼 내려앉았다.

잠시 후, 벤이 불쑥 일어나더니 포커를 치자며 카드를 가져왔다. 섬머도 찬성했다. 함께 살 때 섬머와 벤은 자주 포커를 쳤다. 룰은 포커에 진 사람이 이긴 사람의 소원을 들어주는 것이었다. 과거, 섬머는 포커에서 이긴 후 벤에게 더 많은 시간을 함께하길 요구했다. 벤은 섬머의 소원을 들어주었다. 해외 파병이 잦은 군을 전역하고 회사에 들어갔다. 벤은 자신이 뱉은 말을 무슨 일이 있어도 주워 담는 사람이었다. 그러나 지금은 자신이 뱉은 말을 잘 기억하지도 못했다. 포커에서 진 섬머가 벤의 소원을 들어준 적도 있었다. 벤은 섬머가 콘돔 없이 섹스하지 않길 바랐다. 또 레즈비언이 되어서는 안 된다고도 했다. 제일 최근의 소원은 자신에게 페이스북에 가입하길 요구하지 않는 것이었다. 3년 전의 일이었다.

카드를 나누기 전, 벤은 세 사람에게 최종 승자의 말은 무슨 일이 있어도 따라야 한다고 다시 한번 강조했다. 섬머는 자신감이 넘치는 표정으로 대답했다. 이번엔 무조건 자기가 이길 거라고.

먼저 백기를 든 사람은 정우와 와이였다. 정우는 조금씩 계속 잃었다. 와이는 한 번에 크게 베팅했다. 크게 따고 크게 잃었다. 한 시간이 지났을 때, 두 사람은 칩을 모두 잃었다. 정우는 벤과 레이스를 펼치다 졌고, 와이는 섬머와 레이스를 펼치다 졌다. 벤과 섬머가 마지막으로 붙었다. 두 사람은 남은 칩을 모두 걸었다.

소원부터 들어 볼까?

먼저 말해 봐요.

네가 방콕에서 사는 거. 여기에도 네 도움이 필요한 동물
은 얼마든지 있으니까.

정우는 입을 벌렸고, 와이는 눈을 내리깔았다. 섬머와 벤은
서로의 눈을 바라보며 웃었다

그건 혼자 결정할 수 없어요.

네 소원은?

강아지를 입양하는 거예요. 몸과 마음에 상처 입은 아이로.

너무 약한데? 네가 이기면 미국에 있는 집을 주마. 이 정도
면 합의 가능할 것 같은데?

어떻게 할까?

섬머가 정우에게 물었다.

자신 있어?

물론이지.

이번엔 벤이 와이를 보며 물었다.

좋은 생각 아냐?

당신 취했어.

안 취했어. 자, 네 패부터 볼까?

섬머가 카드를 테이블 위에 가지런히 펼쳤다. '쓰리 포카드'

였다. 이어서 벤이 카드를 펼쳤다. '에잇 투 페어'였다.

젠장. 허세 부리는 줄 알았는데.

집은 안 줘도 돼요. 강아지를 알아볼게요.

룰을 깨선 안 돼. 집을 판 돈으로 뭘 하든 난 상관 안 하마. 강아지 사료를 사서 전국에 뿌려도 말이다.

좋은 생각이네요. 정우가 말했다.

잊고 있나 본데 자넨 다 잃은 거야.

네, 그렇긴 하죠.

벤은 식탁에서 일어나 침실로 향했다. 와이는 섬머를 무표정하게 바라보다 천천히 자리를 떴다. 정우와 섬머는 눈빛을 주고받으며 웃었다.

벤은 거침없이 코를 골며 잤다. 와이는 침대 옆 소파에 앉아 선반 위에 놓여 있는 액자를 바라보았다. 섬머가 거만한 표정으로 자신을 쳐다보고 있었다. 와이는 선반으로 다가가 액자를 손에 들고 섬머의 얼굴을 손가락으로 가렸다. 그리고 잠시 후, 벽을 향해 액자를 집어던졌다. 벽에 부딪힌 액자는 유리가 깨지며 조각났다. 벤은 깨지 않았다. 와이는 산산이 깨졌다. 다 잃은 것 같았다.

1층 침실에서, 섬머는 정우가 하고자 하는 말을 막았다. 섬머는 정우의 성기를 손에 쥔 채 흔들고 잡아당기며 장난쳤다. 입에 물고 오래 애무했다. 정우는 할 말을 까맣게 잊었다. 정우가 섬머에게 하려던 말은 이것이었다. 어디에 살든 결혼한 후에는 다른 일을 했으면 좋겠다고. 정우는 산악고릴라 밀렵 근절 운동을 벌인 동물학자 다이앤 포시*가 어떻게 되었는지 알고 있었다. 코스타리카의 동물 구조단원이 무슨 일을 당했는지도. 다이앤 포시는 자신의 텐트에서 손도끼로 얼굴이 난자당한 채 발견되었고, 동물 구조단원은 복면의 괴한에게 납치되어 목이 잘린 시체로 돌아왔다. 환경 운동가를 포함해 2002년부터 2014년까지 피살된 운동가는 확인된 것만 991명이었다. 섬머의 동료처럼 다리를 베인 것은 통계의 소스도 되지 못했다.

창밖에서 불꽃이 터졌다. 정우는 섬머에게 몸을 맡긴 채 희롱당하는 작은 새처럼 구겨진 모습으로 불꽃을 바라보았다. 불꽃은 송크란 축제**가 다가왔음을 알리는 축포였다.

*

홍은 임대 아파트 현관에 서서 어리둥절한 표정으로 거실

---

* 다이앤 포시는 18년에 걸쳐 고릴라 연구를 수행한 미국의 동물학자이다. 르완다의 산림에서 매일같이 고릴라를 연구하다 1985년에 살해된 시체로 발견되었으며, 사건은 현재까지 미제로 남아 있다.
** 송크란 축제는 매년 4월 13일부터 15일까지 태국에서 열리는 축제다.

을 둘러보았다. 도둑이라도 든 것처럼 눈에 들어오는 모든 문이 열려 있었고, 서랍은 난잡하게 헤집어져 있었다. 방콕을 떠난 지 2주가 지난 시점이었고, 송크란 축제를 이틀 앞둔 날이었다.

홍은 자신의 방으로 들어갔다. 자물쇠로 잠가 놓은 앉은뱅이책상의 서랍을 열려고 한 흔적이 있었다. 홍이 서랍을 열어 내용물을 확인하려 할 때, 현관문 열리는 소리가 났다. 홍은 방문 앞으로 걸어갔다. 린이 현관 앞에 우두커니 서 있었다.

린은 홍을 보고도 놀라지 않았다. 린은 신발을 신은 채 무표정한 얼굴로 홍에게 다가갔다. 그리고 홍의 정면에 멈춰 서서 홍의 뺨을 강하게 때렸다. 홍은 가만히 있었다. 린은 또 때렸다.

도둑놈. 쓰레기 같은 자식. 너도 다른 놈들이랑 똑같아.

린은 가방에서 지갑을 꺼냈다. 그리고 홍의 얼굴을 향해 집어던졌다.

내가 돌아오기 전에 훔쳐서 나가지 그랬어? 그거 가지고 꺼져.

린은 다시 손을 치켜들었다. 홍은 눈을 질끈 감았다. 린은 잠깐 기다리다 홍이 실눈을 뜨자 있는 힘껏 뺨을 후려쳤다. 홍은 눈물을 찔끔 흘렸다.

그만 때려. 너무 아파.

마음 같아선 널 죽여 버리고 싶어.

홍은 자신의 뺨을 어루만지며 등에 멘 커다란 배낭을 거실 바닥에 내려놓았다. 그리고 배낭에서 무언가를 꺼냈다. 베트남 전통 모자 논이었다. 홍이 논을 내밀자 린은 논을 바닥에 내동댕이쳤다. 홍은 바닥을 뒹구는 논을 바라보다 배낭에서 다시 무언가를 꺼냈다. 랩에 감싸여 있는 돈뭉치였다. 홍은 돈뭉치를 바닥에 하나씩 쌓았다.

2만 5000달러야.

린은 돈을 발로 차 냈다. 홍은 돈을 하나씩 주워 다시 쌓았다. 그리고 무릎을 꿇고 앉아 배낭 앞주머니를 열더니 회백색의 무언가를 꺼냈다. 코끼리 상아로 만든 브로치였다. 브로치는 머리가 세 개인 코끼리 모양이었다. 힌두교 상징 중의 하나이자 코끼리의 신인 에라완이었다. 브로치는 각각의 코끼리 상아와 안장까지 정교하게 다듬어져 있었다. 상아와 안장 겉에는 백금으로 얇은 막을 씌웠고 코끼리의 눈은 빨갛게 색이 칠해져 있었다.

내가 직접 만들었어. 에라완이 너를 지켜 줄 거야.

린은 더 이상 버티지 못했다. 브로치를 바라보다 천천히 무릎을 꿇었다. 그리고 눈물을 글썽이며 홍을 천천히, 그리고 옭아매듯 껴안았다. 홍은 린의 등을 토닥였다.

고향에 갔다 와야 했어. 프랑스에 있던 여동생이 롱미에 왔다고 삼촌에게서 연락이 왔어. 꼭 만나야 했어. 연락하지 못해서 미안해. 험한 길을 오가야 했어. 걱정시키고 싶지 않았어. 반드시 돌아올 거라는 다짐만 있었어.

또 사라지면 그때는 정말 끝까지 찾아가서 죽여 버릴 거야.

훙은 린을 바닥에 눕혔다. 그리고 팔베개를 해 주며 롱미에서 만난 여동생 이야기를 들려주었다.

5년 만에 찾은 고향이었다. 롱미는 많이 변해 있었다. 과거에 가난은 싫어도 어찌할 수 없는, 피부 같은 것이었다. 불만도 적었다. 이제는 모두가 가난을 옷처럼 생각하는 듯했다. 벗어 버리고 싶은 더러운 옷. 가난한 시절에도 트린은 남달랐다. 공부를 잘하는 것 빼곤 다 못했다. 프랑스어를 유독 잘했다. 성인이 된 트린은 에이즈를 퇴치하는 의사가 되겠다며 프랑스로 유학 갔다. 자신이 뒷바라지했다. 그러다 어느 순간, 트린에게서 연락이 끊겼다. 그 트린이 프랑스 남자와 함께 롱미에 와 있었다. 돌이 지난 아들도 데리고 왔다. 두 사람은 의과대학에서 만났다고 했다. 다시 프랑스로 돌아가면 결혼식을 올릴 것이라고 했다. 트린은 눈물을 흘리며 연락이 끊긴 것을 사과했다. 프랑스 남자를 따라 긴 여행을 갔다 왔다고 했다.

훙은 지금껏 모아 두었던 돈을 트린에게 건넸다. 이건 네 돈이라고, 너 때문에 모은 돈이라고. 트린은 받지 않았다. 지금까지 받은 것만으로도 충분하다고, 언젠가는 모두 돌려주고 싶다고.

홍은 트린을 꺼안고 울었다. 식도를 턱 막고 있던 것이 내려간 기분이었다. 트린은 롱미에서 일주일 더 머물 것이라 했다. 홍은 먼저 롱미를 떠나며 말했다. 사랑하는 사람이 생겼다고, 방콕에서 남은 삶을 살고 싶다고. 트린은 두 손 모아 홍의 행복을 빌어 주었다.

홍의 품에 안긴 채, 린이 물었다.

저 돈은 어디서 났어? 도박했어?

아니.

훔쳤어?

한국에서 일하며 모은 거야. 이 손가락하고 바꾼 거지.

훔치고 도박한 걸로 해. 그게 낫겠어.

네가 맡아 줘. 전부.

우리 이 돈으로 미국 갈까?

미국엔 왜?

돈 벌러 가는 거지.

돈은 여기서도 벌 수 있어.

미국 가면 더 많이 벌 수 있잖아?

많이 벌려면 많이 잃어야 돼.

뭘 잃어?

그런 게 있어.

그런 게 뭔데?

존엄.

홍은 이 말을 한국에서 배웠다. 이주 노동자 인권 센터에서, 자신의 손을 망가뜨린 나라에서. 홍이 말을 이었다.

다시는 존엄을 잃기 싫어.

홍은 자리에서 일어나 논을 가지고 왔다. 홍은 논을 린의 머리에 씌웠다. 그리고 부탁했다. 저번처럼 춤을 춰 달라고. 린은 조건을 달았다. 앞으로는 절대 사라지지 말라고. 자신에게 숨기는 것이 하나도 있어서는 안 된다고. 이 약속을 어기면 뒤도 돌아보지 않고 떠나겠다고. 홍은 힘주어 고개를 끄덕였다.

린은 논을 쓰고 창가에 서서 춤을 췄다. 음악도 없이, 작은 새처럼. 홍은 린의 동작 하나하나를 눈에 새기듯 담았다. 린이 팔을 뻗어 날갯짓을 할 때마다 지난 과거가 송두리째 날아가는 듯했다. 춤을 추며 린이 물었다.

근데 집은 왜 이렇게 헤집어 놨어?

내가? 네가 그런 거 아냐?

내가 왜?

홍은 어깨를 으쓱했다. 린은 곰곰이 생각했다. 잠시 후, 린이 다시 말했다.

훔쳐 갈 것도 없어.

다음 날 아침, 홍은 린을 오토바이에 태우고 관광객들로 가득한 좁은 거리를 뱀처럼 빠져나갔다. 볕에 달구어진 뜨거운 바람이 두 사람의 얼굴과 머리카락 사이를 파고들었다. 린은 홍의 등에 머리를 묻고 홍의 냄새를 끝까지 빨아들였다. 린은 자신의 삶에 홍을 끼워 넣은 채 새로운 생각들로 부풀었고, 자신에게 남아 있을지도 모를 또 다른 가능성을 더 이상 재지 않았다. 이제는 홍에 대해 다 알고 있는 것처럼 느껴졌다.

홍은 더 이상 무언가가 되고 싶다거나, 무언가를 하고 싶다는 생각을 하지 않았다. 린만 곁에 있으면 될 것 같았다. 홍은 린에게 형용사나 부사가 붙지 않은 단순한 문장으로 사랑한다고, 너를 사랑한다고 말했다.

2주 만에 홍을 본 주방장은 굳은 표정으로 말했다. 다시는 린에게 상처를 주지 말라고. 넌 복덩이를 잡은 거라고. 멍청한 사내새끼들처럼 또 굴다가는 가만두지 않겠다고. 송크란 축제 때 레스토랑에 오라고. 둘이 다시 만난 기념으로 자신이 한턱 쏘겠다고. 그런데 정말 게이가 아니었냐고.

축제의 첫째 날 아침, 홍은 화장실 세면대에 손을 짚고 거울에 비친 자신의 얼굴을 바라보았다. 과거를 지워 버린 사람이 눈앞에 있었다. 홍은 손거울을 들어 뒤통수와 목덜미를 살폈다. 지금까지 한 번도 본 적 없는 모습이었다. 린이 보게 만든 자신의 새로운 모습이었다. 홍은 거울을 보며 중얼거렸다.

마이 펜 라이. 괜찮아, 다 괜찮아, 아무 문제 없을 거야.

린이 화장실 밖에서 소리쳤다.

쇼핑몰에 가자. 오늘은 근사하게 보여야 돼. 브레이크 타임 때 레스토랑으로 와.

내가 부끄러워?

갈고닦지 않은 보석은 없어.

넌 있는 그대로 아름다워.

내가 얼마나 노력하는지 알면 깜짝 놀랄걸?

홍이 먼저 임대 아파트를 내려왔다. 홍은 주차장에 있는 자신의 오토바이를 꺼내려다 굳은 표정으로 멈춰 섰다. 린이 뒤이어 계단을 내려왔다. 홍이 손짓으로 오토바이를 가리키자 린은 눈을 찌푸렸다.

조각난 맥주병과 구겨진 맥주 캔이 오토바이 주변에 널려 있었다. 그리고 오토바이는 엉망으로 부서져 있었다. 대시보드가 깨져 있었고 연료 탱크는 움푹 들어가 있었다. 망치로 내려친 것 같았다. 핸들 손잡이 한쪽은 톱으로 썬 것처럼 잘려 나가고 없었다. 홍이 핸들에서 떨어져 나온 거울을 집어 들며 말했다.

훔쳐 가지 왜 부쉈을까?

미친놈들이 좀 많아야지. 이맘때는 더 그래. 레스토랑에서도 넘쳐 나. 축제라고 별의별 미친놈들이 다 찾아오니까. 어떡하지?

고칠 수 있을 거야.

린은 홍의 목덜미를 주물렀다. 그리고 속으로 중얼거렸다. 빌어먹을 새끼. 가만두지 않을 거야. 린은 누구 짓인지 알 것 같았다. 집이 털렸고 이번에는 홍의 오토바이가 망가졌다. 범인은 한 사람밖에 없었다. 홍은 대수롭지 않게 생각했다. 도둑놈과 강도, 술주정뱅이들은 세계 어느 곳에나 있었으니까.

*

거리는 축제 분위기로 달아오르고 있었다. 인간을 지구에서 몰아내려는 목적을 가진 듯한 살인적인 햇빛도 문제가 되지 않았다. 거리 전체가 약한 술에 기분 좋게 취한 듯 들썩거렸고, 사람들의 표정에서는 무엇이든 감당할 수 있다는 여유가 느껴졌다.

아침 식사가 끝난 후, 섬머는 산책 좀 하고 오겠다며 와이를 데리고 밖으로 나갔다. 와이는 섬머의 손에 붙들려 엉거주춤한 자세로 따라나섰다. 와이는 속이 울렁거렸고 머리가 어지러웠다. 의사는 와이에게 계속 충고했다. 자야 한다고, 충분히 자야 한다고, 잠을 자지 않으면 모든 곳이 아플 수 있다고, 스트레스를 받지 않는 게 중요하다고. 와이는 자야 한다고 생각할수록 잠에서 빠져나왔다. 지난밤에도 잠을 거의 자지 못했다. 와이는 발끝으로 서서 다니는 것처럼 신경이 날카로웠다.

섬머는 길가 매장에서 'Game Over'라고 적힌 문구 위로 웨딩드레스를 입은 신부와 신랑의 모습이 그려진 티셔츠를 손으로 만져 보며 웃었다.

정우에게 주면 좋겠네요.

와이는 무심한 표정으로 다른 티셔츠를 가리켰다.

이건 당신 아빠.

와이가 가리킨 티셔츠에는 능글맞게 웃고 있는 악마가 그려져 있었다. 악마의 얼굴 아래에는 이런 문구가 적혀 있었다. 'God is busy. Can I help you?'

섬머는 싱긋 웃었다.

방콕은 마치 편안한 농담 같아요. 여기 있으니 세상이 평화롭지 않은 게 이해가 안 될 지경이에요. 송크란 축제 때 사람들이 쏘는 물을 맞으면 축복이 찾아온다고 들었어요. 자신이 원하는 모습으로 다시 태어날 수 있다고. 안 좋은 것, 더러운 기운을 물로 씻어 내고 자신이 원하는 삶을 살게 된다고요.

헛소리.

네?

내가 몇 번의 송크란을 경험했을 것 같아? 태국 부자들은 가난한 사람들의 삶이 나아지길 바라지 않아. 가난한 사람들이 돈을 벌면 개인 운전사도 가정부도 쓰기 어려워질 테니까. 자신들이 불편해지는 걸 기분 좋게 받아들일 수 있는 사람은 없어. 방콕이 농담 같다면 고약한 농담이겠지. 마냥 기대하고 기다린다고 이뤄지는 건 아무것도 없어.

섬머는 와이를 지그시 바라보았다. 와이는 앞만 쳐다보며 걸었다.

와이에게 아빠를 잘 보살펴 달라고 부탁해도 되겠네요. 와이는 강해 보여요.

이번에는 와이가 섬머를 힐끗 바라보았다. 와이와 눈이 마주치자 섬머는 부드럽게 미소 지었다.

두 사람은 룸피니 공원으로 들어갔다. 룸피니 공원은 거대한 인공 호수 주변으로 짙은 녹음이 우거진 도심 속 정원이었다. 호수 위로는 주변 마천루와 구름의 그림자가 수묵화처럼 번져 있었다. 풀밭에서는 다양한 색깔의 고양이들이 사람을 피하지 않은 채 일광욕을 즐겼다. 사람들과의 차이점은 바닥에 수건을 깔지 않았다는 것뿐이었다. 물왕도마뱀은 나무를 오르내리고 수면 위를 헤엄쳤다. 온갖 새들이 그늘 아래서 땅에 부리를 쪼아 댔다. 섬머는 고양이에게 말을 걸고 물왕도마뱀에게 인사했다. 악어도 있다고 들었는데 보이지 않았다.

코끼리 병원이라고 들어 봤어요?

와이는 짧게 고개 저었다.

내일 거길 가 봐야 해요. 지구에 하나밖에 없는 코끼리 병원이에요. 그 병원에 도움을 줄 수 있는 방법을 찾고 있어요. 코끼리 병원엔 다리가 부러지고 눈병이 난 코끼리도 있지만 각성제 부작용을 앓고 있는 코끼리도 있다고 들었어요. 티크 벌목꾼들이 먹인 거라고 했어요. 쉬지 않고 일하게 만들려고.

벌목꾼들은 자신의 일을 하는 거야.

그래서 내 일이 있어요. 내 일은 그걸 못 하게 하는 거죠.

벌목꾼을 방해하다 죽은 환경 운동가를 알아. 그 사람은 벌목꾼의 코끼리에 짓뭉개져서 죽었어.

우린 그런 세상을 다음 세대에게 물려주지 않을 의무가 있어요. 와이가 나중에 낳게 될 아이를 위해서 말이에요.

와이는 멈춰 섰다.

내 아이는 내가 알아서 키워.

물론이죠. 와이는 좋은 엄마가 될 수 있을 것 같아요. 좋은 엄마의 조건은 두려움이 없어야 한다는 거예요. 아이를 위해 세상의 나쁜 것들과 맞서 싸워야 하니까. 어떤 때는 좋은 것들과도 싸워야 하죠. 와이는 당당하고 두려움이 없어 보여요.

섬머는 앞장서 걷더니 호숫가 가장자리에 놓인 정자 안으로 들어가 벤치에 앉았다. 와이는 섬머의 모습을 가만히 지켜보았다. 와이가 낙태를 하겠다고 했을 때, 와이의 엄마는 말했다. 아이를 낳는 것은 고통으로 가득한 세상을 향한 질문이라고. 질문은 용기 있는 사람만이 할 수 있는 거라고. 그러나 그 답은 나중에 성장한 아이를 통해서만 알게 된다고. 와이는 대꾸했다. 자신은 그 답을 이미 알고 있다고. 와이의 어머니는 몸을 팔았고, 와이도 그랬다. 와이는 다른 답을 생각할 수 없었다. 와이의 엄마는 와이를 끌어 안고 등을 쓸어내렸다.

공원에 줄 지어 선 나무들의 잎을 뚫고 내려온 햇살이 와이의 이마 위로 쏟아졌다. 와이는 주변을 둘러보았다. 꼬마 아이가 공원을 배회하는 고양이 뒤를 졸졸 따라다녔고, 아이와 똑같은 무늬와 색깔의 티셔츠를 입은 아이 엄마가 그 뒤를 쫓았다. 와이는 자신을 향해 손짓하는 섬머를 바라보며 생각했다. 넌 아무것도 몰라.

*

정우는 피로와 숙취로 괴로워했다. 벤은 오늘 아침 여행을 시작하는 사람처럼 기운이 넘쳐 보였다. 두 사람은 마당 티테이블에 마주 앉았다.

벤이 냉장고에서 꺼내 온 맥주를 정우에게 건넸다. 정우는 괜찮다고 손을 저었다. 벤은 손에 들린 맥주를 들이켰다. 그리고 나머지 한 병은 테이블 위에 두었다.

작년에 동생 연주회가 취소되었다는 이야기는 들었어. 아팠다지? 지금은 어떤가?

오늘 연주회가 다시 있습니다.

안 가 봐도 되나?

본인이 원하지 않았습니다. 유별난 편이죠.

꼭 가게. 섬머는 남겨 두고. 내가 잘 데리고 있을 테니까.

정우는 빙긋 웃기만 했고 벤은 맥주를 들이켜며 허리를 뒤로 젖혔다.

섬머가 지금까지 데려온 놈들은 하나같이 예의 바르고 잘난 놈들이었지. 그런 놈들이 있어. 자신이 배운 지식의 양과 자신이 가진 정의의 크기가 비례한다고 생각하는 놈들 말이야. 내가 알기로는 그 반대거든. 예의 바르게 말하고 정의로운 척하면서도 속에서는 잔머리를 굴리고, 실제로 용감해야 할 때는 한없이 비겁하고 비굴해지지.

한국은 동방예의지국이라 불립니다. 예의는 미덕이라고 생각해요.

어느 기사에서 봤는데 한국이 OECD 국가 중 노인 자살률이 1위더군. 이런 생각이 들었지. 저놈의 나라는 주체할 수

없는 분노를 고등학교에 총질을 하거나, 마구잡이 연쇄 살인
으로 푸는 대신에 예의 있게 스스로 목숨을 끊는 걸로 해결
하는 거 같다고 말이야.

정우는 소금을 씹은 듯한 표정을 지었다. 그리고 테이블에
놓인 맥주를 집어 들고 한 모금 삼켰다. 벤이 말을 이었다.

사람을 판단하는 제일 좋은 방법은 함께 전투를 치러 보는
거지. 문학을 전공했다고 했나? 헤밍웨이를 알겠군.

『노인과 바다』에코백을 수집할 정도로 좋아합니다. 훌륭
한 작가죠.

술주정뱅이였어. 거짓말도 밥 먹듯 하고. 자기 어머니를 늘
쌍년이라고 불렀지. 그럼에도 내가 헤밍웨이를 좋아하는 이유
가 있어. 그는 위기에 몰렸을 때 좋은 사람이었어. 이게 헤밍
웨이와 전투에 참가한 동료들의 평가였지.

저는 그렇게 보이지 않는군요?

벤은 어깨를 으쓱했다.

본인은 어떤 사람인가요? 위기에 몰리면 그때는 정말 좋은
사람이 됩니까?

어때 보이나?

섬머를 보면, 벤이 나쁜 사람일 거라는 예상은 전혀 할 수
가 없었습니다.

두 사람은 동시에 미소 지었다.

나는 방콕에서 손녀 같은 여자와 함께 살면서 밤마다 술에 취하는 사람 정도로 만족하고 있다네.

어머니도 궁금해하셨죠. 벤은 어떤 사람인지, 은퇴 후 방콕에서 어떻게 살고 있는지.

이대로 전해 주게. 벤은 방콕에서 사랑하는 사람과 함께 인생을 아낌없이 낭비하고 있다고. 삶이 원래 가져야 할 그런 모습으로 말이야.

정우는 한숨을 삼켰다.

와이는 좋은 사람 같아요. 재밌기도 하고. 어젯밤에 와이가 저한테 묻더군요. 무슨 일을 하냐고. 탱크 부품 만드는 일을 한다고 했더니 탱크 좀 빌려 달라고 했어요. 미국에 있는 벤의 집을 날려 버릴 거라고.

벤은 씩 웃으며 담배를 하나 꺼내 정우에게 내밀었다. 정우는 또 손을 저으려다 그냥 받아 들었다. 벤은 정우의 담배에 불을 붙여 주었다.

이후 스케줄이 어떻게 되지?

섬머와 쇼핑을 하기로 했습니다. 여동생과 어머니에게 줄 선물을 사고, 또, 결혼반지 좀 골라 볼까 해서요. 밤에는 차오프라야강 근처 카페를 갈 생각입니다. 이미 예약해 뒀어요. 거기서 프러포즈를 하려 합니다.

두 사람은 서로의 눈을 응시했다. 잠시 후, 벤이 고개를 느릿느릿 *끄*덕였다.

저녁은 함께하지. 베트남 음식 좋아하나? 내가 한턱 쏘고 싶은데?

그 말은, 결혼을 허락하신다는 의미인가요?

지금껏 섬머가 원하는 것과 내가 원하는 것이 일치한 경우는 단 한 번뿐이었지. 어릴 때 함께 간 쇼핑몰에서 새끼 래브라도 리트리버를 괴롭히는 멍청한 자식의 얼굴을 내가 날려 버렸을 때. 허락은 다 큰 성인들에게는 무용한 단어야. 테러리스트들을 보면 더욱 잘 알 수 있지. 이들이 허락받고 하는 일을 본 적이 있나?

벤, 저는 테러리스트가 아닙니다.

결혼은 허락이 필요한 일이 아니고.

정우는 담배를 깊게 빨고 천천히 내뱉었다. 남는 것 없는 전투를 치른 후 피우는 담배 같았다. 벤은 정우를 물*끄*러미 바라보며 생각했다. 겉으로만 예의 바른 척 구는 재수 없는 자식은 아닌 것 같다고.

쇼핑몰에 함께 가는 거 어떠세요? 벤과 와이한테도 선물을 하고 싶습니다.

섬머나 와이가 가자고 하지 않았다면, 나는 평생 쇼핑몰 같은 곳엔 단 한 걸음도 들여놓지 않았을 거네.

*

　홍과 린은 웅온 레스토랑 근처의 'JTC & 방콕 패션 아웃
렛'을 찾았다. 귀금속과 옷을 함께 파는 곳이었는데, 홍이 여
길 가자고 했다. 홍은 린의 손을 아이처럼 붙잡고 쇼핑몰을
돌아다녔다. 홍은 커다란 농구화를 신어 보며 바보처럼 웃었
고, 바지 위로 빨간 팬티를 대어 보며 우쭐거렸다. 홍은 지금
껏 자신에게 없던 것을 하나씩, 조금씩 채워 나가는 빈 캔버
스처럼 보였다. 린은 홍이 자신이 골라 준 셔츠와 팬츠를 입
고 전신 거울 앞에 서자 들고 있던 노란색 단화를 손수 신겨
주었다. 그리고 뒤로 물러서서 한눈에 홍의 모습을 담았다.

　이거 봐. 갈고닦아야 해. 초상화를 아주 잘 그리는 화가
같아.

　홍은 쑥스러운 듯 웃기만 했다. 두 사람은 옷값을 계산하
고 아웃렛을 빠져나와 그 앞에서 헤어졌다. 홍은 환한 햇빛이
쏟아지는 번잡한 거리에서 손을 흔들며 멀어지는 린의 모습
을 지켜보았다. 린은 소멸하는 별처럼 반짝이다 희미해졌다.
린의 모습이 완전히 사라지자 홍은 다시 아웃렛 안으로 들어
갔다. 린에게 선물할 반지를 사기 위해서였다.

　홍은 홀 오른쪽에 붙은 매장부터 차례차례 훑었다. 하나도
빠짐없이 다 볼 생각이었다. 가장 아름다운 것을 사 주고 싶

었다. 홀 반대편에서는 정우와 섬머가 자신들의 오른편에 붙
은 매장을 훑으며 걸어오고 있었다. 반지를 보는 듯했지만 성
의가 없어 보였고, 두 사람 모두 표정이 밝지 않았다.

자기 아버지는 나를 싫어하는 게 확실해.

표현을 그렇게 하는 것뿐이야.

윈스턴 처칠이 무솔리니를 딱 한 번 부러워한 적이 있었어.
무솔리니가 자신의 사위를 처형시켰을 때. 자기는 그러지 못
했거든.

아빠한테 당신이 정말 좋은 사람이라고 말해 줬어. 좋은
사람의 정의에 가장 부합하는 사람이라고.

그랬더니?

세상에 좋은 남자만큼 드문 건 없다고 했어.

이런.

아빠 때문에 표정이 그렇게 어두운 거야?

자긴 왜 그래? 당신 아버지가 나를 탐탁지 않다고 말해서
그런 거 아냐?

섬머는 잠깐 생각했다.

코끼리 병원 때문에 그래. 항공편이 없었어. 미리 확인했어
야 했는데.

고작 그런 문제 때문이야?

지금 당장 필요한 도움이 있을 수도 있어. 지금이 아니면

안 되는, 내가 할 수 있는 아주 작은 일임에도 불구하고 말이야. 내일 동트기 전에 택시라도 타고 가야 할까 봐.

정우의 입이 벌어졌다. 정우는 섬머가 갑자기 환자처럼 보였다. 섬머는 정우의 놀란 표정을 따라 하며 웃었지만 진심으로 웃은 것은 아니었다. 섬머가 걱정하고 있는 일은 따로 있었다. 집을 나오기 전, 야생동물 보호 기구 매니저로부터 연락이 왔다. 매니저는 상아 밀수꾼들이 협박 메일을 보냈다고 했다. 즐겁게 태국 관광이나 하다 돌아가라고, 자신들의 일을 방해하면 가만두지 않겠다고. 밀수꾼들은 섬머가 방콕에 온 것도 알고 있다고 했다. 협박 메일에는 섬머의 사진이 첨부되어 있었다. 공항 게이트 앞에서 정우가 섬머를 안고 있는 모습을 담은 사진이었다. 섬머는 상아 밀수꾼들이 자신이 생각했던 것보다 더 크고 조직화되어 있다는 사실에 놀랐다. 무슨 짓이든 할 수 있겠다는 생각이 들었다.

정말 결혼엔 아무 문제 없는 거 맞아?

아무 문제 없어.

섬머는 정우의 입술에 짧게 입 맞췄다. 섬머가 입술을 떼려는데 정우가 놓아주지 않았다. 두 사람이 서로의 얼굴을 두 손으로 감싼 채 하던 일을 이어 나갈 때, 홍이 방향을 틀어 정우와 섬머가 서 있는 매장 앞으로 다가왔다. 홍은 두 사람의 옆에서 허리를 숙인 후 진열창 속 반지를 훑었다. 잠시 후,

정우가 먼저 눈을 떴다. 이어서 섬머가 눈을 뜨며 말했다.

반지는 나중에 고를까?

그럼?

우선 호텔?

정우는 섬머의 손을 잡아끌며 무작정 몸을 돌렸다. 픽 소리가 났다.

아이코, 죄송합니다!

한국말이었다. 정우는 자신과 몸을 부딪친 사람의 얼굴을 확인하곤 영어로 다시 말했다.

미안합니다.

정우는 바닥에 쓰러진 여자가 일어나도록 도왔다. 몸이 마른 중년의 태국 여자였다. 섬머는 여자의 선글라스를 주워 알을 닦았다. 여자는 정우의 손을 신경질적으로 뿌리쳤고 알아들을 수 없는 말을 내뱉었다. 정우는 연신 사과했다. 여자는 섬머의 손에서 선글라스를 낚아채더니 코너를 돌아 사라졌다. 정우와 섬머는 서로를 바라보며 머쓱한 표정으로 웃었다. 이번엔 섬머가 정우의 손을 잡아끌고 달렸다.

홍은 허리를 펴며 무심한 표정으로 출입구를 향해 달려가는 두 사람의 뒷모습을 바라보았다. 그리고 매장 안으로 들어가며 중얼거렸다.

아이코, 죄송합니다.

그리고 또 한 번.

아이코, 죄송합니다.

반지를 한참 동안 살핀 후, 훙은 진열창 중앙에 놓여 있는 반지 앞으로 돌아갔다. 세 개의 링이 엇갈려 있는 반지였다. 훙이 점원에게 가격을 묻자 점원은 상냥한 표정으로 가격을 말해 주었다. 훙은 흥얼거리듯 중얼거렸다.

아이코, 감사합니다.

비쌌다. 훙은 그 옆에 있는 반지의 가격도 물었다. 더 비쌌다.

아이코, 죄송합니다.

훙은 잠깐 망설이다 더 비싼 반지를 손으로 가리켰다. 점원이 반지를 건네자 훙은 마지막으로 말했다.

아이코, 사랑합니다.

돈을 지불한 후, 훙은 아웃렛을 나와 에라완 사원으로 향했다. 에라완 사원 앞에는 수많은 사람들이 줄지어 서 있었다. 훙도 처음으로 줄을 섰다. 자신과 린을 위해 기도할 생각이었다. 잠시 후, 훙의 차례가 다가왔다. 훙은 무릎 꿇고 간절히 기도했다.

반지가 린의 손가락에 꼭 맞게 해 주세요.

*

　와이는 거실 소파에 앉아 섬머가 한 말을 되새겼다. 와이는 좋은 엄마가 될 것 같아요. 와이가 가지게 될 아이를 위해서라도 우리는 나쁜 것들과 맞서 싸워야 해요. 와이는 속으로 중얼거렸다. 내가 맞서 싸워야 할 대상은 바로 너야. 너는 결코 알 수 없겠지.

　음소거를 해 놓은 TV 화면에서 낯익은 장소가 나타났다. 방콕 방코램 지역에 있는 한 사찰의 영안실 주변이었다. 와이는 볼륨을 높였다. 그리고 자신도 모르게 두 손을 기도하듯 맞잡았고 당장이라도 바스러질 것처럼 몸을 떨었다. 뉴스 기자는 사찰에서 악취가 난다는 주민들의 제보를 받은 경찰이 사찰 주변을 수색했고 그 결과 악취의 원인을 찾아냈다고 밝히며 어제 348구의 시신이 발견되었고 오늘은 1700여 구가 추가로 발견되었다고 말했다. 다음 장면이 이어졌다. 바닥에 깔린 흰 천 위에 군데군데 빛바랜 핏자국이 묻은 여러 개의 흰 비닐봉지들이 줄지어 놓여 있었다. 불법 낙태 수술 이후 땅에 묻힌 태아의 시신이었다. 태아들은 흰 비닐봉지에 담긴 채 햇빛 가득한 지상으로 다시 소환되어 있었다.

　부엌에 있던 벤이 거실로 나왔다. 와이는 재빨리 TV를 껐다. 그리고 손으로 입을 틀어막았다. 벤의 손에는 여전히 맥주가 들려 있었다.

왜 그래?

벤이 TV를 다시 켜려 하자 와이가 리모컨을 낚아챘다. 벤은 어깨를 으쓱하더니 TV 본체로 다가갔다.

보고 싶지 않아.

벤은 와이를 힐끗 쳐다본 후 TV 전원을 눌렀다. 와이는 고개를 틀었다.

하느님, 맙소사.

보고 싶지 않다고 했잖아!

뉴스는 악어 쇼 현장에서 일어난 사건을 전하고 있었다. 관광객의 휴대폰에 촬영된 장면이었는데 화면 속 악어는 조련사의 팔을 물고 빙글빙글 돌고 있었고, 조련사는 악어가 몸을 비트는 방향에 따라 자신도 빠르게 몸을 굴리는 중이었다. 잠시 후, 또 다른 조련사들의 도움으로 악어의 입에서 간신히 빼낸 조련사의 오른팔은 헝겊 조각처럼 너덜너덜했다.

끔찍하군.

벤은 소파로 돌아와 와이 옆에 앉았다. 와이는 눈물을 글썽이며 벤을 노려보다 소파에서 일어나 침실로 향했다.

할 말 있어.

와이가 대꾸 없이 침실 문을 거칠게 닫고 들어가자 벤은 고개를 저으며 맥주를 들이켰다. 잠시 후, 벤은 한숨을 쉬며 일어섰다. 그리고 와이를 뒤따랐다.

방 안은 암막 커튼이 쳐 있어 어두웠다. 어둠 속에서, 와이가 말했다.

불 켜지 마.

벤은 침대 옆 탁상에 놓여 있는 새알처럼 생긴 스탠드를 켰다. 작고 둥근 전구는 갓 태어난 아이의 머리처럼 빛을 반짝였다. 침대에 누워 있던 와이는 불빛을 피해 반대 방향으로 몸을 돌렸다. 벤은 와이를 등진 채 침대에 비스듬히 앉았다. 그리고 와이의 흐느낌이 잦아지기를 기다렸다. 30분이 흘렀다. 벤이 입을 열었다.

미국에 들어갔다 와야겠어. 집을 정리할 생각이야. 섬머의 결혼식에 맞춰 한국에 들렀다가 다시 방콕으로 돌아올 거야.

나는?

여기 있어. 오래 걸리지 않아.

와이는 휘청이며 침대에서 일어났다. 그리고 방문 앞으로 걸어가 문을 걸어 잠그고 문 앞에 버티고 섰다. 와이는 등 뒤로 두 손을 돌려 문고리를 꼭 쥐었다.

작별 인사처럼 들려.

돌아올 거야.

거짓말. 당신은 못 와. 내가 그 전에 당신을 죽일 거니까.

집을 정리하는 건 우리를 위한 일이기도 해.

벤은 와이에게 다가갔다. 그리고 와이 앞에 서서 와이의 뺨을 어루만졌다. 와이는 벤의 손바닥에 얼굴을 파묻었다.

섬머에게 말했어. 그 집의 반은 내 거라고. 나와 당신을 위해 쓰겠다고 그랬지. 오랫동안 지켜 왔던 포커의 룰을 깨뜨렸어. 나도 늙고 약해진 거지.

벤은 문고리를 붙잡고 있는 와이의 손을 자신의 손으로 감싸 쥐었다. 그리고 와이의 볼에 짧게 입 맞추었다.

다시 돌아올 거야. 나는 새로운 인생을 준비하는 거야. 지나간 것을 붙잡으려는 것이 아니라. 이건 쉬운 결정이 아니야. 절대 아니지.

벤은 와이의 손을 문에서 떼어 냈다.

좀 자 둬. 레스토랑 예약은 내가 할 테니.

벤이 침실을 나가자 와이는 문에 등을 기댄 채 주저앉았다. 그리고 속으로 중얼거렸다. 당신은 못 가. 절대 갈 수 없어.

*

정인은 집을 나서기 전, 책상에 앉아 짧게 기도했다. 「시편」 16편 8절. 내가 여호와를 항상 내 앞에 모심이여 그가 나의 오른쪽에 계시므로 내가 흔들리지 아니하리로다.

윤 사장은 대문 앞까지 정인을 배웅했다. 정인은 윤 사장을 향해 살짝 고개만 까딱인 채 자동차에 올라탔다. 그리고 공연장으로 신중하게 운전해 갔다.

정인이 공연장에 들어서자 정인을 알아본 어린 학생들이 수군거렸다. 고개 숙여 인사하는 아이들도 있었다. 정인의 고등학교 후배들이었다. 어린 학생과 젊은 사람들이 많았다. 그들 중 몇몇은 귀에 이어폰을 끼고 있었다. 오늘 연주될 곡들을 미리 듣고 있는 듯했다. 정인은 이들이 다른 연주자들의 연주와 자신의 것을 비교하고, 실수를 찾아내고 미숙함을 지적하리라는 것을 알고 있었다.

정인은 2층 객석으로 올라갔다. 그리고 객석 가운데 서서 공연장 전체를 둘러보았다. 커다란 스피커들, 천장에서 내려온 마이크, 수많은 조명들, 그리고 피아노. 정인은 눈을 감고 연주회가 끝났을 때를 상상했다. 박수, 휘파람, 그리고 쏟아질 찬사들.

정인의 휴대폰에 문자가 도착했다. 정우가 보낸 것이었다. 박수와 환호 소리가 여기까지 들려. 정인은 문자를 보며 속으로 중얼거렸다. 아직 시작도 안 했어. 정우는 사진도 보냈다. 정우는 주먹을 쥐며 파이팅을 외치는 중이었고 섬머는 환하게 웃으며 손을 흔들고 있었다. 호텔 로비에서 찍은 듯했다. 약속이라도 한 것처럼 먼 곳에서 발신된 수많은 문자가 잇따랐다. 정인은 휴대폰 전원을 끄고 대기실로 내려갔다.

정인이 이번 연주회를 위해 선택한 옷은 연보랏빛 새틴 소재에 주름이 엷게 잡힌 튜브형 드레스였다. 여성스러운 느낌이 들면서도 자신만이 가진 힘과 의지를 보여 줄 수 있으리라 생각했다. 정인은 드레스를 입고 전신 거울 앞에 섰다. 헤어 디자이너가 손거울을 들어 뒷모습을 보여 주었다. 정인은 꼼꼼히 살펴본 후 고개를 끄덕였다. 헤어 디자이너가 대기실을 나가자 정인은 거울에 비친 자신의 모습을 다시 한번 바라보았다. 살아온 날보다 살아갈 날이 더 화려할, 자신의 미래를 확신하는 사람이 거기 있었다. 지금껏 노력의 대가를 놓쳐 본 적 없는 사람이, 노력은 결코 배반하지 않는다고 생각하는 사람이 거기 있었다. 정인은 눈을 감았다. 자신의 연주를 기다리는 관객들의 숨소리와 웅성거림 소리가 들려왔다.

3부

"나도 농담하는 게 아니오.
내가 자꾸 같은 얘기를 빙빙 돌려서
하는 것 같다면, 그냥 그렇게 보이는 것뿐이오.
모두가 하나로 연결되어 있소. 모두 다."

— 레이먼드 챈들러, 박현주 옮김, 『빅슬립』(북하우스, 2004)

와이는 욕조에 몸을 담갔다. 그리고 흰 비닐봉지 속에 담긴 태아처럼 몸을 웅크렸다. 조금 전, 와이의 친구는 전화를 걸어와 두려움에 떨며 흐느꼈다. 과거, 석 달간 만난 남자와의 아이를 낙태한 적이 있는 친구였다. 와이의 친구는 말했다. 아이의 울음소리가 들린다고, 작은, 너무 작은 그 비닐봉지가 계속 눈앞에서 아른거린다고, 두 번 다시 아이를 가질 수 없을 것 같다고, 우리는 지옥에서 더러운 벌레에게 온몸을 파먹히는 벌을 받을 것이라고. 와이는 묵묵히 듣고만 있다가 전화를 끊기 전에 말했다.

우리 잘못이 아냐. 그리고 벌은, 이미 충분히 받고 있어.

와이는 물 아래로 머리를 깊숙이 담갔다. 그리고 숨이 차오르길 기다렸다. 목 끝까지 숨이 차올랐을 때, 와이는 물을 박차고 올라왔다. 벤이 욕조 옆에 서 있었다.

벤은 두 손으로 와이의 젖은 머리카락을 뒤로 빗어 넘겼다. 그리고 손으로 물을 떠서 와이의 등과 어깨에 부은 후 등을 어루만지며 물었다.

정말 안 갈 거야?

계약엔 없는 일이야.

계약?

그래 계약. 임신도 계약에 없던 거였지.

계약 같은 걸 한 적이 있었나?

우리 둘 다 시작을 알고, 끝을 알아.

그래, 그렇다고 해. 끝은 모르겠지만 임신은 계약에 없었어. 나는 아이를 가질 수 없는 상태니까. 10년 전에 의사가 그랬지. 당신 정자가 당신보다 먼저 골로 가 버렸다고.

그 아이는 당신 아이였어.

몸은 거짓말을 하지 않아.

나도 거짓말을 하는 게 아냐.

좋아. 그 의사 놈이 실수했다고 쳐. 그럴 리는 없겠지만.

당신은 나를 믿지 않고 있어.

서로를 근거 없이 신뢰한다, 이것도 계약에 넣어야겠군.

우리 계약은 이랬어. 나는 오로지 당신을 바라보고 당신은 나만 바라보는 것. 그런데 이것도 있었던 거야. 당신은 떠나고 나는 남는 것.

와이는 물 아래로 다시 머리를 깊이 넣었다. 그리고 물속에서 눈을 뜬 채 벤을 쳐다보았다. 벤의 얼굴이 아득하게 보이다가 점점 흐릿해졌다. 흐릿해지며 그대로 사라져 버릴 것 같았다.

벤은 우두커니 와이를 내려다보다 자리를 떴다. 와이는 움직이지 않았다. 와이는 조금 전보다 더 오래 숨을 참고, 또 참았다. 불쑥, 욕조 안으로 벤의 두 손이 들어와 와이를 물 밖으로 끄집어냈다. 와이는 숨을 헐떡이며 괴물을 쳐다보듯 벤을 바라보았다. 벤은 씩 웃었다.

나는 이렇게 다시 돌아올 거야. 지금처럼 당신이 방심하고 있을 때 말이야.

벤은 와이를 일으켜 세웠다. 그리고 커다란 수건으로 와이의 몸을 덮고 부드럽게 안았다.

내가 왜 미국에서 돌아오지 않을 거라 생각하는 거지? 나를 못 믿는 이유는 뭐야?

이건 믿음의 문제가 아니야. 머리의 문제지.

머리의 문제?

나를 데려가면 돼.

생각해 보지. 머리가 아니라 가슴으로.

레스토랑엔 가지 않을 거야. 몸이 안 좋아. 잠을 잘 수가 없어. 조금도.

벤은 와이의 어깨를 살짝 움켜쥔 후 손을 뗐다. 그리고 욕실을 나갔다.

와이는 두 손으로 얼굴을 가렸다. 알렉스도 자신에게 그렇게 말했다. 다시 돌아올 거라고. 남자의 다짐을 믿는 건 순진함을 의미하는 게 아니었다. 무지를 뜻했다. 와이에겐 확실한 증거가 필요했다. 와이는 생각했다. 가만히 두고 보기엔 자신은 너무 큰 대가를 치렀다고.

와이는 어둠 속에 혼자 남았다.

*

'불행한 사나이'가 애초의 제목이었던 슈베르트의 「방랑자 환상곡」이 응온 레스토랑에서 흘러나왔다. 「방랑자 환상곡」은 '어디에서나 이방인이라는 자조'로 시작해 '긍정적인 미래를 향한 전진', '승리의 팡파르'로 마무리되었다. 홍은 정원 테이블 의자에 앉아 린에게 줄 반지를 이리저리 돌려보다 왼손 새끼손가락에 꼈다. 반지는 휘어진 채 까스러진 손가락들 사이에서 전리품처럼 반짝였다.

린이 맥주를 들고 정원 테이블로 다가왔다. 홍은 반지 낀 손을 숨겼다. 린이 홍에게 맥주를 건네며 말했다.

다른 것도 좀 갖다 줄까? 오래 기다려야 돼.

내가 너무 일찍 왔어. 그림이 잘 안 그려졌어. 긴장하고 있나 봐.

그럴 것까지야.

린은 웃으며 홍의 이마에 입 맞추고 다시 레스토랑 안으로 들어갔다. 린은 입구 문을 잡고 돌아보며 손 키스를 날렸다. 홍도 따라 했다.

홍은 맥주를 들고 레스토랑 밖으로 나갔다. 어느 곳을 봐도 연인들뿐이었다. 연인들은 차 보닛 위에서, 차 트렁크에 기대어 서서 키스하고 서로의 몸을 애무했다. 차 뒷좌석을 열어 둔 채 몸을 섞고 있는 연인도 있었다. 술 취한 젊은 남자는 의자에 앉아 있는 여자 뒤편에 서서 여자의 티셔츠 안으로 손을 집어넣고 가슴을 주물렀다. 홍은 담배를 꺼내 불을 붙였다. 덩치가 큰 서양 남자가 실없이 웃고 있는 홍의 얼굴을 슬쩍 쳐다보곤 레스토랑으로 들어갔다. 벤이었다. 홍은 담배를 마저 피운 후 정원 테이블로 돌아갔다.

뒤이어 정우와 섬머가 탄 택시가 레스토랑 앞에 도착했다. 두 사람이 레스토랑 안으로 들어가자 린이 섬머와 정우를 안내해 자리로 데려갔다. 정원이 내다보이는 창가 좌석이었다. 정우는 혼자 앉아 있는 벤을 발견하곤 머쓱한 표정으로 사과했다.

죄송합니다. 차가 좀 막혔어요.

괜찮네. 예의는 차차 배우면 되는 거니까.

와이는요? 섬머가 물었다.

다 큰 성인을 억지로 오라 가라 할 순 없지.

다퉜어요?

몸이 좀 안 좋다더군.

그래서 혼자 온 거예요?

벤은 어깨를 으쓱했다. 섬머는 고개를 저으며 메뉴판을 뒤적였다.

레스토랑에 미리 말해 뒀어. 토끼 한 마리도 참석한다고.

벤이 린을 불러 주문한 식사를 부탁했다. 그리고 한 명 분은 제외하라고 덧붙였다.

잠시 후, 린이 테이블에 와인을 내려놓았다. 정우는 린의 가슴에 매달린 코끼리 브로치를 놓치지 않았다. 정우는 린에게 브로치에 대해 이것저것 물으며 자신도 살 수 없느냐고 물었다. 린은 남자 친구가 직접 만든 것이라고, 한번 물어보겠다고 대답했다. 섬머가 관심을 보이며 끼어들었다.

의미가 있는 코끼리처럼 보이네요.

에라완이에요. 코끼리의 신. 마야라는 여자가 이 코끼리 꿈을 꾸고 낳은 사람이 부처님이었어요. 사람을 보호하고 지켜 주는 신성한 존재예요.

멋지네요! 연락처 좀 알려 주세요. 정우가 말했다.

여자에게 수작 거는 솜씨가 남다르군. 벤이 말했다.

두 개를 살 생각입니다. 하나는 여동생에게 주고, 하나는 섬머 것이에요. 와이 것도 필요하시면 제가 선물해 드리겠습니다.

아, 연주회 시작할 때 됐지?

응. 곧 시작하겠네.

*

관객석의 조명이 꺼지며 공연의 시작을 알렸다. 정인은 다부진 표정으로 무대에 들어섰다. 관객들의 박수 소리와 환호 소리가 이어졌다. 정인은 기대에 찬 표정을 짓고 있는 관객들을 향해 천천히 고개 숙였다. 그리고 고개 들어 객석을 둘러보며 생각했다. 연주회가 끝나면 모든 것이 그날 밤 이전으로 돌아갈 거라고. 꼭 그렇게 될 거라고.

정인이 피아노 의자에 앉자 박수 소리가 잦아들었다. 정인은 의자 높이를 조절하고 페달 위치를 다시 한번 확인한 후 호흡을 가다듬었다. 따뜻하게 느껴지는 조명이 피아노 주변을 둥글게 감쌌다. 첫 곡은 슈만 스스로 가장 열정적인 곡이라 불렀던 「Fantasie in C major, Op. 17」이었다. 슈만은 이 곡으로 연인 클라라의 마음을 사로잡았다. 연주 시간은 약 30여 분이었다.

정인은 왼손을 건반 위에 올리고 연주를 시작했다. 뒤이어 오른손이 거침없이 이어졌다. 정인은 슈만이 클라라를 생각하며 악보에 음표를 그려 넣을 때처럼 아련하고 그리움 가득하게 연주했다. 정인의 몸짓과 표정, 피아노의 선율은 "지그재그로 춤추고", "부서진 심장처럼" 요동치며 황홀했던 과거의 한 순간을 부활시켰고, 바라보고 듣고 있는 관객들의 머릿속을 하얗게 비워 나갔다. 정인은 짝사랑하는 사람에게 편지 쓸 때의 설렘으로, 서로에 대한 오해로 인한 쓰라림으로, 결국엔 사랑의 환희로 연주를 이어 나갔다. 관객들은 숨죽인 채 정인의 연주를 따라갔다. "폐허"에서 "승리"로 그리고 "빛나는 왕관"으로. 그렇게 30여 분이 섬광처럼 사라졌다. 정인은 마지막으로 건반을 길게 누르며 안개처럼 여운을 퍼뜨렸다. 슈만은 이 곡의 악보를 클라라에게 보내며 이 말로 편지를 끝맺었다. "그 나지막한 음, 그건 바로 당신." 연주가 끝났다. 마지막 음이 사그라들며 숨소리조차 들리지 않는 침묵이 건반 위에 내려앉았다.

정인은 건반에서 왼손을 먼저 내렸다. 잠시 후, 오른손이 처마에 매달린 빗방울처럼 건반에서 떨어졌다. 정인은 깊은 숨을 내쉬었다. 조심스러운 박수 소리는 곧 큰 갈채로 바뀌었고 환호가 터져 나왔다. 휘파람 소리도 이어졌다. 정인은 천천히 의자에서 일어났다. 그리고 관객들을 둘러보며 처음 제 발로 선 아이처럼 어리둥절하면서도 환희에 찬 미소를 지었다. 2층 객석에 눈을 두고 인사하던 정인은 윤 사장의 얼굴을 발견했다. 윤 사장은 자리에서 일어선 채 손뼉을 치고 있었다. 정인은 다시 한번 머리를 숙인 후 무대를 내려갔다. 윤 사장은 정인의 모습이 더 이상 보이지 않을 때에도 무대에서 눈을 떼지 못했다.

*

홍은 자신의 눈을 의심하고 또 의심했다. 조금 전, 홍은 목조 기둥 뒤에 몸을 숨긴 채 정우가 린의 브로치를 가리키며 말을 거는 모습을 지켜보았다. 그리고 린과 정우가 메모지에 무언가를 적어 서로 교환하는 것도. 홍이 먼저 발견한 사람은 섬머였다. 어디서 본 듯한 여자였지만 정확히 기억나진 않았다. 그러나 섬머 옆에 앉은 남자를 보곤 확신할 수밖에 없었다. 저 여자는 그날 밤, 정인의 집 앞에서 몸을 숨기고 있던 자신을 향해 걸어와 가슴을 쓸어내리게 했던 사람이었다. 그리고 저 남자는 열처리 라인 반장이 자신에게 이름을 알려 준 사람이자, 정인의 가족사진 속에서 윤 사장 곁에 선 채 해맑게 웃고 있던 사람이었다. 최정우, 정인의 오빠, 회사의 다음 사장.

트린을 만나고 다시 방콕으로 돌아왔을 때, 임대 아파트는 난잡하게 헤집어져 있었다. 그리고 오늘 아침엔 오토바이가 처참하게 부서져 있었다. 린은 별것 아닌 일처럼 굴었다. 경찰에 신고해 봤자 범인은 잡지 못할 거라고. 오토바이 주인이 불법체류자라는 사실만 탄로 날 거라고. 홍은 그 모든 일들이 축제에 흠뻑 취한 술꾼들의 짓이길 바랐다. 마약에 중독된 얼간이들의 행패이길 바랐다. 그러나 자신의 눈앞에 있는 사람은 정우가 확실해 보였다. 두려움과 공포가 젖은 헝겊처럼 홍의 왼손을 감싸 왔다. 홍은 뒷걸음쳤다. 그리고 얼마 못 가 다리가 풀린 채 정원 테이블에 풀썩 주저앉았다.

누군가 홍의 어깨에 손을 올렸다. 어깨뼈에 금이 간 듯 찌릿한 고통이 홍의 목을 타고 흘렀다. 홍은 천천히 고개를 돌렸다. 린이 곁에 와 있었다.

담배 있어?

홍은 담배를 꺼내 린에게 건넸다. 린은 홍의 손을 부드럽게 감싸 쥐었다. 그리고 웃으며 말했다.

아직도 손이 떨릴 만큼 긴장하고 있는 거야?

홍은 애써 웃었다. 린이 정우가 앉아 있는 창가 좌석을 돌아보며 말을 이었다.

이 브로치, 벌써 몇 번이나 칭찬을 들었는지 몰라. 저 손님들도 칭찬하던데? 어디서 샀냐고 물었어.

뭐라고 했어?

애인이 만들어 줬다고 했어. 자기도 사고 싶다고 해서 연락처를 교환했어.

린은 정우에게 받은 메모지를 홍에게 내밀었다. 메모지에는 'JeongU'라는 이름과 함께 휴대폰 번호가 적혀 있었다.

생각 있어?

그건 오직 너를 위해 만든 거야. 다른 사람을 위해서는 만들고 싶지 않아.

린은 빙긋 웃으며 홍의 볼에 입을 맞추었다.

담배 피우러 가자.

린은 홍의 손을 낚아채듯 잡아끌고 레스토랑 출입구로 향했다. 와이가 출입구 안으로 들어섰다. 린과 홍, 와이는 잠시 동안 마주 보며 걸었다. 홍은 와이에게서 눈을 떼지 못했다. 와이의 눈빛은 그날 밤 정인의 눈빛과 다르지 않았다. 무슨 일이 일어나도 손쓸 도리 없다는 무력함만이 남은 눈빛이었다. 린이 멈칫거리는 홍의 손을 잡아끌었다. 린과 와이는 냉랭한 눈빛을 한 채 서로를 지나쳤다. 린은 홍을 레스토랑 뒷골목으로 데려갔다. 그리고 담배에 불을 붙인 후 주머니에서 돈을 꺼내 셌다.

축제라 손님이 많아. 팁도 많고. 오토바이 사긴 좀 모자라
겠다. 그치?

린은 돈을 다시 주머니에 집어넣고 홍을 담벼락에 밀어붙
였다. 그리고 키스하며 홍의 바지 안으로 손을 집어넣으려 했
다. 홍이 린의 손을 다급하게 붙잡았다. 린은 키득거리며 담배
를 끄고 레스토랑 안으로 먼저 돌아갔다. 홍은 린의 뒷모습
을 바라보며 반지 케이스가 들어 있는 주머니에 오른손을 집
어넣었다. 그리고 반지 케이스를 꼭 쥐었다. 손바닥에서 땀이
삐져나왔고, 필터 끝까지 타오른 담배 때문에 왼쪽 손가락이
화끈거렸다. 홍은 레스토랑 안으로 들어가기가 겁났다. 먼 곳
으로 도망가고 싶었다.

*

벤이 미국으로 떠나면 자신에게는 아무것도 남지 않는다.
이것이 와이의 결론이었다. 와이가 레스토랑에 온 이유는 한
가지였다. 자신이 없는 곳에서 이뤄진 대화의 결과가 자신이
제일 원치 않는 방향으로 결정되는 것을 가만히 두고 볼 수
는 없다는 것. 그러나 대화의 주제는 섬머가 내일 방문하려
하는 코끼리 병원에 관한 것이 거의 전부였다. 와이는 자신의

힘으로 벤을 붙잡을 수 없다면 섬머에게 애원이라도 하고 싶었다. 벤이 미국으로 떠나지 않게. 그리고 자신을 떠나지 않게. 식사가 끝날 무렵, 섬머가 화장실을 갔다 오겠다며 자리를 떴다. 와이는 섬머를 뒤따랐다.

볼일을 끝내고 나온 섬머가 허리를 숙인 채 세면대에서 손을 씻고 있을 때, 와이가 화장실 안으로 들어섰다. 와이는 섬머 옆으로 다가가 멈춰 섰다. 그리고 거울 속에 비친 자신의 얼굴을 바라보며 말했다.

벤은 절대 미국에 갈 수 없어.

네? 왜요?

돌아오지 않을 테니까.

섬머는 거울로 와이의 표정을 살폈다. 섬머는 와이가 이런 말을 하는 이유를 이해할 수 있었고, 이해할 수 있다는 그 사실 때문에 문득 자신이 나쁜 여자처럼 느껴졌다. 섬머는 허리를 펴고 와이를 정면으로 바라보았다.

아빠는 돌아올 거예요.

그렇게 생각해?

아빠는 책임감이 강한 사람이에요.

너한텐 그럴지도 모르지.

섬머는 안타까운 표정을 지으며 와이를 안으려 했다. 와이가 손을 들어 저지했다. 그리고 섬머의 젖은 손을 가리켰다.

섬머는 핸드 타월로 손을 닦은 후 이마를 긁었다.

와이, 믿음 없이 사랑할 순 없어요. 그건 사랑이 아니에요.

나를 가르치려 들지 마.

가르치려는 게 아니에요. 나는 아빠를 믿어요. 와이도 그랬으면 좋겠어요. 결혼식이 끝나면 아빠와 함께 방콕으로 돌아올게요. 아니 결혼식에 와이도 참석해요. 제가 비행기 표를 보낼게요.

동정하듯 말하지 마.

그렇게 들렸다면 미안해요. 사실, 어떻게 말해야 할지 잘 모르겠어요.

섬머는 결국 와이를 안았다. 그리고 등을 토닥였다. 와이는 가만히 있었다. 섬머는 벤을 대신해 다짐이라도 하듯 와이의 눈을 바라본 후 다시 한번 와이를 안았다. 그리고 와이를 남겨 둔 채 화장실을 나갔다.

와이는 거울 속에 혼자 남은 자신의 모습을 바라보았다. 동정을 감춰진 경멸로 받아들인 사람이 거기 있었다. 동정도 경멸도 받고 싶지 않은 사람이, 자신이 선택한 삶을 있는 그대로 인정받고 싶은 사람이 거기 있었다. 와이는 생각했다. 믿음? 나를 창녀라고 생각하면서 믿음을 말하는 거야? 와이는 쓴웃음을 지으며 비참해진 거울 속 자신의 모습을 노려보았다.

정인은 은은하게 미소 지으며 다시 무대에 올랐다. 윤 사장
은 천진난만한 아이처럼 손뼉을 쳤다. 정인은 관객들의 기대
감이 한층 높아졌음을 느낄 수 있었다.

　　두 번째 곡은 리스트의 「Piano Sonata in B minor」였다. 이
곡은 "온갖 입체감과 관현악적인 위력을 과시한 곡"이라는 평
이 따랐다. 정교하면서도 힘이 느껴지는 테크닉이 필요했다.
연주가 끝나면 피아니스트의 얼굴은 땀으로 흠뻑 젖었다. 연
주 시간은 첫 곡과 비슷했다. 정인의 연주가 시작되었다.

　　두 번째 곡부터 문제였다. 정인은 계속 실수했다. 실수는
있을 수 있었다. 잦은 실수로 리듬을 잃어버린 게 문제였다.
정인은 곡에 몰입하지 못했다. 관객들은 정인의 바닥을 보았
다. 정인 스스로도 바닥에 닿은 것을 확인했다. 세 번째 곡은
괜찮았다. 네 번째 곡은 또 망쳤다. 정인의 귀에 관객들의 탄
식이 들려오는 듯했다.

　　공연이 끝나자 관객들은 의례적인 행사처럼 손뼉 쳤고 환
호했다. 정인은 한 곡만 앵콜로 연주했다. 드뷔시의 「Clair du
Lune」이었다. 정인은 간신히 연주했고 도망치듯 무대를 내려
왔다. 관객들은 공연장을 빠르게 떠났다. 한 사람만 제외하고.
윤 사장은 준비해 둔 재스민을 바닥에 내려놓은 채 생각했다.

내려가야 해. 밝게 웃으면서 축하해 줘야 해. 윤 사장은 일어설 수 없었다.

정인은 대기실 소파에 앉아 관객들이 돌아가기를 기다렸다. 아무도 자기를 모르는 곳으로 도망가고 싶었다. 정인은 핸드백에서 낡은 종이를 꺼내 펼쳤다. 종이 위에는 기린 브로치가 그려져 있었다. 홍이 그린 것이었다. 정인은 찢을 수 없을 때까지 그림을 찢은 후 바닥에 버렸다. 원래 연주회 이후 찢으려 했지만 의미는 많이 달랐다. 더 이상 기대할 것이 없었다. 복수도 재기도.

잠시 후, 노크 소리가 들리더니 윤 사장이 문을 열고 들어왔다. 윤 사장은 어두운 표정을 숨기며 꽃다발을 내밀었다. 정인은 소파에서 일어나 문을 향해 걸어갔다. 윤 사장이 정인의 팔을 붙잡았다. 정인은 뿌리치고 대기실 밖으로 나갔다. 윤 사장은 쾅 하고 닫힌 대기실 문을 바라보며 생각했다. 과거로 돌아갈 수 있는 문 하나가 방금 닫혀 버렸다고. 윤 사장은 정인에게 하려 했던 말을 작은 목소리로 중얼거렸다.

슈만은 정말 훌륭했어. 내가 들은 것 중에 그보다 나은 연주는 없었어.

*

정우와 섬머, 와이와 벤은 레스토랑 앞에서 헤어졌다. 정우와 섬머는 길을 건너 택시를 붙잡았다. 와이와 벤은 실롬역 방향으로 걸어갔다. 정우와 섬머가 탄 택시가 출발했다.

꽃을 파는 노점 뒤에 몸을 숨기고 있던 홍은 눈앞의 택시를 붙잡아 뒷좌석에 올라탔다. 그리고 정우가 탄 택시를 택시 기사에게 가리켜 보였다. 택시 기사가 룸 미러로 홍을 쳐다보며 물었다.

따라가자고요?

홍이 재차 손짓하자 택시 기사가 차를 돌렸다. 택시 기사는 빠르게 속력을 높였고, 곧 정우가 탄 택시 바로 뒤까지 따라붙었다. 홍의 휴대폰이 울렸다. 린이었다.

어디 있어? 사람들이 기다리고 있어.

배가 아파서 약을 사러 왔어.

갑자기? 레스토랑에 약이 있을 거야.

아냐. 지금 사고 있어. 금방 갈게.

정우가 탄 택시가 왼쪽으로 방향을 트는 것이 보였다. 홍은 린의 걱정스러운 목소리를 뒤로한 채 전화를 끊었다. 택시 기사가 룸 미러로 홍을 바라보며 말했다.

저 택시 고속도로 타려는 것 같은데 그럼 요금을 더 내야 해요. 내가 우선 통행료를 낼 테니 나중에 택시비랑 같이 줘요.

홍은 알아듣지 못했다. 택시 기사가 다시 한번 말했다. 홍이 여전히 이해하지 못한 표정을 짓자 택시 기사는 한숨을 쉬었다.

라오스? 미얀마?

베트남.

택시 기사는 씩 웃으며 미터기를 껐다.

사기 치지 마.

고속도로 타면 원래 이래.

미터기 켜.

싫으면 내려.

택시 기사는 차를 멈춰 세우고 시동을 껐다. 그리고 사이드 기어를 올렸다. 뒤쪽에서 신경질적인 클랙슨 소리가 이어졌고, 정우가 탄 택시가 저만치 멀어졌다.

어서 출발해.

택시 기사는 능글맞은 표정으로 기지개를 켜며 여유를 부렸다. 홍은 주머니에서 집히는 대로 돈을 꺼내 운전석을 향해 내밀었다. 택시 기사는 돈을 세지도 않고 콘솔 박스에 구겨 담았다. 택시가 다시 출발했다. 택시 기사는 지켜보고 있었다는 듯 정우가 탄 택시를 금세 따라잡았다.

저 택시에 애인이랑 바람난 남자라도 타고 있는 거야?

몰라.

몰라? 저 차는 왜 따라가는데?

몰라.

웃긴 놈이네. 방콕엔 얼마나 있었어? 방콕 좋지?

홍은 대꾸하지 않았다. 택시 기사가 답답하다는 표정으로 말을 이었다.

방콕이 천사들의 도시라 불린다는 건 알아?

넌 천사가 아냐.

쳇. 베트남으로 돌아가지 그래?

홍은 불빛이 번쩍이는 방콕의 밤거리를 초조한 표정으로 바라보았다. 오토바이와 자동차의 전조등, 마천루의 불빛과 네온사인, 거리에 나와 있는 여자들의 화려한 귀고리에서도 빛이 뻗어 나왔다. 빛이 주인공이고 사람들은 소품에 불과해 보였다. 택시는 그 빛 속으로 손을 내밀듯 달려 나갔고, 길게 늘어난 택시의 그림자가 지울 수 없는 과거처럼 그 뒤를 따랐다. 홍은 차창 밖으로 왼손을 내밀었다. 땀에 젖은 손가락 사이로 칼날 같은 바람이 스르륵 빠져나갔다.

*

와이는 메트로폴리탄 호텔 앞에서 멈춰 서서 붙잡고 있던 벤의 손을 놓았다. 그리고 옆으로 비켜섰다. 술 취한 관광객들이 벤과 와이의 벌어진 공간 사이를 지나갔다.

가야 할 곳이 있어.

같이 가. 바쁜 일 없어.

벤은 다시 와이의 손을 붙잡으려 했다. 와이는 뒤로 물러섰다.

혼자 갈 거야.

어머니 집?

어디든, 나도 당신처럼 자유롭게 갈 수 있어.

그래, 그렇지. 그런데 나는 내가 가는 곳을 숨기지 않아.

나도 숨기지 않아.

어디 가는 거야?

말하기 싫어. 그뿐이야.

벤은 몸을 돌려 걷기 시작했다. 와이는 벤을 노려보다 골목 안으로 들어갔다. 그리고 구석진 곳에 위치한 낡은 드러그스토어 안으로 들어갔다. 와이는 수면제를 살 생각이었다. 죽음같은 잠이 필요했다. 오늘 밤에도 잠들지 못한다면 우울함과 좌절감에 몸이 짓눌려 질식할 것 같았다. 와이는 수면제 두통을 샀다.

골목을 다시 빠져나오자 저 멀리 벤의 뒷모습이 보였다. 와이는 벤을 부르지 않았다. 터벅터벅 걸어가는 벤의 뒷모습을 바라보기만 했다. 이렇게 멀리서 벤을 두고 보기만 한 것은 처음이었다. 벤은 자신에게 자상하고 다정했다. 섹스를 강요할 때 외에는. 벤은 항상 자신의 곁을 지켰다. 야바를 사러 가고 복용할 때 외에는. 벤은 자신에게 손찌검을 한 적도 없고 원하는 것을 포기하라고 강요한 적도 없었다. 혼자 미국에 가겠다는 이번 일을 제외하면. 지금 와이에겐 벤의 예외들이 벤이었다. 미워하고 증오하고 저주하고 싶은 벤이었다. 와이와 벤의 거리가 점점 멀어졌다. 그리고 마침내, 벤의 모습이 사라졌다. 와이는 직감했다. 모든 것이 예정되어 있었다고. 처음 벤을 만났을 때부터 정해진 일이었다고.

벤은 집으로 가기를 그만두고 팟퐁의 고고바로 향했다. 벤은 와이가 거슬렸다. 자신이 와이에게 한 약속이 구속처럼 느껴졌고, 그 약속들을 벽에다 던져 부숴 버리고 싶었다. 와이가 자신을 그렇게 몰아가고 있었다. 방콕에 머무는 늙은 남자들은 젊은 놈들보다 인기가 많았다. 젊은 놈들의 약속은 누구도 약속이라 생각지 않았다. 믿는 것이 멍청한 일이었다. 자신과 같은 늙은이들은 달랐다. 그들은 안정을 원했고 머리로만 생각하지 않았다. 결정의 순간이 왔을 때, 이기적인 선택을 당연시하지 않았다. 와이는 자신을 젊은 남자처럼 취급하고 있었다. 야바가 절실했다. 자신의 오랜 경험과 지혜, 직감은 이 상황에서 아무런 통찰도 가져다주지 못하는 것 같았다.

와이, 네가 나를 못 믿으면 나조차도 나를 믿을 수 없게 돼.

*

와이는 아빠가 미국에서 돌아오지 않을 거라고 생각해. 그래서 아빠가 미국에 가지 않길 원해.

섬머의 말에 정우는 딴생각에 빠져 있는 듯한 표정으로 대꾸했다.

둘이 같이 가면 되는 거 아냐?

모르겠어. 그게 문제가 아닌 것 같다는 생각이 들어.

택시는 차오프라야강 선착장 근처의 카페로 향하고 있었다. 정우는 프러포즈 전에 섬머에게 못다 한 말과 하고 싶었던 말을 차분하게 해야겠다고 생각했다. 정우는 섬머가 일을 그만둔다면 모든 것을 양보할 수 있음을 보여 주고 싶었다. 자신에게 섬머의 안전보다 중요한 것은 없음을, 그것이 자신이 원하는 유일한 것임을 말하며 섬머를 설득하고 싶었다. 그러나 섬머의 심각한 표정 때문에 쉽게 말을 꺼내지 못하고 있었다.

이 일을 내가 간섭하는 게 맞는지도 모르겠어. 내가 와이의 입장이라면 어떨까 생각해 봤어. 나는 그냥 아빠를 믿으라고 말해 줬어. 믿음 없이 사랑할 순 없다고. 나 좀 나쁜 사람

아냐?

와이는 당신 아버지를 진심으로 사랑하고 있는 것 같아. 당신 아버지는 잘 모르겠고. 누가 나쁘고 좋고의 문제는 아냐. 다만, 경제적 관점에서 설명하면 당신 아버지는 가장 합리적인 선택을 하려는 것 같아. 자신이 가진 자원으로 최대의 쾌락을 누리려고 하는. 그런데 와이는 아닌 것 같아.

그게 와이의 실수라는 거야?

이렇게 설명하는 게 나쁜 일이라는 거 알아. 그런데 차갑게 봐야 문제가 풀릴 때도 있어. 쓸쓸하지만 상황을 좌우하는 건 와이의 마음이 아니라 당신 아버지의 선택인 것 같아.

아빠가 와이를 버리면 다시 보지 않을 거야. 아빠에게 경고했어.

간섭 제대로 하고 있는데?

이건 윤리적 관점도 경제적 관점도 필요 없어.

그럼?

신화적 관점이 필요해. 스스로에게 저주가 되고 재앙이 되는 일을 인간은 바보처럼 하고 또 한다는 거지.

정우는 섬머의 어깨에 팔을 둘렀다.

내 이야기 같은데?

길거리에서 바보야, 라고 소리쳐 봐. 한 명 빼고 다 돌아볼 거야.

돌아보지 않는 한 명은 누군데?

진짜 바보.

택시가 선착장에 도착했다. 정우와 섬머는 강가 카페로 들어가 야외 테라스에 앉았다. 차오프라야강이 두 사람의 발아래서 출렁거렸다. 납빛의 강은 바다처럼 수심이 깊어 보였다. 크고 작은 보트들이 강물 위에 떠 있었고 선착장 주변으로는 노점상들이 줄지어 있었다. 정우는 주변을 둘러보며 마음껏 예찬하고 싶은 것을 찾았다. 기분을 바꾸고 싶었다. 정우는 와인을 홀짝이며 말할 타이밍을 기다렸다. 섬머가 기분 나쁘지 않게, 섬머 스스로도 납득할 수 있게, 자신의 진심이 왜곡되지 않게 말해야 했다. 정우는 와인을 계속 비우기만 할 뿐 말을 꺼내지 못했다. 정우 혼자 와인 한 병을 거의 다 비웠다.

정우의 기분에 상관없이 눈에 보이는 모든 것들이 부드럽고 물렁물렁하게 변해 갔다. 정우는 실없이 웃으며 섬머의 옆으로 자리를 옮겼고, 섬머의 어깨에 연신 입을 맞추고 허벅지를 간지럽혔다. 술기운이 오를수록 무거웠던 섬머의 표정도 조금씩 풀리기 시작했다. 섬머는 바람에 출렁거리는 강과 그 주변을 나른한 시선으로 바라보았다. 그러다 한곳에 눈길을 멈추었다.

뭘 그렇게 봐?

누가 우릴 쳐다보고 있어서.

섬머는 카페 테라스 옆으로 줄지어선 노점상들 중 한곳을 눈짓으로 가리켰다. 정우는 테라스 난간에 손을 집고 고개를 삐쭉 내밀었다. 머리가 벗겨진 덩치 큰 남자가 정우를 보며 슬쩍 웃더니 이내 노점상들 사이로 모습을 감추었다.

나를 보며 웃는데?

느낌이 안 좋아.

응?

코끼리 병원에 갈 때 총이 필요할지도 모르겠어.

총?

섬머는 입술을 깨물었다. 그리고 잠시 후, 진지한 표정으로 자신이 방콕에서 해야 되는 일이 무엇인지 정우에게 차근차근 설명했다. 섬머가 말을 하는 동안 정우는 동물 구조 활동과 관련된 두 가지 이미지를 떠올렸다. 손도끼와 목이 잘린 시체. 섬머는 상아 밀수꾼이 보낸 협박 메일과 사진을 정우에게 보여 주었다. 정우는 공항에서 자신을 향해 엄지를 치켜세운 남자의 얼굴이 떠올랐다. 얼굴에 주름이 많고, 머리가 벗어진 덩치 큰 남자. 조금 전에 자신을 보며 웃음을 지었던 남자였다.

위험한 일은 안 했으면 좋겠어.

누군가는 해야 할 일이야. 상아 밀수꾼들만 문제가 아니야. 트레이닝 크러시라 불리는 케이지가 있어. 코끼리 사냥꾼들은 상아를 제거한 코끼리를 이 케이지 안에 구겨 넣어. 코끼리 몸보다 훨씬 작은 케이지야. 이 안에서 코끼리들은 쫄쫄 굶으며 매질을 당해. 잠도 제대로 자지 못해. 사람을 태우고 같은 길을 셀 수도 없이 걷도록 세뇌당하고. 끔찍하고 잔인한 일이야.

당신이 다치는 건 용납할 수 없어.

태국 경찰이 협조하기로 되어 있어.

그래도 위험한 일이야.

먼저 한국으로 돌아가. 별일 없을 거야.

정우는 한숨을 쉬었다. 정우는 타인을 위해 어떠한 희생도 마다 않는 사람들을 보며 종종 생각했다. 위대한 사람들이긴 하지만 동시에 치료도 필요한 사람들이라고. 그들의 행동은 마음속 어딘가가 크게 구멍이 난 결과일지도 모른다고. 정우는 눈앞에 있는 섬머가 바로 그런 사람처럼 느껴졌다.

이게 내가 하는 일이고, 해야 되는 일이야.

정우는 강바람을 깊게 들이마셨다. 그리고 흩날리는 머리카락을 뒤로 쓸어 넘기며 빙긋 웃었다.

나 총 쏠 줄 알아. 군에 있을 때 배웠어. 사격 점수도 꽤 높았고, 그걸로 포상 휴가도 나갔었어. 코끼리 병원엔 같이 가.

자기까지 위험에 빠뜨릴 수는 없어.

당신 아버지가 나한테 그랬어. 위기에 몰렸을 때 믿을 수 있는 남자가 되어야 한다고. 헤밍웨이처럼 말이지.

헤밍웨이?

정우는 섬머의 머리를 가슴에 꼭 끌어안고 말 안 듣는 아이를 안았을 때처럼 힘을 주고 흔들었다.

같은 시각, 홍은 선착장에 정박 중인 배들의 그림자 속에서 이런 두 사람의 모습을 지켜보고 있었다. 홍은 생각했다. 다시 불안에 떨며 살 수는 없다고. 도망가서는 안 된다고. 도망갈 곳도 없다고.

*

해안 도로는 스산했다. 포장마차는 문을 닫았고, 낚시꾼들역시 일찍 집으로 돌아간 것 같았다. 지나가는 행인도 없었다. 정인은 차를 아무렇게나 세운 후 산책로를 따라 무작정 걷다 조명을 밝힌 대교 아래 멈춰 섰다. 대교 위를 달리는 자동차 헤드라이트 불빛이 듬성듬성 이어졌고, 파도가 난간 아래로보이는 반들반들한 암석을 간간이 적셨다. 정인은 속으로 거친 욕을 내뱉었다. 입 밖으로 토해 내야 속이 풀릴 듯했다.

씨발!

정인은 다시 한번 욕을 내뱉었다. 그때, 정인의 등 뒤에서문 열리는 소리가 났다. 정인이 고개 돌려 소리 나는 곳을 쳐다보자 담배를 입에 문 남자가 야외 화장실에서 나오고 있었다. 남자는 주위를 두리번거리더니 정인이 있는 곳으로 다가왔다. 정인은 주변을 빠르게 둘러보았다. 3미터쯤 떨어진 곳에 자전거 한 대가 체인에 묶인 채 난간에 기대어져 있었다. 대교 조명 불빛에 남자의 얼굴이 점점 뚜렷해졌다. 정인은 자신도 모르게 중얼거렸다.

요트.

남자가 정인을 바라보며 고개를 짧게 끄덕였다. 정인은 나지막하게 중얼거렸다.

씨발.

*

와이는 서랍에서 총을 꺼냈다. 그리고 책상 위에 총을 올려놓고 가만히 지켜보았다. 와이가 집에 도착했을 때 벤은 집에 없었다. 다른 곳으로 샌 것 같았다. 와이는 생각했다. 여자와 야바를 살 수 있는 곳에 갔을 거라고.

와이는 벤의 총이 자신에게 남은 유일한 카드처럼 느껴졌다. 섬머가 테이블에 펼쳐 놓았던 '쓰리 포카드'처럼 자기가 절대 질 리 없는 카드. 와이는 총을 손에 쥐었다. 심장이 뛰었고 가슴에서 묘한 충동이 일었다. 와이는 안전장치를 풀고 과거,

총을 처음 쥐었을 때처럼 서재 문을 향해 겨누었다.

시간이 지나도 벤은 나타나지 않았다. 와이는 총을 다시 서랍에 넣었다. 그리고 거실로 나가 2층 창가에 서서 거리를 내려다보았다. 집을 향해 걸어오고 있는 벤의 모습이 보였다. 와이는 커튼을 닫고 부엌으로 가 홍차를 내렸다. 그리고 거실 테이블 소파에 앉았다. 벤이 1층 현관을 지나 2층 거실로 올라오는 소리가 들렸다.

2층으로 올라온 벤은 야바를 꺼내 테이블에 던진 후 와이의 맞은편 의자에 앉았다. 그리고 몸을 비스듬히 틀어 와이를 지그시 바라보며 담배를 입에 물었다.

레스토랑에 와 준 거 고마워. 섬머랑 친해져서 나쁠 거 없어.

우리는 친해질 수 없는 사이야. 그 여자, 섬머는 나를 창녀로 생각해.

벤은 라이터로 테이블을 탁탁 두드렸다.

그렇지 않아. 당신은 섬머를 몰라.

섬머도 나를 몰라. 창녀라고 생각할 뿐이겠지.

내일 섬머에게 주의를 주지. 당신은 창녀가 아니라고 말이야.

그럴 필요 없어. 당신도 나를 그렇게 생각하고 있으니까. 당신은 나를 노리개로 삼았어. 입혀 주고 재워 주고 먹여 주면서 2년 동안 나를 갉아먹었어.

아니야.

벤은 지친 표정으로 머리를 긁었다.

어디에 갔다 온 건지는 정말 말 안 해 줄 생각이야?

약을 샀어.

무슨 약?

독약.

그건 뭐 하게?

몸에 몰래 바를 거야. 그럼 당신이 핥겠지.

벤은 피식 웃었다.

우리가 섹스를 안 한 지 얼마나 된 줄 알아?

당신은 잘 알고 있겠지. 나한테 원하는 게 오직 그것뿐이었으니까.

아니. 유일하게 우리가 함께할 수 있는 일이 그거였어.

와이는 원피스 어깨끈을 아래로 끌어 내렸다.

나는 언제든 준비돼 있어. 창녀니까.

오늘 밤은 내가 사양하지.

당신도 내가 원하는 일을 해야 해. 내가 원하는 건 하나야. 당신이 내 곁에 있는 거.

벤은 담배에 불을 붙였다.

있을 거야. 침을 질질 흘리고 바지에 똥을 쌀 때까지 당신 옆에 있을 거라고. 당신이 나를 버릴 때까지 말이야.

나는 당신을 떠날 이유가 없어.

좋아. 계약은 이뤄졌어. 나는 당신 곁에 있고 당신은 내 곁에 있어. 그럼 된 거 아냐?

증거가 필요해.

다음 달에 미국으로 갈 거야. 당신을 데리고. 그리고 섬머의 결혼식에도 함께 참석할 거야. 사람들이 당신에 대해 물으면 이렇게 말하겠지. 동거 중인 애인이라고. 그리고 우리는 방콕으로 돌아와 여생을 보낼 거야. 이걸로 부족해?

부족해.

벤은 테이블을 손으로 내리치며 벌떡 일어났다.

내가 화를 내길 원해? 거칠게 굴기 바라?

와이는 벤의 눈을 바라보며 또박또박 말했다.

우리는, 서로 믿고, 사랑해야 해.

벤은 굳은 표정을 풀며 낄낄거렸다. 그리고 와이에게 다가가 이마에 입 맞췄다.

와이, 내가 생각하는 사랑은 서로에게 자유를 주는 거야. 내가 방콕에 온 이유도 바로 그거였어. 무한의 자유를 누리며 사랑을 하는 것. 당신도 그걸 누릴 자격이 있어.

벤은 흘러내린 와이의 어깨끈을 끌어 올렸다. 와이는 벤을 바라보지 않은 채 말했다.

좋아. 당신 마음대로 해. 어떤 결과든 받아들일 수 있다면.

기대하지.

벤은 1층으로 내려갔다. 그리고 버번을 잔에 따르다 불현듯 벽을 향해 잔을 집어던졌다. 부서진 유리 조각이 사방으로 튀어 나갔다. 벤은 버번을 다시 새로운 잔에 따르고 야바 세 알을 넣은 후 오디오를 켰다. 스크리밍 제이 호킨스의 「I Put A Spell On You」가 흘러나왔다. 벤은 볼륨을 높인 후 기포가 잦아들기도 전에 술을 입에 털어 넣었다.

2층 거실에서 와이는 찻잔을 움켜쥔 채 손을 떨었다. 와이는 터져 나오는 울음을 참지 못했다. 음악 소리가 더 크게 들려오자 와이는 귀를 막았다. 와이의 머릿속은 벤이 음악에 맞춰 다른 여자와 춤추는 모습으로 가득했다.

*

드레스가 잘 어울리네요. 하는 일이 뭐예요? 관광호텔 같은 곳에서 춤춰요?

남자는 비릿한 웃음을 흘렸다. 정인은 남자를 노려보며 생각했다. 치약으로 온몸과 머리를 깨끗이 씻고 싶다고. 가능하면 현재도, 지난 과거도, 남자의 모욕으로 우아함이 바래 버린 이 드레스도 모조리 지워 버리고 싶다고. 남자가 정인을 향해 천천히 다가오며 말했다.

기억나요? 그때 내가 그랬는데 인연이 아니라면 두 번 다시 못 볼지도 모른다고. 그런데 이렇게 다시 만나네요. 인연이라는 게 여기 이 해안 도로 같은 건가 봐요. 홀로 아무렇게나 뻗어 있는 것 같은데 결국은 주도로와 연결되는. 어때요? 그 럴싸한 비유 아닌가?

정인은 남자에게 다가오지 말라고 경고했다. 소리치고 악도 썼다. 정인의 목소리는 멀리 나아가지 못했다. 어둠과 파도, 거친 바람에 찌그러졌다.

소리쳐요, 더 크게. 그날 밤에, 까진 무릎과 손바닥, 허벅지를 보면서 생각했어요. 아니 씨발, 내가 도대체 뭘 잘못했다고 이 꼴을 당한 거지? 요트 좀 태워 주겠다고 한 것뿐이잖아요? 한 번 더 거절하면 나도 귀찮게 하지 않을 생각이었어요.

당신은 내 앞을 막아섰어. 지금도 마찬가지고.

드레스가 잘 어울린다고 말했을 뿐인데?

이건 위협이고 협박이야.

남자가 여자한테 이 정도 말도 못하면 인류는 벌써 사라졌어요.

정인은 남자를 노려보며 또박또박 말했다.

당신 같은 인간들은, 태어나지 않는 게 나아.

남자는 바닥에 침을 뱉었다.

정말 미친 여자네. 도대체 내가 무슨 잘못을 했다고 그런

막말을 퍼붓는 거야?

아무리 말해 줘도 당신 같은 사람은 이해하지 못할 거야.

남자는 바닥에 굴러다니는 돌을 집어 든 후 악을 쓰며 바다를 향해 내던졌다.

부당해. 이건 너무 부당하다고! 그때도 지금도 사람을 짐승 취급하고 있잖아?

길을 비켜. 그럼 사과할 테니.

알았어. 지나가.

남자는 옆으로 비켜섰다. 해안 도로 저편에서 자동차 헤드라이트 불빛이 빠르게 움직이며 다가왔다. 정인은 번쩍 손을 들고 흔들며 깡충깡충 뛰었다. 소리도 질렀다. 남자는 씩 웃으며 정인의 행동을 똑같이 따라 했다. 자동차는 유연하게 코너를 돌더니 어둠 속으로 사라졌다.

개자식.

남자가 다시 거리를 좁혀 왔다. 정인은 조금씩 뒷걸음치며 등 뒤로 보이는 난간 아래를 내려다보았다. 자신의 키를 넘는 높이인 것은 확실해 보였다.

못하겠어? 도와줄까?

남자는 실실 웃었다.

나한테 개자식이라 그랬지?

남자는 몸을 구부리고 사나운 개처럼 으르렁거리며 짖기

시작했다. 그리고 정인의 발을 물어뜯을 것처럼 달려들다가도 바로 앞에서 물러났다. 정인은 계속 뒤로 물러섰고 어느새 등이 난간에 닿았다. 남자는 자신의 새로운 자질이라도 발견한 듯 일정한 거리를 유지한 채 쭈그리고 앉아 계속 으르렁거렸다.

정인은 질끈 눈을 감았다가 다시 떴다. 그리고 구두를 벗고 난간 위로 올라가려 했다. 드레스 때문에 다리를 뻗어 올리기 쉽지 않았다. 남자는 눈을 깜빡이며 정인의 행동을 지켜보았다. 이윽고 정인이 난간 위에 올라섰다. 정인은 뒤뚱거리다 가까스로 균형을 잡았다. 남자가 자세를 풀며 일어났다.

위험해. 내려와.

눈앞에서 사라져.

알았어. 그러니까 내려와.

남자가 정인을 향해 다가오며 손을 내밀었다.

가까이 오지 마!

남자는 빠르게 다가가 정인의 손을 붙잡았다. 남자는 빙긋 웃었다. 정인은 남자의 뺨을 때렸다. 남자의 표정이 차갑게 식었다. 남자는 붙잡고 있던 정인의 손을 놓은 후 정인의 얼굴을 집어삼킬 것처럼 짖었다. 정인은 균형을 잃고 휘청거리다 난간 아래로 떨어졌다. 정인은 무의식중에 바닥을 향하던 오른손을 거두고 왼손을 내밀었다. 바닥에 닿은 정인의 왼손은 반대로 꺾이며 부러졌다. 남자는 넋 나간 표정으로 난간 아래를 바라보다 뒷걸음치며 어둠 속으로 사라졌다. 정인의 허망한 눈빛 안에서 대교의 불빛이 느릿느릿 깜빡이다 천천히 소멸했다.

*

벤은 욕조에 몸을 담근 채 눈을 감고 있었다. 두 달 전에는 야바를 복용한 후 욕조에서 잠들어 와이가 문을 따고 들어온 적도 있었다. 오늘은 그때보다 야바 복용량이 많았다. 들끓는 피가 벤의 몸속을 파헤치듯 돌아다녔다. 벤의 몸은 차가운 물 안에서도 쉽게 식지 않았다. 20분이 지났고, 다시 또 20분이 지났다. 와이가 화장실 문을 두드렸다. 벤은 고개를 뒤로 젖히며 욕조에 몸을 더 파묻었다. 문밖에서 와이가 말했다.

그대로 죽어 버려.

와이는 다시 거실로 돌아와 소파에 누웠다. 그리고 배에 두 손을 가지런히 올리고 위를 바라보았다. 흐릿한 달빛이 거실 전체를 감쌌고, 바람이 코를 간지럽히며 스쳐 갔다. 와이는 크고 넓은 관에 누워 있는 기분이었다. 와이는 다시 깨지 못하더라도 이대로 잠들어 버렸으면 싶었다. 푹 자고 일어나면 벤을 믿을 수도 있을 것 같았다. 잠을 자지 않았을 때의 가장 큰 문제는 자기 자신과 자신의 상황을 오래도록, 그리고 깊이 들여다봐야 한다는 것이었다. 와이는 이런 순간에 신물이 났다. 와이는 눈을 감고 머릿속에 떠오르는 것을 하나씩 지웠다. 좋은 기억은 아득했고, 나쁜 기억은 악다구니를 쓰듯 앞다투어 떠올랐다. 와이는 벌떡 일어나 앉았다. 그리고 마치 신경 조각을 잘라 내듯이 손톱을 물어뜯었다. 귓불이 빨개지고 심장이 빨리 뛰었다. 주체할 수 없는 분노와 슬픔이 한 번에 몰아쳤다. 와이는 생각했다. 세상에는 싸워야 할 대상이 너무 많은데 자기 자신의 삶조차도 그 대상이 되는 건 너무 부당한 일이라고. 그때, 창문 너머에서 택시가 멈춰 서는 소리가 들려왔다. 택시 기사가 기분 좋은 목소리로 소리쳤다.

조금 있다 봐요!

와이는 창가로 다가갔다. 택시에서 내린 정우와 섬머가 대문 안으로 들어서고 있었다. 두 사람은 음주 단속을 운 좋게 피한 술 취한 운전자들처럼 장난스럽게 낄낄거렸다. 와이는 웃느라 눈을 뜨지 못하는 섬머를 바라보며 생각했다. 너만 오지 않았어도. 너만 없었으면. 와이는 서재로 걸어갔다. 그리고 서랍에서 총을 꺼냈다. 와이는 총을 쥐고 다시 거실로 나갔다. 와이는 귀를 기울였다. 현관문 열리는 소리가 났고 뒤이어 1층 침실 문이 닫히는 소리가 났다. 와이는 1층으로 내려갔다. 그리고 1층 침실 문을 총으로 겨누었다. 와이는 울음을 삼켰다. 와이는 할 수 없었다. 와이는 다시 2층으로 올라갔다. 그리고 2층 욕실 문을 총으로 겨누었다. 와이는 욕조에 누워 있는 벤의 모습을 상상하며 총구의 위치를 조정했다. 잠시 후, 와이는 총을 내려놓고 어깨를 들썩이며 다시 울기 시작했다.

와이는 수면제 한 알을 삼키고 침대에 누워 눈을 감았다. 재깍거리는 시계 초침 소리가 점점 크게 들려왔다. 와이는 수면제 한 알을 또 삼켰다. 1층을 오가는 정우와 섬머의 발걸음 소리가 들려왔고, 웃음을 참느라 애쓰는 섬머의 목소리도 이어졌다. 와이는 다시 수면제 두 알을 삼켰다. 점등과 소등을 반복하는 등대처럼 의식이 깜빡거리기 시작했다. 그러나 집 밖에서 들려오는 미세한 소리들이 의식을 붙잡고 늘어졌다. 자신만 빼고 모두 깨어 있는 것 같았다. 와이는 손에 잡히는 수면제를 모두 삼켰다. 그리고 마침내 잠들었다.

*

홍은 어둠 속에 몸을 숨긴 채 목조 가옥을 바라보았다. 자신이 살고 있는 임대 아파트에서 멀지 않은 곳에 정우가 머물고 있었다. 희미하던 희망 중 하나가 또 사라진 듯했다. 홍은 초조한 표정으로 불씨가 남은 담뱃불을 발로 비벼 껐다. 그리고 휴대폰을 확인했다. 읽지 않은 문자와 받지 않은 통화가 쌓여 있었다. 모두 린에게서 온 것이었다. 홍은 린에게 문자를 보냈다.

사정이 생겼어. 집으로 바로 갈게. 미안해.

잠시 후, 목조 가옥의 1층 거실 불이 꺼졌고 뒤이어 침실의 불도 꺼졌다. 홍은 가만히 기다렸다. 한 시간이 지났다. 인기척이 완전히 사라지자 홍은 집 앞으로 다가가 열대 나무를 타고 넘었다. 그리고 1층 침실 창가로 조용히 다가갔다.

달빛 가득한 프렌치도어 너머로 여자와 정우의 모습이 보였다. 여자는 정우의 팔을 베고 잠들어 있었고, 정우는 입을 벌린 채 코를 골고 있었다. 홍은 나무 그림자에 몸을 포갠 채 잠든 정우의 얼굴을 바라보았다. 방콕은 누구나 한 번쯤 방문하고 싶은 도시였다. 누구든 머물고자 한다면 머물 수 있고, 숨고자 한다면 숨을 수 있는 도시였다. 홍은 죽은 자신의 아버지를 이곳에서 만났다고 해도 받아들일 수 있었다. 그러나 정우는 그렇게 여겨지지 않았다. 홍은 잠시 희망을 품기도 했다. 저 해맑은 웃음을 간직한 남자는 기적처럼 여기에 있는 것이라고. 그런데 그게 정말 가능할까? 정말 우연일 뿐일까? 홍은 무언가를 해야 한다고 생각했다. 그러나 선로에 우연히 발이 끼인 사람처럼 황망한 표정을 짓는 것 외에 무엇을 해야 할지 알 수 없었다. 정우가 몸을 뒤척이더니 여자를 가슴 가득 껴안았다. 홍은 마침내 결론을 내렸다. 행동의 기준이 있다면 린이라고. 린이 원하는 것, 린이 행복하고 린이 안전할 수 있는 것을 선택해야 한다고. 홍은 어둠 속으로 조용히 물러났다.

벤은 욕실에서 나와 창가로 다가갔다. 얼굴과 몸에서 흘러내린 물이 바닥으로 뚝뚝 떨어졌다. 벤은 눈을 감은 채 창밖으로 얼굴을 내밀었다. 시원한 바람이 얼굴을 부드럽게 타고 넘었다. 천천히 눈을 떴다. 어둠 속에서, 열대 나무를 타고 넘어 집 밖으로 나가는 낯선 남자의 모습이 보였다. 벤은 미간을 찌푸리며 중얼거렸다.

엉망이군.

벤은 휘청거리며 2층 침실로 다가가 방문을 열었다. 그리고 침대에 누운 와이의 어깨를 흔들었다. 와이는 깨어나지 않았다. 벤은 쓸쓸하게 웃으며 옆으로 고개를 돌렸다. 자신의 총이 소파 위에 놓여 있었다. 벤은 총을 집어 들고 탄창을 확인했다. 총알은 그대로였다. 벤은 옷을 대충 걸친 채 서재로 들어가 총에 소음기를 장착했다. 그리고 바지 벨트 사이에 총을 끼워 넣은 후 집 밖으로 나가 남자가 사라진 방향으로 달려갔다.

잠시 후, 쓰레기가 나뒹구는 새벽의 거리를 힘없이 걸어가고 있는 남자의 뒷모습이 보였다. 벤은 중얼거렸다.

버러지 같은 놈. 기생충 같은 놈.

*

임대 아파트 입구에 도착한 홍은 4층에 위치한 자신의 집을 올려다보았다. 모든 방에 불이 꺼져 있었다. 오는 동안 린에게 계속 전화했지만 연결되지 않았다. 홍은 아파트 계단을 빠르게 올랐다. 벤은 홍이 눈치채지 못하게 조심조심 뒤따랐다. 벤은 총의 안전장치를 풀며 속으로 중얼거렸다. 와이, 이건 너무 가깝잖아.

홍이 현관문을 열자 벤은 빠르게 따라붙었다. 벤은 닫히고 있던 현관문에 가까스로 발을 끼워 놓았다. 홍이 놀란 표정을 지을 새도 없이 총구가 홍의 심장에 닿았다.

불 켜.

홍은 주춤주춤 물러나며 거실 불을 켰다. 거실이 환해졌다. 거실 식탁에 엎드려 있던 린이 천천히 고개를 들었다. 린의 눈은 술에 취해 풀려 있었다. 린이 홍을 바라보며 말했다.

개자식.

여자가 또 있어? 놀라운 놈이군. 벤이 말했다.

벤은 총구로 홍의 등을 밀며 식탁 쪽으로 몰아붙였다.

앉아.

린은 경멸 어린 표정으로 홍과 벤을 번갈아 바라보았고, 홍은 얼어붙은 표정으로 린 옆에 앉았다. 홍은 벤의 얼굴을 기억했다. 레스토랑에서 정우와 함께 있던 남자였다. 절망적인 것은 그것뿐만이 아니었다. 식탁 위에는 정인의 가족사진이 있었고, 사진 옆으로는 망치와 자신의 노트가 놓여 있었다. 린이 앉은뱅이책상 서랍을 부수고 꺼내 놓은 것 같았다. 홍은 식탁 위로 조심스럽게 왼손을 올렸다. 그리고 사진을 왼쪽 손바닥으로 가리며 움켜쥐었다.

또 움직였다간 이마에 구멍이 뚫릴 거야.

이 자식 영어 못해. 돈을 원하는 거야? 그럼 잘못 찾아왔어. 우린 돈 없으니까. 린이 말했다.

돈은 너희들이 나한테 원한 거였지. 그리고 지금까지는 뜻대로 되었고. 안 그래?

나는 강도가 아냐. 네가 강도지.

와이랑 무슨 관계야?

와이? 그게 누군데?

너 같은 창녀. 그리고 저 자식은 포주겠지.

난 창녀가 아냐.

이 사람에게 함부로 말하지 마. 홍이 말했다.

뭐라고 한 거야?

벤은 고개를 기울여 린의 얼굴을 살폈다.

년 그 레스토랑의 계집애잖아? 정말 개판이군.

와이가 누구야? 사진 속 여자?

모르는 여자야. 사진 속 여자는 와이가 아냐.

개자식. 끝까지 나를 속였어.

와이라는 여자는 정말 몰라.

네가 쓴 일기를 봤어. 치마를 찢고 싶다, 엉덩이를 움켜쥐고 싶다, 가슴에 얼굴을 파묻고 싶다. 더러운 새끼!

이봐. 영어로 말해.

린은 홍의 뺨을 때렸다. 홍의 코에서 피가 흘러내렸다. 린은 때리고 또 때렸다. 홍은 두 손으로 머리를 감쌌다. 왼손에는 정인의 사진을 움켜쥔 채였다. 벤은 고개를 저었다. 린이 계속 자신의 말을 듣지 않자 벤은 베란다 창문을 향해 총을 쏘았다. 소음기 때문에 총성은 크지 않았다. 조각난 유리 조각이 아파트 아래로 떨어지며 공기를 찢는 듯한 소리가 났다. 벤은 린과 홍에게서 시선을 떼지 않은 채 두 사람을 마주 보며 앉았다.

다음번에는 창문이 아닐 거야. 내가 질문하고, 네가 통역하고, 이 자식이 대답하는 거야. 이 자식이 와이를 임신시켰지?

와이라는 여자가 네 아이까지 가졌어?

나는 그 여자를 정말 몰라.

빌어먹을 새끼! 더러운 새끼!

처음 듣는 이름이야. 정말 모르는 여자야.

벤이 린의 얼굴을 바라보자 린은 벤을 흘겨보며 입술을 깨물었다. 그리고 홍의 말을 있는 그대로 전했다. 벤은 코웃음을 쳤다.

일을 어렵게 만들 생각이군. 나는 이 자식을 벌주려고 온 게 아냐. 괴롭히려는 것도 아니고. 그런데 끝까지 나를 속인다면 이야기가 달라질 거야.

이 남자는 너를 괴롭히려는 게 아니라 사실만 알면 된다고 말하고 있어. 그런데 나는 너를 괴롭힐 거야. 죽여 버릴 거야.

홍이 아무런 반응을 하지 않자 벤은 홍이 머리를 굴리는 소리라도 들은 듯 피식 웃으며 총을 쥔 오른손을 식탁에 내려놓았다. 총구는 여전히 홍을 향하고 있었다. 벤의 눈은 빨갛게 충혈되어 있었고 입에서는 화약 냄새 같은 것이 빠져 나왔다. 그러나 표정은 한결 부드러워져 있었다. 벤이 자조적인 미소를 지으며 말했다.

조금 전 저 자식이 와이를 만나고 도둑고양이처럼 내 집을 빠져나가는 걸 봤어. 이런 일은 인생에 한 번으로 충분하리라 믿었는데 그게 아니었어. 그러다 보니 상대방 잘못이 아니라 내 잘못은 아닐까 하는 생각까지 하게 돼. 빌어먹을 일이지. 저 자식한테 한번 들어 보고 싶군. 내가 저지른 잘못이 무엇인지 말이야.

레스토랑에서 뛰쳐나간 이유가 그거였어? 그 여자를 만나려고?

린이 훙을 향해 다시 손을 치켜들자 벤이 린의 손을 붙잡았다.

연기라면 그만둬. 기분이 다시 나빠지려고 하니까.

와이라는 여자를 만나러 간 게 아냐. 일기 속 여자의 오빠가 레스토랑에 왔었어. 브로치를 사고 싶다며 너한테 연락처를 준 사람. 그 남자가 이 남자의 집에 머물고 있었어. 나도 무슨 일이 일어나고 있는지 모르겠어. 정말이야. 믿어 줘, 린.

린이 차가운 표정으로 훙의 말을 통역하려 하자 훙이 중간에 말을 막았다.

방금 한 말은 통역하지 마. 문제가 더 복잡해질지도 몰라. 와이라는 여자는 이름조차도 처음 들어 봤다고만 말해.

벤은 쓸쓸하게 웃었다. 순간, 벤은 식탁을 뒤집은 후 훙의 목을 움켜쥐고 뒤로 강하게 밀쳐 냈다. 벤은 바닥에 쓰러진 훙의 몸을 뒤집었다.

손가락을 완전히 쓸 수 없도록 만들어 줄까?

벤은 무릎으로 훙의 두 팔꿈치를 찍어 누르며 망치질을 준비하는 목수처럼 훙의 왼손을 가지런히 펴려 했다. 훙은 주먹 쥔 손을 펴지 않으려 이를 악물었다.

나는 그 여자를 몰라.

나랑 더 놀고 싶은가 보군.

벤은 총 손잡이로 홍의 왼손 주먹을 강하게 내리쳤다. 홍의 손가락 피부가 쓸려 나가며 피가 튀어 올랐다.

사실을 말해!

벤은 홍의 손을 다시 총으로 찍었다. 홍은 발을 구르며 몸을 비틀었고 참고 있던 비명을 내질렀다. 벤은 못을 박듯 홍의 손을 찍고 또 찍었다. 린이 벤에게 달려들어 벤의 목을 붙잡고 늘어졌다. 벤은 팔꿈치를 휘둘러 린의 옆구리를 강하게 쳤다. 린은 튕기듯 날아가 싱크대에 부딪치며 쓰러졌다. 싱크대에 놓여 있던 칼꽂이와 주방 기구들이 바닥으로 떨어졌다. 린은 몸을 웅크린 채 숨을 헐떡였다. 벤은 홍의 왼팔을 등 뒤로 꺾었다. 홍의 움켜진 주먹이 펴지며 사진이 떨어져 나왔다. 벤은 말을 하려다 멈추고 구겨진 사진을 집어 들어 펼쳤다.

정우?

벤은 어리둥절한 표정으로 홍의 머리에 총구를 들이댔다.

도대체 와이랑 무슨 짓을 꾸미고 있는 거야? 이런 제기랄! 통역!

벤이 고개를 돌리려 할 때, 린이 벤의 옆구리를 칼로 찔렀다. 칼은 옆구리 깊숙이 박혔다. 린은 칼 손잡이를 놓고 뒤로 주춤주춤 물러났다. 벤은 자신의 옆구리에 꽂힌 칼을 물끄러미 바라보다 칼 손잡이를 손으로 감싸 쥐며 돌아섰다. 그리고 린을 향해 총을 쏘았다. 총알은 린의 왼쪽 팔을 살짝 스치며 현관 신발장에 처박혔다.

린은 팔을 붙잡고 무너지듯 주저앉았다. 린은 아픔보다 놀라움이 큰 눈빛이었다. 벤은 무릎을 꿇은 채 가쁘게 숨을 몰아쉬었다. 홍이 바닥에 떨어져 있던 망치로 벤의 어깨를 내리쳤다. 벤은 앞으로 고꾸라지며 손에서 총을 놓쳤다.

홍은 린에게 달려갔다. 그리고 자신의 티셔츠를 벗어 린의 팔을 감쌌다. 린은 힘없이 늘어졌다. 홍은 린을 등에 업고 밖으로 달려 나갔다.

잠시 후, 벤은 간신히 무릎을 일으켜 세웠다. 그리고 비틀거리며 현관 앞으로 걸어갔다. 허리에 꽂힌 칼은 뽑지 않았다. 칼을 뽑으면 더 많은 피를 쏟아 내야 했다. 벤은 현관 문고리를 붙잡고 문에 머리를 기댔다.

상관없는데. 정말 아무 상관없는데. 빌어먹을 태국 놈들.

벤의 다리에서 힘이 빠지며 벤의 머리가 현관문을 타고 아래로 흘러내렸다. 벤은 감겨 오는 눈을 억지로 붙잡았다.

아, 와이, 아.

비극이 끝난 공연장처럼, 주변의 공기를 빨아들이는 듯한 적막함이 벤의 어깨 위에 내려앉았다.

*

　바닷물이 해안가를 향해 낮게 굽이치며 몰려들었고, 암석에 부딪혀 튀어 오른 파도는 쓰러져 있는 정인의 발목을 때렸다. 물때가 바뀌고 있었다.

　정인은 한기를 느끼며 눈을 떴다. 머리에서 흘러내린 피가 굳어 오른쪽 눈은 제대로 떠지지 않았다. 정인은 자신의 몸을 확인하는 데 오랜 시간이 필요했다. 왼팔은 부서진 채 등 뒤로 돌아가 있는 듯했다. 오른손은 그나마 멀쩡한 것 같았다. 정인은 오른손에 힘을 주고 몸을 일으켜 세우려 했다. 꿈쩍도 안 했다. 정인은 길고 가는 신음을 내뱉었다. 파도가 몰아치며 정인의 얼굴을 때리고 적셨다.

　바닷물에 잠기지 않으려면 몸을 일으켜야 했다. 정인은 오른손에 의지할 수밖에 없었다. 정인은 무릎을 구부리며 동시에 오른손에 힘을 주었다. 피부가 벗겨진 부위를 날카로운 송곳으로 찌르는 듯한 고통이 느껴졌다. 정인은 힘겹게 허리를 일으켰다. 이어서 정인은 무릎에 힘을 주며 발을 앞으로 당기려 했다. 양쪽 발목 모두 뼈가 부서지거나 금이 간 것 같았다. 비명조차 지를 수 없는 고통이 느껴졌다. 정인은 일어날 수 없었다.

　짙은 어둠 속에서 가망 없이 시간이 흘러갔다. 바닷물은 정인의 허리 바로 아래까지 차올랐다. 정인은 입술을 깨물며 난간을 올려다보았다. 남자의 자전거 끄트머리가 보였다.

아아. 아아! 아아!

이어서 정인은 알아들을 수 없는 말을 토해 내듯 내뱉었다. 욕설도 섞여 있었다. 낚시 조끼를 입은 노인이 난간 아래로 고개를 내밀었다. 노인은 낚싯대를 난간에 기대 놓고 정인을 멀뚱히 쳐다보았다.

바다에서 왜 개새끼를 찾아?

정인은 노인의 얼굴을 제대로 볼 수 없었다. 정인은 조명 불빛에 반짝이는 낚싯바늘을 향해 소리쳤다.

살려 주세요. 제발 살려 주세요.

노인은 대수롭지 않은 표정으로 낚시 조끼에서 휴대폰을 꺼냈다. 노인은 병원에 전화해 구조를 요청했고, 경찰서에도 연락을 했다. 노인이 큰 소리로 물었다.

다리가 부러진 거야?

정인은 그런 것 같다고 대답했지만 노인은 알아듣지 못했다.

이거 참. 그래도 가슴은 좀 가리고 있지.

노인은 툴툴거리며 난간 위로 올라섰다. 그리고 난간에 매달린 채 미끄러지듯 아래로 내려갔다.

가까이 오지 마!

살려 달라며?

정인은 흐느꼈다.

가까이 오지 마세요.

노인은 혀를 차며 정인의 등 뒤로 다가섰다. 그리고 정인의 드레스 윗단을 손가락 끝으로 붙잡고 가슴 위로 끌어올렸다. 정인은 한쪽 가슴이 드러나 있었다는 것을 그제야 깨달았다.

저기까지 가야 돼. 아파도 참아.

노인은 정인의 겨드랑이에 손을 집어넣고 난간 바로 아래까지 끌고 갔다. 정인은 찢어지는 듯한 비명을 지르며 흐느꼈다. 몸을 전율케 하는 것이 치욕인지 고통인지 구분할 수 없었다.

내가 대교 위에서 바다로 뛰어내리는 놈들은 자주 봤어도 여기서 뛰어내린 사람은 아가씨가 처음이야. 죽으려면 저기 위에서 뛰어야지.

바닷물이 밀려오는 속도가 빨라졌다. 정인이 몸을 떨고 있다는 것을 뒤늦게 깨달은 노인은 낚시 조끼와 상의를 벗어 정인의 몸을 감쌌다. 그리고 검은 바다를 망연자실한 표정으로 바라보며 다시 혀를 찼다.

정인의 눈이 천천히 감겨 왔다. 정인은 눈을 감지 않으려 노력했지만 끝내 눈을 감았다. 꿈인지 상상인지 모를 장면이 정인의 머리를 스쳐 갔다. 거대한 기린 한 마리가 정인을 향해 느릿느릿 다가왔다. 이윽고 정인의 눈앞에 멈춰선 기린은 긴 목을 구부렸다. 얼굴을 확인하는 것 같았다. 잠시 후, 기린은 오른쪽 발을 쓱 들더니 거침없이 정인을 짓밟기 시작했다. 정인은 작은 저항조차 하지 못한 채 자신의 몸이 부서지고 짓이겨지는 것을 지켜볼 수밖에 없었다.

4부

마을에 살던 아름다운 처녀와 혼약을 한 도령이
있었다. 도령이 과거 보러 간 사이에 사또가 흑심을
품고 처녀에게 온갖 요구를 하였다. 처녀는 더는
사또를 피할 수 없게 되자 강에 투신해 죽었다. 그 순간
사또도 급살 맞아 죽었다. 장원급제하여 돌아온 도령은
처녀가 죽었다는 소식을 듣고 내세에 같이 살자며
처녀가 죽은 자리에 투신해 죽고 말았다. 그 뒤부터
혼례 행렬이 이 길을 지나가면 반드시 동티가 나서
가마가 물에 빠지는 일이 많았다.

— 옥녀봉, 「설화편」, 『한국민속문학사전』

축제의 첫날 밤이 지나가고 있었다. 아직 침대로 데리고 갈 여자를 찾지 못한 남자들은 미련을 버리지 못한 채 술집 앞을 서성였고, 술집 옆 골목길에 흩어져 서 있는 서너 명의 여자들은 몇 모금 남지 않은 담뱃불을 꺼뜨리지 않으려 애쓰고 있었다. 기진맥진한 표정의 술집 종업원들은 바닥에 쓰러진 취객들을 뒤로한 채 가게 앞에 쓰레기봉투를 쌓았다. 마치 약속이라도 한 듯, 개들이 어슬렁거리며 다가와 쓰레기봉투를 헤집기 시작했다. 해가 뜨기 전, 청소부들이 쓰레기봉투를 가지고 갔는데 바닥을 나뒹구는 취객들은 오대륙으로 분리수거를 해야 했다. 온갖 인종과 민족, 짐승이 방콕의 밤에 녹아들었다. 밤이 방콕의 진실이었다. 낮은 밤의 허물에 불과했다.

방콕의 밤은 눈 감은 사랑처럼 끝을 알 수 없는 흥분과 그 찌꺼기들로 가득했다.

병원 응급실은 환락가처럼 소란스러웠다. 비단뱀에게 다리를 물린 여자는 독이 온몸으로 퍼지고 있다며 소리를 질렀고 간호사는 비단뱀은 독이 없다는 말을 되풀이했다. 코끼리 트래킹을 하다 땅에 떨어진 젊은 남자는 친구들을 향해 깁스한 팔을 장난스레 휘둘렀고, 맥주병에 맞아 머리가 깨진 늙은 남자는 술이 덜 깬 표정으로 바지 지퍼를 끌어 올리려 노력했다. 키가 작은 여자 청원경찰은 응급실 벽에 등을 기댄 채 실실거리며 휴대폰을 바라보고 있었고, 은테 안경을 쓴 중년의 의사는 진상 떠는 손님들을 상대하는 바텐더처럼 지긋지긋한 표정으로 응급실을 돌아다녔다.

의사는 린의 상처를 살피며 총에 맞은 거냐고 물었다. 린은 고개를 저었다. 의사는 경찰을 불러야 되는 일이냐고 또 물었다. 린은 의사 뒤편에 서 있는 홍을 힐끗 바라본 후 그럴 필요 없다고 대답했다. 의사가 고개를 돌리자 홍은 피로 얼룩진 자신의 왼손을 등 뒤로 감추었다. 의사는 못마땅한 표정으로 치료받을 생각이 아니면 피는 밖에서 흘리라고 말했다. 그리고 청원경찰을 소리쳐 부른 후 고개를 까닥였다. 청원경찰은 엉기적거리며 응급실 밖으로 나갔다. 동료를 데리러 간 것 같았다. 간호사들이 린이 누워 있는 이동 침대를 수술실로 끌고 갔다. 홍은 복도 저편을 주시하며 그 뒤를 따랐다. 수술실로 들어가기 전, 린이 말했다.

다시는 내 앞에 나타나지 마.

홍이 할 말을 찾는 사이 수술실 문이 닫혔다. 어느새 다가온 청원경찰 두 명이 홍의 팔을 양쪽에서 붙잡았다. 홍은 고개를 숙였다가 순간 청원경찰들을 밀치며 비상구 쪽으로 빠르게 내달렸다. 청원경찰들이 소리를 지르며 홍을 뒤쫓았다. 꼭 붙잡고 말겠다는 의지가 느껴지지 않는 추격이었다.

병원을 빠져나온 홍은 택시를 붙잡은 후 택시 기사에게 임대 아파트의 주소를 불러 주었다. 택시가 출발하려 할 때, 홍은 미안하지만 다른 곳을 먼저 들렀다 가자고 말했다. 잠시 후, 택시는 목조 가옥 앞에 멈춰 섰다. 벤의 집이었다.

홍은 택시에서 내리지 않은 채 벤의 집을 살펴보았다. 집은 작은 생채기도 느껴지지 않을 만큼 고요했다. 홍은 더 초조해졌다. 홍은 다시 임대 아파트로 가자고 말했다. 머리가 하얗게 샌 택시 기사가 룸 미러로 홍을 쳐다보았다. 택시 기사는 못마땅한 사위를 눈앞에 둔 듯한 표정이었다.

그거 피요?

홍은 자신의 왼손을 내려다보았다. 새끼손가락은 뼈가 드러나 있었고 짓이겨진 피부 위로 피가 말라붙고 있었다. 손가락을 움직여 보려 했지만 고통만 느껴질 뿐 꿈쩍도 하지 않았다. 홍은 자신의 왼손이 마치 누구라도 치기만 하면 원하는 것이 튀어나오는 자판기처럼 느껴졌다. 홍은 고개를 들지 못했다.

피 아닙니다.

피가 아니면 뭐요?

모르겠습니다.

시트에 묻으면 돈을 물어야 할 거요.

모르겠습니다.

택시 기사가 몸을 돌려 홍을 바라보았다. 홍의 어깨가 들썩이기 시작했다. 택시 기사는 고개를 절레절레 저으며 혀를 찼다. 홍은 울음을 참으려 입술을 깨물었다. 택시 기사가 휴지를 건네며 말했다.

사람 때렸으면 사과하고 맞은 거면 복수해요. 맞은 거 참으면 그것도 결국엔 죄가 되니까.

임대 아파트 입구 바닥에는 박살 난 창문의 유리 조각이 흩어져 있었고 계단에는 군데군데 핏자국이 묻어 있었다. 홍은 주변을 경계하며 계단을 올랐다. 그리고 4층에 도착하자 고개를 살짝 내밀고 복도를 살폈다. TV 화면 불빛이 어두운 복도로 간간이 뻗어 나올 뿐 소란의 흔적은 찾을 수 없었다. 평소와 다를 바 없는 풍경과 분위기였다.

홍은 현관 앞으로 빠르게 다가가 현관문에 귀를 갖다 댔다. 아무 소리도 들리지 않았다. 홍은 소리 나지 않게 문고리를 돌린 후 조심스럽게 문을 잡아당겼다. 묵직한 무게감이 느껴지던 찰나, 바닥을 쿵 찍는 소리가 들렸다. 아래를 바라보자 자신의 손을 부서뜨린 남자가 바닥에 얼굴을 처박고 있었다.

홍은 현관 안으로 들어가 벤의 다리를 잡아끌었다. 그리고 문을 잠근 후 벤의 목에 손을 짚고 맥박을 확인했다. 맥박은 멎어 있었다. 창가에서 눅눅한 바람이 불어 왔다. 거실에 희미하게 남아 있던 화약 냄새가 홍의 코를 파고들었다. 홍은 벽에 등을 기대고 주저앉아 다리 사이에 얼굴을 묻었다. 어떻게 하지? 이제 어떻게 해야 하지?

휴대폰 문자 알림 소리가 들려왔다. 벤의 바지 안에서 나는 소리였다. 홍은 천천히 고개를 들었다. 그리고 벤의 바지를 뒤져 휴대폰을 꺼냈다. 섬머가 보낸 문자가 도착해 있었는데 홍은 무슨 말인지 이해하지 못했다. 문자의 내용은 이랬다.

— 코끼리 병원으로 지금 출발해요. 예정은 내일 돌아오는 건데 더 늦어질지도 몰라요.

홍은 벤을 바라보며 생각했다. 지금부터는 정말 똑똑하게 굴어야 한다고.

홍은 휴대폰 전원을 끈 후 자신의 바지 주머니에 집어넣었다. 그리고 거실을 둘러보았다. 핏자국, 부서진 탁자, 깨진 유리 조각 등이 어지럽게 널려 있었고 거실 오른쪽 구석에는 핏자국이 묻은 총이 달빛 아래서 반짝이고 있었다. 홍은 총을 집어 들고 남은 총알을 확인했다. 여섯 발이 남아 있었다. 홍은 서둘러야 한다고 생각했다. 두 시간 뒤면 해가 뜰 것이었다.

홍은 벤의 허리에 박혀 있는 칼을 뽑아냈다. 고름 같은 피가 흘러나왔다. 홍은 화장실에서 수건을 있는 대로 가져왔다. 그리고 수건을 찢어 길게 연결한 후 압박붕대처럼 벤의 상처를 감쌌다. 남은 수건으로는 벤의 몸에 묻은 피를 닦았다. 물로 지워지지 않은 것은 침을 묻혀 가며 지웠다. 그런 다음 제일 큰 티셔츠와 반바지, 점퍼를 가져와 벤에게 입혔다. 벤은 마치 인형의 옷을 입은 것처럼 우스워 보였다.

홍은 바닥에 묻은 피를 치약으로 닦은 후 여러 개의 향을 피워 놓고 밖으로 나갔다. 계단의 핏자국 역시 치약으로 지웠다. 그리고 다시 집으로 돌아와 오렌지색 오토바이 조끼를 입은 후 벤을 업고 주차장으로 내려갔다. 뒤에서 보면 마치 거미가 직립보행을 하는 것 같았다.

홍의 오토바이는 장기이식을 마친 시체처럼 해체되어 있었다. 그나마 멀쩡하던 부품들도 누군가 가져간 것 같았다. 미처 생각지 못했던 부분이었다. 홍은 후들거리는 다리에 힘을 준 채 한때는 오토바이였던 고철 덩어리를 우두커니 바라보고만 있었다. 멀리서 술 취한 행인의 고함 소리가 들려왔다.

홍은 벤을 어둠 속에 내려놓았다. 그리고 주변에 나뒹굴고 있던 맥주병을 벤의 손 언저리에 갖다 놓았다. 벤은 술병을 쥐고 잠든 취객처럼 보였다. 홍은 벤을 바라보며 조금씩 물러서다 이내 몸을 돌려 노점상이 모여 있는 주변 시장으로 달려갔다.

10분쯤 달리자 머리에 수건을 동여맨 노점상 주인이 검게 변한 육수를 차도에 버리고 있는 모습이 보였다. 홍은 노점상 주인에게 가진 돈을 모두 내밀었다. 노점상 주인은 영문을 모르겠다는 눈빛이었다. 홍은 노점상 뒤편에 놓여 있는 낡은 오토바이를 손짓으로 가리켰다. 노점상 주인은 홍이 내민 돈을 눈으로 세며 눈썹을 긁었다. 그리고 손가락 네 개를 흔들었다. 400바트는 더 내야 한다는 뜻이었다. 홍은 주변을 둘러보았다. 몇몇 사람이 보였는데 다들 술에 취해 있었다. 홍은 노점상 주인의 목을 움켜쥐고 주먹으로 얼굴을 때렸다. 그리고 속삭이듯 말했다.

미안합니다.

홍은 한 대 더 때렸다.

정말 미안합니다.

노점상 주인은 스르륵 주저앉았다. 홍은 노점상의 바지 주머니에서 오토바이 키를 꺼낸 후 그의 바지춤에 매달려 있는 돈 가방에 자신의 돈을 집어넣었다. 그리고 오토바이에 올라타 시동을 걸었다. 오토바이 엔진에서는 늙은 노인이 가래침을 뱉는 것 같은 소리가 났다.

벤은 여전히 그 자리에 있었다. 홍은 주차장 구석에 똬리처럼 엉켜 있는 전깃줄을 팔에 둘둘 감았다. 그리고 벤을 오토바이 뒤에 태운 후 자신과 벤의 허리를 전깃줄로 함께 묶었다. 오토바이는 털털거리며 임대 아파트 주차장을 빠져나갔다.

환락가의 축축한 불빛이 이른 아침을 준비하듯 희미하게 반짝였다. 비키니 수영복을 입은 여자 대여섯 명이 가게 앞에 도열한 채 그 앞을 지나는 홍을 향해 손을 흔들었다. 마지막 손님을 받으려는 듯했다. 아무도 벤이 죽었다는 것을 눈치채지 못했다. 시체라 해도 잠깐 놀라고 말 것 같았다. 조금 더 달리자 방콕 외곽으로 향하는 도로가 나타났다. 시체가 발견되어도 신분을 확인하기까지 긴 시간이 필요한 곳으로 가야했다. 살인이 아닌 것처럼 보이면 더 좋았다. 그런 곳은 한 군데밖에 없었다.

악어 농장은 육중한 철문을 자물쇠 하나에 의지하고 있었다. 홍은 바닥에 누워 철문 아래로 보이는 악어 농장의 동정을 살폈다. 경비원의 모습은 보이지 않았다. 홍은 다시 일어나 품에 넣고 왔던 벤의 총으로 자물쇠를 쏘았다. 한 방. 그리고 또 한 방. 자물쇠는 옷고름처럼 흩어졌다.

홍은 벤을 업고 농장 안으로 들어갔다. 경비원의 모습은 여전히 보이지 않았다. 입구의 좁은 길을 통과하자 WelCome 이라 쓰인 표지판을 목에 건 앙증맞은 악어 동상이 보였다. 조금 더 걸어가자 구름다리 아래 펼쳐져 있는 늪이 보였다. 홍은 구름다리 위에 올라선 후 벤을 바닥에 내려놓았다. 그리고 주변에 놓여 있는 플라스틱 먹이통을 늪에 던졌다. 악어들이 움찔거리며 반응했다.

홍은 벤의 옷을 하나씩 벗겼다. 그리고 벤을 일으켜 세워 구름다리에 기대 놓은 후 벤의 허리에 감긴 수건의 매듭을 풀었다. 홍은 수건을 한 손으로 붙잡은 채 벤의 두 다리를 들어 머리부터 늪으로 떨어뜨렸다. 뼈가 돌에 부딪힌 듯한 둔탁한 소리와 첨벙이는 물소리가 함께 났다. 아래를 내려다보자 벤의 상체는 늪에 잠겨 있었고, 하체는 늪을 둘러싼 콘크리트 바닥에 반쯤 걸쳐져 있었다. 달빛이 벤이 신고 있는 샌들 쇠버클에 부딪히며 반짝였다.

피 냄새를 맡은 악어들이 벤을 향해 모여들기 시작했다. 악어 한 마리가 벤을 크게 문 채 몸을 뒤틀었다. 뒤이어 다른 악어들이 달려들어 벤의 몸을 늪으로 끌고 들어갔다. 턱과 턱이 충돌하는 소리가 이어졌다. 홍은 벤이 입었던 옷과 붕대를 들고 악어 농장 밖으로 달려 나가 다시 오토바이를 몰았다.

가로등 불빛 하나 없는 기나긴 길이 이어졌다. 홍은 적막함이 감도는 길가에 오토바이를 멈춰 세웠다. 그리고 피가 묻은 옷과 붕대, 벤의 휴대폰을 땅속 깊이 파묻었다. 홍은 땀을 뻘뻘 흘리며 중얼거렸다.

내가 잘못한 게 아냐. 내가 잘못한 게 아니라고.

기척 없이 다가온 새벽바람이 홍의 몸을 차갑게 식히며 보이지 않는 길 저 너머로 사라졌다.

*

땀으로 흠뻑 젖은 와이의 몸 위로 서늘한 바람이 달라붙었다. 와이는 몸을 움츠리며 눈을 떴다. 흠씬 두들겨 맞은 듯 온몸이 아프고 쑤셨다.

와이는 벤을 찾아 옆으로 고개를 돌렸다. 벤의 자리에는 끈적한 타액이 쌓여 있었다. 자신이 자다 말고 일어나 토해낸 것 같았다. 와이는 큰 소리로 벤의 이름을 외쳤다. 반응이 없자 와이는 다시 한번 소리쳤다. 와이의 목소리가 텅 빈 집을 굴러다니다 흩어졌다. 와이는 급작스럽게 흐느끼기 시작했다. 와이는 벤의 얼굴을 떠올리려 노력했다. 벤의 얼굴은 가물거리기만 했다. 지난밤, 자신을 내버려 둔 채 돌아서서 걸어가던 벤의 뒷모습만 또렷이 기억났다.

와이는 휘청거리며 침대에서 일어났다. 그리고 가구에 몸을 부딪혀 가며 집 안을 돌아다녔다. 와이는 정우와 섬머가 머물던 1층 침실도 확인했다. 침실은 비어 있었다. 서둘러 집을 빠져나간 흔적만 있었다. 와이는 1층 침실을 나오며 벤에게 전화했다. 휴대폰은 꺼져 있었다. 와이는 다시 벤의 이름을 소리쳐 불렀다. 와이는 커다란 집에 홀로 버려진 고아처럼 보였다.

*

윤 사장은 거실 소파에 앉아 뜬눈으로 밤을 지새웠다. 정인을 기다린 것은 아니었다. 윤 사장은 언젠가 이 집에 혼자 남아 있을 자신의 모습을 되새기고 또 되새겼다. 정우는 미국에, 정인인 세상의 또 다른 곳에 머물며 쓸쓸히 늙어 가는 자신을 외면할 것 같았다. 어스름 새벽빛이 나무 그림자를 타고 거실을 향해 삐져 들어오기 시작했다. 윤 사장은 창가로 다가가 창문을 열었다. 벚꽃 냄새를 실은 바람이 머리카락을 파고들었다. 윤 사장은 작은 목소리로 중얼거렸다.

내가 잘못한 게 뭐지?

거실 테이블 위의 휴대폰에서 문자 알림 소리가 났다. 윤 사장은 정인이 보낸 것이라 생각했다. 그러나 문자는 흥신소 직원이 보낸 것이었다.

홍의 삼촌을 만났습니다. 홍은 방콕에 있습니다. 지금 방콕으로 가는 중입니다.

윤 사장은 찾는 즉시 연락하라고 답신했다. 윤 사장은 정인에게 전화해 보려다 그만두고 휴대폰을 다시 테이블에 올려 둔 채 침실로 들어갔다.

윤 사장은 침대에 누워 이불을 입까지 끌어 올렸다. 그리고 천장을 바라보며 방콕과 홍에 대해서 생각했다. 방콕은 홍과 어울리지 않았다. 방콕은 홍이 아닌 자신이 있어야 될 곳 같았다. 삶의 숙제를 대강이라도 해결한 사람. '수코타이 방콕'의 수영장 선베드에 누워 한가롭게 망고 디저트를 먹을 여유와 자격이 있는 사람. 지금 방콕에는 정우가 있었다. 그리고 동물의 고통을 자신의 고통처럼 느낀다는 정신 나간 여자애도. 윤 사장은 생각했다. 홍을 찾게 되고, 홍에게 어떤 해를 가하더라도 정우는 아무것도 모른 채로 남아 있어야 한다고. 정인이도 마찬가지라고. 이것은 자신이 해결해야 하는 문제라고. 윤 사장은 홍에게 묻고 싶었다.

네 손가락은 내가 자른 게 아니잖아? 내가 잘못한 게 아니잖아? 정말 그렇잖아?

윤 사장의 눈에 눈물이 차올랐다.

*

바닷물이 노인의 무릎 아래서 찰랑였다. 노인은 한 팔로 정인의 어깨를 받치고 다른 팔으로는 정인의 무릎을 받쳐 든 채 난간 벽에 등을 기대고 섰다. 정인은 의식이 없었고 몸은 시리게 느껴질 정도로 식어 있었다. 노인의 이빨이 사정없이 떨려 오기 시작했을 때, 응급차가 도착했다.

정인의 몸은 가능한 만큼 부서지고 금이 갔다. 의사들도 수술 시간을 가늠할 수 없었다. 뒤늦게 병원으로 찾아온 경찰에게 노인은 말했다. 젊은 처자가 자살을 하려 했던 것 같다고. 정인은 자신을 증명할 소지품을 아무것도 가지고 있지 않았다. 연보랏빛 튜브 드레스가 전부였다. 다행히 당직을 서고 있던 마취과 의사가 정인의 드레스를 알아보았다. 어젯밤 정인의 연주회에 참석했던 것이다. 의사는 경찰의 이런저런 질문에 답했지만 어제의 연주회가 실망스러웠다는 말은 하지 않았다. 경찰은 몇 통의 전화를 돌렸고, 윤 사장의 집 전화번호를 어렵지 않게 알아냈다. 뒤늦게 경찰의 전화를 받고 병원으로 향하던 윤 사장은 택시 뒷좌석에 앉은 채 정신 나간 사람처럼 중얼거렸다.

미안해, 정인아. 엄마가 잘못했어. 엄마가 정말 잘못했어.

홍은 노트와 정인의 가족사진을 싱크대에서 태웠다. 타다 남은 재는 화장실 변기에 버렸다. 집 안에 남아 있던 핏자국도 마저 지웠다. 유리창도 갈아 넣었다. 집을 깨끗이 청소한 후 웅온 주방장에게 전화해 린이 몸이 아파 당분간 출근할 수 없을 것 같다고 말했다. 주방장은 홍이 레스토랑에서 말없이 사라진 일로 화가 나 있었고, 린이 출근하지 않는 이유를 추궁하며 만약 린을 폭행했다면 가만두지 않겠다고 윽박질렀다. 그리고 덧붙였다. 만나면 얼굴에 침을 뱉어 주겠다고. 홍은 그런 게 아니라고 말했고 정말 미안하다고 사과했다. 전화를 끊은 후, 홍은 린이 벤을 찌를 때 사용한 칼을 차오프라야강에 갖다 버렸다. 그리고 다시 병원으로 갔다.

9인 병실 침상은 빈 곳이 없었다. 환자들 대부분이 잠들어 있었는데 입구 제일 앞쪽 침상의 남자 노인만이 병실 중앙에 놓인 TV를 보며 안타까운 표정으로 신음을 반복해서 내뱉었다. TV에서는 병원에 입원한 태국 국왕의 근황을 침통한 목소리로 전하는 뉴스가 특집 방송처럼 이어지고 있었다. 홍은 주변을 살피며 린의 손을 살며시 쥐었다. 린이 천천히 눈을 떴다. 홍의 얼굴이 눈에 들어오자 린은 악몽을 떨쳐 내듯 홍의 손을 밀어냈다.

돌아가. 방콕에서 사라져.

나는 갈 곳이 없어.

그럼 지옥으로나 가 버려.

제발, 린.

네가 나한테 어떤 사람이었는지는 더 이상 중요하지 않아. 너는 한 여자를 강간하고 임신까지 시켰어. 나는 네가 한 일을 죽을 때까지 잊지 못할 거야.

그 남자가 오해를 한 거야. 거짓말이 아냐. 일기 속 여자는 그 남자가 말한 여자가 아냐. 한국 사람이야. 믿어 줘. 내가 다 이야기해 줄게.

듣고 싶지 않아.

린, 제발 내 이야기를 들어 줘.

꺼지라고!

린은 자신의 말보다 홍을 더 멀리 밀어내는 듯한 표정으로 홍을 바라보았다. 홍은 울먹이며 그날 밤의 일과 그 전의 이야기를 정신없이 풀어냈다.

산책로의 수풀 속에서 정인은 몸을 비틀며 저항했다. 정인의 몸부림으로 바닥에 깔린 낙엽이 바스락거리며 부서져 나갔다. 좌우로 몸을 비트는 것이 정인이 할 수 있는 일의 전부였다. 정인의 손은 로프에 감긴 채 등 뒤로 묶여 있었고 발목에도 로프가 감겨 있었다.

홍은 정인의 허리 위로 천천히 올라탔다. 가로등의 불빛이 홍의 얼굴을 환하게 비추었다. 홍이 원하던 바였다. 홍은 정인에게 자신의 얼굴을 보여 주고 싶었다. 떨쳐 버릴 수 없는 이 명처럼 자신의 목소리를 들려주고 싶었다. 자신과 함께 있는 지금 이 순간을 영원히 기억하게 하고 싶었다.

내가 누군지 알아?

정인은 대답할 수 없었다. 정인의 입은 하얀 손수건이 틀어막고 있었다. 정인은 절망적으로 고개를 저었다. 정인은 홍을 정말 몰랐다. 길거리에서, 회사에서 마주친 이주 노동자와 다를 바 없는 얼굴이었다.

너는 나를 알아야 돼.

낙엽 밟는 소리가 들려왔다. 홍은 정인의 입을 손으로 막으며 몸을 낮추었다. 그리고 소리가 나는 곳을 바라보았다. 이어폰을 낀 여고생이 산책로로 들어서고 있었다. 정인도 여학생을 보았다. 여학생은 휴대폰 좌판을 꾹꾹 누르며 웃고 있었다. 그대로 업어서 어딘가로 데려가도 손에 들린 휴대폰에서 눈을 떼지 않을 것처럼 보였다. 정인이 발을 움직여 낙엽 긁히는 소리를 내자 여학생이 고개를 들어 가로등 아래를 바라보았다. 홍은 정인의 발을 짓누르며 몸을 더 낮추었다. 여학생은 가로등 주변으로 뻗어 있는 나무 덤불을 잠시 살펴보다 이내 몸을 돌려 휴대폰 좌판을 다시 꾹꾹 누르며 산책로 입구 옆으로 뚫린 좁은 터널로 들어갔다. 대로 건너편 아파트 단지로 연결된 터널이었다. 여학생의 그림자는 터널 안에서 길게 늘어지며 점차 명암이 옅어지더니 끝내 사라졌다. 정인은 짧은 순간 수없이 절망했다. 터널 끝에서 여학생의 목소리가 메아리처럼 들려왔다.

모텔 가서 해요!

홍은 산책로 아래를 내려다보았다. 정인의 집이 바로 곁에 있었다. 정인의 집은 높은 성벽을 쌓은 것처럼 빛이 거의 새어나오지 않았다. 홍은 생각했다. 정우와 그의 애인으로 보이는 여자, 그리고 윤 사장은 그들이 준비하고, 자연히 그리될 것이라 믿는 미래를 말하고 있을 것이라고. 홍은 굽혔던 허리를 펴며 뒷주머니에서 오피넬을 꺼냈다. 그리고 칼을 펼쳤다.

연주할 때 어느 손이 더 중요하지? 왼손? 오른손?

홍은 정인의 입에서 손수건을 빼낸 후 붕대 감긴 왼손으로 정인의 입을 막았다.

나는 한 손을 잃었어. 너도 그랬으면 좋겠어. 시간이 지나면 나를 이해하게 될 거야. 네 손을 볼 때마다 나를 떠올리게 될 거야. 나를, 뿌리까지 기억하게 될 거야.

정인은 입을 막고 있는 홍의 왼손을 깨물었다. 홍은 입을 꾹 다물며 새어 나오는 비명을 막았다. 정인은 더욱 강하게 깨물었다. 홍은 정인의 행동을 막지 않았다. 가만히 지켜보기만 했다. 홍의 눈에서 눈물이 그렁거렸다. 붕대로 감아 놓지 않았다면 정인은 홍의 대롱거리는 새끼손가락을 봐야 했을지도 몰랐다. 홍의 왼손에서 진짜 피가 흘러내렸다.

홍은 오피넬을 내려놓고 오른손으로 정인의 양볼을 세게 눌렀다. 그리고 손수건으로 다시 정인의 입을 막았다.

보여 주고 싶었어.

홍은 왼손에 감긴 붕대를 풀었다. 그리고 정인이 잘 볼 수 있도록 가로등 불빛에 왼손을 투과시켰다. 정인이 깨문 자국이 남은 새끼손가락 윗마디는 아랫마디에 간신히 붙어 있는 것처럼 보였다. 정인은 고개를 옆으로 틀었다. 홍은 정인의 고개를 다시 돌려세운 후 왼손을 정인의 눈앞에 들이밀었다. 정인은 눈을 감았다. 홍의 왼손에서 흘러나온 피가 정인의 얼굴 위로 떨어지며 정인의 볼과 하얀 손수건을 피로 물들였다. 정인의 감은 눈에서 눈물이 흘러내렸다. 정인의 눈물은 볼에 묻은 피와 섞인 채 바닥으로 흘러내렸다. 잠시 후, 손수건에 스며든 홍의 피가 정인의 혀에 닿기 시작했다. 정인은 마른 비명을 질렀다.

홍은 정인의 몸을 굴려 옆으로 눕힌 후 붕대를 손에 다시 감았다. 그리고 정인의 주먹을 펴려 했다. 정인은 주먹을 펴지 않으려 기를 썼다. 오래 버티지는 못했다. 정인의 새끼손가락은 꺾어진 채 부들거렸다.

홍은 칼끝에 힘을 주며 눈을 질끈 감았다. 그리고 속으로 중얼거렸다. 할 수 있어. 정인의 몸부림이 더욱 거세졌다. 홍은 속으로 소리쳤다. 진짜 할 수 있어! 홍은 오피넬을 쥔 손에 온 힘을 집중했다.

홍은 감은 눈을 떴다. 그리고 오피넬을 바닥에 내려놓고 정인을 바로 눕혔다. 정인은 산산조각 난 것처럼 몸을 떨었다. 홍은 천천히 눈을 감으며 정인의 얼굴을 향해 고개를 내렸다. 정인은 다시 마른 비명을 지르며 고개를 옆으로 틀었다. 그리고 두 손으로 있는 힘껏 단풍잎을 거머쥐었다. 잘려 나간 손가락은 없었다. 정인은 생각했다. 이 남자를 죽이겠다고. 반드시 죽이겠다고. 홍의 입술은 정인의 볼 앞에서 멈춰 섰다. 감은 눈을 뜨며, 홍이 말했다.

내 이름을 기억해.

내 얼굴을 기억해.

내 그림을 기억해.

지금 이 순간을 기억해.

홍은 마지막으로 말했다.

더 콩마이라 하잉동 꾸어 또이 비이 깍엠 마 하 깍반 녀 능 지 민 다 람 버이.

홍은 정인에게 자신의 이름을 알려 주지 않았다는 것을 싱가포르에 도착했을 때 깨달았다. 홍은 먼 바다를 바라보며 소리쳤다.

내 이름은 홍이야! 홍이 내 이름이야! 절대 잊지 마!

린은 이불을 뒤집어쓴 채 울음을 숨겼다. 홍은 흘러내리는 눈물을 손바닥으로 닦고 또 닦았다. 홍의 손바닥이 쓸고 지나간 자리에는 검붉은 피가 흉터처럼 남겨졌다.

난 손가락이 잘리고 존엄을 짓밟혔어. 회사 사장의 가장 소중한 것을 망치고 싶었어. 그래서 그 여자를 납치했어. 나처럼 손가락을 자르려고 했어. 그런데 못 했어. 안 했어.

누군가의 가장 소중한 것을 해칠 자격은 아무도 가지지 않았어.

그 사람들은 나한테 그랬어.

사람은 누구나 나쁜 짓을 해. 그런데 절대로 해서는 안 되는 나쁜 짓도 있어.

린, 내가 잘못했어. 용서해 줘. 린, 사랑해. 정말 사랑해.

나한테 사랑한다고 말하지 마. 더럽고 메스꺼워. 너는 누군가를 사랑할 자격이 없어.

그 일기는 손을 다치기 전에 쓴 거였어. 안고 싶다고, 원피스를 갈기갈기 찢고 싶다고, 가슴을 주무르고 싶다고, 하루 종일 섹스하고 싶다고 썼어. 실행에 옮길 생각은 아니었어.

홍은 침대에 머리를 파묻었다. 울음 때문에 홍의 가슴과 머리가 들썩였다. 린은 초점 흐린 눈빛으로 홍을 바라보았다.

잠잘 때, 홍은 자신이 옆으로 누워 있으면 뒤에서 껴안았다. 바로 누워 있으면 옆에서 껴안았다. 자신이 몸을 뒤척이면 이마에 키스하고 다시 잠들 때까지 지켜보았다. 지켜보며 자신의 등과 허리를 부드럽게 쓸어내렸다. 지금껏 린은 홍의 온기를 느끼지 않은 적이 없었다.

린은 머뭇거리며 홍의 머리를 향해 손을 뻗었다. 홍이 고개를 들며 말했다.

그 남자 죽었어. 시체는 악어 농장에 갖다 버렸어. 같이 방콕을 떠나야 해.

린은 허공에 멈춘 손을 거두었다.

네가 죽인 거야. 내가 아니라.

그래. 내가 죽였어.

나는 그 사람을 죽이지 않았어.

알아. 내가 그런 거야.

방콕을 빨리 떠나. 아님 내가 떠날 거야.

내가 문제를 해결할 수 있어. 우리는 방콕에서 같이 살 수 있어. 내가 그렇게 만들 수 있어.

홍은 비틀거리며 병실 밖으로 걸어 나갔다. 그러나 몇 발짝 못 가 쓰러졌다. 간밤에 피를 너무 많이 흘린 탓이었다. 홍은 의식을 잃었다. TV를 보고 있던 노인이 기침을 쿨럭이며 간호사를 소리쳐 불렀다.

홍은 침대로 옮겨졌고 다친 왼손을 치료받았다. 회복실로 옮겨진 홍은 긴 꿈을 꾸었다. 홍의 꿈속에서 정인과 정우는 돌아가며 홍의 왼쪽 손가락을 하나씩 부러뜨렸고 결국엔 모두 잘라 냈다. 홍이 잠든 모습을 지켜보고 있던 린은 홍을 내버려 둔 채 병원을 빠져나갔다.

방콕 시내는 들썩이고 있었다. 송크란 축제에서 물은 안 좋은 기운을 씻어 내고 새로운 출발을 기원하는, 정화의 의미였다. 수많은 사람들이 물총을 들고 다녔다. 물이 가득한 양동이를 손에 든 사람도 있었다. 건물 위층 창가의 어린아이들도 물총을 들고 지나가는 사람을 노렸다. 노점에서 물총을 사면 차가운 물을 담아 주었다. 노점에서는 다양한 가면도 팔았다. 익명의 천사들처럼, 사람들은 가면을 쓴 채 타인을 향해 아낌없이 물을 뿌렸다. 주체할 수 없을 정도의 축복을 받으라는 듯. 사람들은 물에 흠뻑 젖을수록 복이 커진다고 믿었다. 물에 젖은 사람들은 마침내 자신이 원하는 삶을 살게 되기라도 한 것처럼 흥분하고 감격했다. 거리에는 크고 작은 무지개가 펼쳐졌고, 코로 물을 뿜어 대는 코끼리 울음소리가 메아리처럼 울려 퍼졌다. 방콕은 수채화로 그린 천사들의 도시로 변모 중이었다. 린은 사람들이 뿌린 물에 흠뻑 젖은 채 햇빛 쏟아지는 시끌벅적한 거리를 터벅터벅 걸었다. 린은 뒤돌아보지 않았다.

*

택시 기사가 룸 미러를 쳐다보았다. 장난기 가득한 얼굴을 한 택시 기사는 어젯밤, 정우와 섬머를 집까지 데려다준 사람이었다. 택시는 광활하게 펼쳐진 논을 좌우에 둔 채 코끼리 병원으로 향하고 있었다. 길은 비포장도로였고 차 한 대가 간신히 지나갈 만큼 좁았다. 바닥에는 크고 작은 자갈이 깔려 있었는데 바퀴가 지나갈 때마다 튀어 오른 자갈이 차의 밑바닥을 때렸다. 택시 기사가 다시 룸 미러를 쳐다보자 정우가 물었다.

왜 그래요?

친구?

누가요?

저 차. 따라오고 있어요. 계속.

정우가 뒤를 돌아보자 속이 보이지 않는 썬팅 필름을 두른 새빨간 세단 한 대가 번호판이 보이지 않을 만큼의 거리에서 뒤를 따라오고 있었다. 세단은 빠르지도 느리지도 않게 달렸는데 택시와 일정한 거리를 유지하려고 노력하는 것처럼 느껴졌다.

친구 아니에요. 섬머가 말했다.

300미터쯤 앞에 차를 세워 놓을 수 있는 공간이 보이자 택시 기사가 브레이크를 밟으며 속도를 서서히 늦췄다. 택시는 길을 살짝 벗어나 커다란 나무 그늘 아래에 멈춰 섰다. 정우와 섬머, 택시 기사는 세단이 지나가기를 기다렸다. 세단은 조금 전과 같은 속도를 유지한 채 택시를 유유히 지나쳤다. 세단의 모습은 점점 작아졌고, 마침내 지평선 너머로 사라졌다. 섬머가 택시 기사에게 말했다.

좀 더 기다려요.

좋아요.

택시 기사는 빙긋 웃으며 담배를 꺼내 물었다. 정우는 섬머의 어깨를 주물렀고, 섬머는 정우의 손을 부드럽게 쓰다듬었다. 정우가 택시 기사에게 물었다.

경찰을 부르면 얼마 만에 올까요?

오늘밤?

오늘밤이라고요?

택시 기사는 어깨를 으쓱했다.

섬머는 야생동물 보호 기구 매니저에게 전화했다. 그는 코끼리 병원에 먼저 도착해 있는 상황이었다. 섬머는 수상한 차가 따라붙은 것 같다며 자신들을 마중 나와 달라고 부탁했다. 그리고 전화를 끊은 후 택시 기사에게 물었다.

다른 길은 없어요?

길은 하나예요.

섬머는 초조한 표정으로 앞을 바라보았다.

함부로 건드리지 못할 거야. 외교 문제로 비화될 수도 있으니까.

당신은 미국 사람이지만 우리는 힘없는 나라의 국민들이라고. 대우가 완전히 달라. 그렇지 않아요?

정우의 말에 택시 기사는 실없이 웃어 보였다. 30분이 흐른 후, 섬머가 택시 기사를 향해 고개를 끄덕였다. 택시는 다시 출발했다. 코끼리 병원에 도착하려면 세 시간 30분을 더 달려야 했다.

다시 30분쯤 지나자 논밭이 사라지고 곳곳에 낮은 둔덕이 자리한 굴곡 심한 길이 펼쳐졌다. 섬머가 가방에서 얼음 팩으로 포장해 놓은 샌드위치와 캔 커피를 꺼내며 말했다.

먹고 가요.

택시는 숲으로 둘러싸인 둔덕 위에 멈춰 섰다. 둔덕 경사면에는 땅에 촘촘히 뿌리를 내린 대나무가 펼쳐져 있었다. 섬머는 정우에게 귓속말을 하더니 차에서 내려 대나무 숲 안으로 뛰어 들어갔다.

섬머가 바지를 끌어 내렸을 때, 차와 차가 부딪치는 금속성의 둔탁한 소리가 들려왔다. 섬머는 바지를 추켜올리며 소리가 난 곳을 향해 허겁지겁 뛰어갔다. 뛰어가는 동안, 섬머는 자신의 부주의함과 경솔함을 자책하고 또 자책했다.

택시는 트렁크가 찌그러진 채 10미터 아래의 대나무 숲에 처박혀 있었다. 섬머는 정우의 이름을 외치며 택시를 향해 달려갔다. 택시 기사가 운전석에서 밖으로 떠밀려 나오듯 바닥으로 떨어졌다. 택시 기사의 머리에서는 피가 흘러내리고 있었다. 섬머는 택시 뒷좌석으로 황급히 눈을 돌렸다. 누군가 섬머를 뒤에서 껴안으며 입을 막았다.

쉿.

정우였다. 섬머는 정우가 손짓으로 가리키는 곳을 겁먹은 눈빛으로 바라보았다. 빨간색 세단이 대나무 숲을 가로지르며 둔덕을 빠르게 내려가고 있었다.

소리 지르면 안 돼.

섬머는 고개를 끄덕였다. 정우가 손을 거두자 섬머는 돌아서서 정우의 몸을 이리저리 살폈다.

다친 데 없어?

나도 볼일이 급했어.

섬머는 정우를 끌어안았다. 잠시 후, 섬머는 무언가 깜빡 잊고 있었다는 듯 정우에게서 떨어져 택시 기사에게 다가갔다. 택시 기사는 아이처럼 울었다. 섬머는 택시 기사를 어루고 달래며 응급 처치를 했다. 정우는 택시에 올라 시동이 걸리는지 확인했다. 몇 번 털털거리더니 시동이 걸렸다. 택시는 대나무 숲에서 간신히 빠져나왔다.

뒷좌석으로 옮겨진 택시 기사는 영문을 모르겠다는 표정을 지으며 여전히 울먹이기만 했다. 운전석에 앉은 정우는 뒤를 보며 미안하다고, 모든 비용은 자신이 지불하겠다고 말했다. 섬머는 문자를 보낸 후 긴 한숨을 내쉬었다.

벌써부터 이렇게 나올 줄은 몰랐어. 미친놈들.

그 사람들, 어딘가에서 또 지켜보고 있을지도 몰라.

방콕에서 기다리고 있겠다고 연락했어. 택시 기사부터 병원으로 데려가야겠어.

택시는 왔던 길을 되돌아갔다. 돌아가는 동안, 섬머는 한 손으로 이마를 짚은 채 말이 없었다. 정우는 오른손을 섬머의 왼손 위에 올려놓고 부드럽게 어루만졌다. 다시 논밭이 펼쳐졌다. 정우는 두렵고 떨리는 마음을 섬머에게 들키지 않기 위해 애쓰며 지난밤에 꾼 꿈 이야기를 꺼냈다.

어딘가를 정처 없이 걷고 있는데 곧 사방에 티크 나무가 가득한 곳이 나타났어. 나무들은 엄청나게 크고 높았어. 100년 이상은 된 것 같았어. 턱을 치켜들고 얼빠진 얼굴로 나무들을 보고 있는데 가까운 곳에서 찌억찌억 티크 나무 쓰러지는 소리가 들렸어. 고개를 돌려 보니 상아가 밑동까지 잘려 나간 코끼리가 내가 있는 곳으로 양 귀를 흔들며 다가오고 있었어. 정말 귀엽게 생겼더라고. 그런데 그때, 기다란 창 하나가 허공을 가르며 나한테 날아왔어. 코끼리 등에 타고 있던 남자가 던진 거였어.

그만해도 돼. 무슨 말을 하고 싶은 건지 알겠으니까.

아냐. 더 들어 봐. 나는 얼른 몸을 피했는데 다 피하지는
못 했어. 창에 다리를 관통당했어. 나는 다리를 부여잡고 쓰
러졌어. 그런데 이상하게 아픔은 크게 느껴지지 않았어. 이쑤
시개가 이빨 사이를 오가는 느낌이랄까? 웃기지? 그러고 있
는 사이에 코끼리가 내 앞에 멈춰 섰어. 나는 코끼리 등에 타
고 있는 남자의 얼굴을 확인하고 싶었어. 그런데 티크 나뭇잎
을 뚫고 떨어지는 햇빛 때문에 제대로 볼 수 없었어. 그때 남
자의 굵은 목소리가 들려왔어. 그 남자가 나한테 뭐라고 했는
지 알아?

섬머는 고개를 저었다.

다음은 아랍 왕자 차례야. 이렇게 말했어. 그게 꿈의 마지
막이었어. 그 남자, 당신 아버지 맞지?

정우는 싱긋 웃었다. 섬머는 웃지 않았다. 타는 듯한 갈증
이 섬머의 목을 타고 올라왔다. 정우는 앞을 보며 입술을 굳
게 다물었다. 마치 기다리고 있었다는 듯 정우의 배에서 꼬르
륵 소리가 났다.

냉장고 안에 있던 모든 것들이 바닥으로 쓸려 내려갔다. 플라스틱 용기가 부서졌고 속에 든 내용물이 잔해처럼 흩어졌다. 와이는 냉장고 앞에 주저앉은 채 손에 집히는 대로 입에 넣기 시작했다. 해동 안 한 바게트를 그대로 씹었고, 껍질을 까지 않은 오렌지를 베어 물고 삼켰으며, 우유를 벌컥벌컥 마셨다. 와이는 먹고 또 먹었다. 와이는 생각했다. 어떡하지? 이제 어떡하지? 와이는 낯선 곳을 바라보듯 주변을 둘러보았다. 와이는 벤의 발자국을 찾고 싶었다. 벤의 숨소리를 듣고, 벤의 냄새를 맡고, 벤의 까칠한 흰 수염에 얼굴을 비비고 싶었다.

　　샴고양이 한 마리가 열대 나무를 타고 내려와 수영장 주변을 어슬렁거렸다. 와이는 바닥에서 일어나 고양이 곁으로 다가갔다. 고양이는 와이의 다리에 머리를 비비다 햇살 좋은 자리에 웅크리고 앉아 그르렁거렸다. 와이는 고양이 옆에 앉아 햇빛이 찰랑거리는 수영장을 오랫동안 바라보았다. 와이는 생각했다. 자신은 버려졌다고. 결국은 이렇게 될 것이었다고. 고양이가 바닥에 턱을 대고 눈을 감았다.

　　잠시 후, 와이가 벌떡 일어났다. 놀란 고양이는 나무 위로 내달렸고, 와이는 2층 서재로 달려 들어가 벤의 책상 서랍을 열었다. 벤의 총은 그곳에도 없었다. 소음기도 사라져 있었다. 다른 물건들은 그대로였다. 와이는 서재를 나와 침실로 들어갔다. 그리고 액자가 놓여 있는 선반을 뒤졌다. 회색 알루미늄 케이스가 눈에 들어왔다. 와이는 케이스를 열었다. 케이스 안에는 색이 바랜 벤의 여권이 얌전히 놓여 있었다. 와이는 처음으로 웃었다. 와이는 다시 1층으로 내려갔다.

와이는 벤의 여권을 손에 쥔 채 수영장에 몸을 담그고 좋았던 시절로 다시 돌아가기라도 하는 것처럼 흐느적거리며 오갔다. 잠시 후, 와이의 다리 사이에서 붉은 피가 새어 나왔다. 그리고 벤의 여권에서는 물에 녹아내린 파란색 잉크가 뚝뚝 흘러내렸다.

*

린은 자신의 여권을 내려다보았다. 비자 연장을 위해 고향을 왕복한 것 외에 다른 도장은 찍혀 있지 않았다. 여권에 도장을 찍는 일은 누군가에게는 그저 방문을 위한 필수 절차에 불과했다. 그러나 다른 누군가에게는 인생을 담보해야 하는 일이었다. 린은 돈이 필요했다. 그리고 행복도 필요했다. 방콕에 온 이유도 그것 때문이었다. 둘 다 가지려고. 방콕에 가겠다고 결심한 린에게 어머니는 말했다. 둘 다 가진 사람은 없다고. 린이 좋은 남자를 만나면 된다고 대꾸하자 어머니는 헛된 기대는 삶을 망치는 지름길이라고 했다. 그리고 덧붙였다. 좋은 남자들은 방콕에 오래 머물지 않았다고. 신은 분명 못난 남자들이 여전히 부족하다고 여긴다고. 남자를 믿지 말라고. 자기 자신을 믿으라고.

린은 여권을 캐리어 앞주머니에 집어넣은 후 거실로 나갔다. 그리고 냉동실 문을 열고 스티로폼 박스를 꺼내 뚜껑을 열었다. 능성어 세 마리가 뻣뻣하게 얼어붙어 있었다. 능성어를 밖으로 끄집어내자 랩으로 감싸 놓은 돈뭉치가 나타났다. 홍이 린에게 맡긴 돈이었다. 린은 돈다발 하나를 움켜쥔 채 흐느꼈다. 하나쯤은 으스러뜨리고 싶었지만 불가능했다.

린은 화장실로 가 어깨까지 내려온 머리카락을 가위로 짧게 잘랐다. 그리고 갈색 염색약을 머리카락에 바르고 눈썹에도 발랐다. 염색약이 마르는 동안, 린은 집 안에 남아 있는 자신의 흔적을 빠르게 지워 나갔다. 염색약이 조금씩 흘러내리며 린의 눈을 파고들었다. 린은 손등으로 눈물을 찍어 냈다.

해가 기울며 거실 안에 있는 모든 것들이 어슴푸레한 그림자를 만들기 시작했다. 린은 서둘러 염색약을 씻어 내고 거울 앞에 섰다. 린은 자신이 원하는 모습을 거울 속에서 본 적이 있었다. 스스로에게 약속을 할 때였다. 약해지지 말자고. 행운을 기대하지 말자고. 린은 세면대를 붙잡고 오래 울었다. 그리고 고개 들어 다시 거울을 보며 다짐했다. 돌아보지 말자고.

린은 캐리어를 끌고 현관을 나섰다. 문을 닫기 전, 린은 마지막으로 집을 둘러보았다. 현관 바닥 타일 사이에 핏자국이 남아 있었다. 홍이 미처 지우지 못한 것 같았다. 린은 무릎을 구부리고 앉았다. 그리고 손수건을 꺼내 핏자국을 지웠다. 핏자국은 쉽게 지워지지 않았다. 린은 안간힘을 썼다. 조금 전까지 맡지 못했던 피 냄새가 린의 몸을 감싸고 조여 왔다.

*

두 명의 남자 간호사가 홍의 팔과 다리를 붙잡았다. 홍은 악을 쓰고 발버둥쳤다. 홍은 린은 어디에 있냐고, 린을 불러 오라고 소리쳤다. 홍의 팔을 붙잡은 남자 간호사는 사나운 짐승을 달래는 듯한 소리를 내며 홍을 진정시키려 했다. 잠시 후, 홍의 몸에서 천천히 힘이 빠져나갔다. 간호사들의 경계가 누그러진 순간, 홍은 팔을 붙잡고 있던 간호사의 머리를 들이받았고, 다리를 붙잡고 있던 간호사에겐 주먹을 날렸다. 홍은 응급실을 뛰쳐나가 임대 아파트를 향해 미친 듯이 달려갔다.

임대 아파트 현관문을 열었을 때, 홍은 린이 사라졌다는 것을 직감할 수 있었다. 홍은 냉동고 문을 열고 스티로폼 박스를 꺼냈다. 박스를 열자 능성어 위에 놓여 있는 메모지가 보였다.

— 네가 모든 것을 망쳤어.

메모지에서는 능성어 비린내가 났다. 홍은 화장실로 달려
가 세면대에 토했다. 피가 섞여 나왔다. 홍은 생각했다. 매번
지는 것 같다고. 언제나 전부를 걸어야 하는 싸움에서, 이긴
적이 한 번도 없는 것 같다고. 홍은 깁스한 왼손으로 세면대
거울을 내리쳤었다. 거울은 멀쩡했다. 비참한 자신의 얼굴도
그대로였다. 홍은 거울이 완전히 부서질 때까지 내리쳤다.

홍은 옷을 갈아입고 앉은뱅이책상 서랍 안에 넣어 두었던
벤의 총을 꺼냈다. 네 발의 총알이 남아 있었다. 홍은 총을 들
고 임대 아파트를 빠져나왔다.

같은 시각, 린은 임대 아파트 옥상에서 홍이 오토바이에 올
라타는 모습을 지켜보았다. 홍은 응온 레스토랑 방향으로 오
토바이를 몰고 갔다. 오토바이가 저 멀리 사라지자 린은 1층으
로 내려가 레스토랑 반대 방향으로 향하던 택시를 붙잡았다.

*

택시가 방콕 외곽으로 들어섰다. 택시 기사는 잠들어 있었
고, 정우는 답답한 표정으로 앞을 바라보고 있었다. 섬머는
오늘밤 다시 코끼리 병원으로 가겠다는 자신의 주장을 꺾을

생각이 없었고, 정우는 그런 섬머를 이해하지 못했다. 긴 침묵 끝에 섬머가 먼저 입을 열었다.

쉬운 일이 아니라는 건 처음부터 알고 있었어. 겁을 먹고 물러서면 아무것도 할 수 없어.

자신의 생명까지 위협당하며 지켜야 할 정의 같은 건 없어. 누구도 다른 사람에게 그런 것을 요구할 순 없다고. 자기 자신보다 소중한 건 없어.

나를 희생해서라도 무언가를 지키고 싶은 게 사랑이야.

나는 정의에 대해 말하는 거야. 사랑이 아니라. 솔직하게 말할게. 우리와 다른 존재를 우리만큼 사랑하는 일이, 아니 그 이상으로 사랑하는 게 어떻게 가능한지 나는 잘 모르겠어.

경계 없는 사랑을 할 수 없는 사람은 그냥 사랑을 할 수 없는 사람이야. 경계를 두는 사랑은 사랑이 아니야. 그건 이기적인 거고 결국 누군가를 해치게 돼.

알았어. 그런데 물러서야 할 때도 있어. 선택할 수 있는 일을 두고 그럴 수 없는 것처럼 굴지 마.

이건 선택의 문제가 아니야. 해야 할 일을 하는 거지.

반드시 해야 할 일이 없다고는 말하지 않을게. 그렇다 해도 선택의 여지는 있어.

나한테는 없어. 정말 끔찍하고 잔인한 일이 많아. 그걸 가만두고 볼 것이냐 아니냐는 선택의 문제가 아니야. 비겁함의 문제지.

신중하자는 거잖아? 이건 비겁함과 달라. 똑같다 해도 상
관없어. 나는 당신을 위해 더 많이 비겁해지고 비열해질 수
있어.

내가 원하는 건 그게 아냐. 자기도 그런 사람이 아니고.

정우는 택시를 갓길에 멈춰 세웠다. 그리고 시동을 끄고
사이드 기어를 당겼다. 섬머는 정우의 행동을 가만히 지켜보
기만 했다.

당신은 운전을 못해. 나는 하고.

택시 기사, 피를 많이 흘렸어. 빨리 병원으로 가야 해.

내가 원하는 건 당신의 안전이야.

내 안전은 내가 책임질 수 있어.

나한테는 당신을 보호할 의무가 있어.

빨리 출발하지 않으면 다른 택시를 부를 거야.

제발 그만!

섬머는 놀랐다. 섬머는 처음으로 정우를 거리를 둔 채 바라
보았다. 정우는 섬머의 눈빛에서 이내 그것을 느낄 수 있었다.

소리쳐서 미안해.

섬머는 대꾸 없이 창밖으로 고개를 돌렸다. 정우는 말을
잇지 못했다. 잠에서 깬 택시 기사는 두 사람의 눈치를 보며
신음을 삼켰다. 잠시 후, 택시에 시동이 다시 걸렸다. 택시는

신경질적인 바퀴 소리를 내며 도로를 박차고 나갔다.

방콕 시내 도로를 달리는 차량에 올라탄 사람들은 차창 밖으로 몸을 내밀고 앞뒤의 차와 탑승객을 향해 물총을 쏘아 댔다. 정우는 조금 젖었고 섬머는 흠뻑 젖었다. 차 안으로 쏟아지는 물에 택시 기사는 울상을 지으며 욕을 내뱉었다. 정우는 병원을 찾기 위해 정신없이 차를 몰았다. 그러다 낡은 건물에 입주해 있는 개인 병원 앞에 택시를 세웠다.

정우는 택시 기사를 입원시킨 후 비용을 지불했다. 그리고 메모지에 자신의 전화번호를 적어 간호사에게 건네며 택시 기사가 깨어나면 이리로 전화해 달라고 부탁했다. 대기실로 나가자 의자에 앉아 멍하니 한곳을 바라보고 있는 섬머의 모습이 보였다. 정우는 섬머에게 다가가 손을 내밀었다. 섬머는 잠깐 지켜보다 정우의 손을 붙잡고 일어섰다. 애써 웃으며 정우가 말했다.

집에 가서 샤워부터 하자.

이미 한 기분이야.

조금 전 일은 정말 미안해. 다시 사과할게.

사과할 일이 아냐. 가치관이 다른 것뿐이니까.

섬머는 정우의 손을 놓고 병원 밖으로 걸어 나갔다. 정우는 그 자리에 멈춰 서서 섬머의 뒷모습을 우두커니 바라보았다. 정우는 마치 섬머가 오지로 떠나는 기차에 올라탄 채 자신을 향해 성의 없이 손을 흔들며 이렇게 말한 것 같았다.

다시 볼 일은 없을 거야. 우린 가치관이 다르니까. 그래도 조금은 즐겁고 행복했어.

*

후알람퐁 기차역 플랫폼은 축제를 즐기기 위해 방콕에 온 사람들로 가득했다. 수경을 쓴 젊은 남자는 돌격 소총같이 생긴 물총을 들고 전장으로 향하는 군인처럼 기차에서 내렸고, 해골 가면과 가이 포크스 가면을 쓴 어린아이 둘은 기이한 소리를 내며 열차 통로를 내달렸다. 한 무리의 사람들이 플랫폼을 빠져나가면 또 다른 무리가 노을빛이 내려앉은 선로 위를 분주하게 오갔다.

역 대합실의 대형 스크린 앞도 사람들로 북적였다. 몇몇 사람은 스크린을 바라보며 혀를 찼고, 또 다른 이들은 낄낄거렸다. 린은 사람들의 어깨 틈 사이로 고개를 내밀고 스크린을 바라보았다. 녹조가 가득 낀 늪 위로 샌들이 신겨진 다리 한쪽이 나뭇가지처럼 떠 있었다. 악어 사육사들이 막대기를 두드리며 악어들을 한쪽 구석으로 몰아내자 경찰이 기다란 갈고리를 이용해 다리를 건져 냈다. 모자이크를 둘렀지만 무릎 위로는 아무것도 없는 것이 확실했다. 린은 손으로 입을 틀어

막은 채 뒤돌아섰다. 항상 팁을 두둑하게 주던 덩치 큰 서양
남자, 자신을 창녀라 불렀던 남자, 지난밤 자신이 칼로 찌른
남자가 조각난 시체로 변해 있었다.

열차의 출발을 알리는 안내 소리가 대기실에 울려 퍼졌다.
린은 황급히 열차에 올라탔다. 그리고 좌석에 앉아 피난길에
오른 사람처럼 온몸을 떨었다. 그때 누군가 차창을 세게 두드
렸다. 린은 비명을 지르며 통로 쪽으로 튕겨 나가듯 물러났다.
창밖에는 초로의 남자가 두 손을 흔들며 빙긋 웃고 있었다.
남자의 손가락에는 에라완 모양의 액세서리가 하나씩 끼워져
있었다. 기념품을 파는 행상이었다. 린은 손바닥으로 차창을
거세게 내리쳤다. 남자는 깜짝 놀라며 뒤로 물러섰다. 남자의
손가락에서 빠져나온 액세서리 몇 개가 바닥을 나뒹굴었다.
남자는 툴툴거리며 액세서리를 줍더니 다른 창가로 다가가
같은 행동을 반복했다. 린은 남자를 바라보며 생각했다. 자신
은 언젠가 천벌을 받게 될 것이라고.

열차가 출발하자 점잖게 생긴 중년의 태국 남자가 린 옆에
앉았다. 작은 권총 모양의 물총을 든 남자는 머리카락이 젖
어 있었고, 아직 흥분이 가시지 않은 표정이었다. 남자는 또
다른 표적을 찾는 듯 주변을 둘러보다 통로 대각선 방향에
앉은 아이를 발견하곤 물총을 겨누었다. 아이가 까르르 웃으
며 남자를 향해 먼저 물총을 쏘자 남자도 따라 쏘았다. 그렇

게 몇 번을 주고받은 후 남자는 물총에 남은 물을 확인했다. 잠시 후, 남자는 린을 바라보며 씩 웃었다. 그리고 린의 얼굴을 향해 물총을 쏘았다. 얼마 남지 않은 물이 린의 얼굴을 향해 찍 날아갔다. 남자는 린의 얼굴에서 흘러내리는 물을 보며 웃음을 참지 못했다. 린은 남자가 자신의 얼굴에 침이라도 뱉은 것 같은 표정이었다.

사과해.

뭘?

사과하라고!

린은 남자의 물총을 빼앗아 바닥에 집어던졌다.

왜 이러는 거야?

남자는 자리에서 일어나 통로에 내쳐진 물총을 집어 들었다. 그리고 굳은 표정으로 린을 바라보고 섰다. 잠시 후, 남자의 얼굴에 다시 웃음기가 돌았다. 남자는 린의 얼굴을 향해 다시 물총을 쏘았다.

행운이 찾아올 거야.

남자는 주머니에서 꺼낸 100바트짜리 지폐를 손으로 구겼다. 그리고 린의 얼굴을 향해 던졌다. 지폐는 린의 머리에 부딪힌 후 바닥으로 떨어졌다.

내 말 맞지?

남자는 키득거리며 다른 객차로 넘어갔다. 통로를 지나던 허리가 구부정한 노인이 지폐가 떨어진 곳에서 멈춰 섰다. 노인은 지폐를 움켜쥐고 린의 눈치를 잠깐 보더니 자리를 떴다. 린은 좌석 손잡이를 꽉 붙들었다. 그리고 케이지에 담긴 채 어디로 실려 가는지도 모르는 짐승처럼 울부짖었다.

*

윤 사장은 자신의 목을 손으로 부여잡았다. 조그만 투명 유리창 너머로 보이는 정인은 온몸에 깁스를 하고 있었다. 정인 옆에 버티고 선 인공호흡기 공기주머니는 물 밖으로 끌려나온 생선의 아가미처럼 미세하게 부풀었다 조금씩 줄어들고 다시 부풀었다가 줄어들었다. 윤 사장은 꺽꺽거리며 중환자실 문고리를 붙잡고 흔들었다. 문은 잠겨 있었다. 형사가 문에서 윤 사장을 떼어 냈다. 윤 사장은 그제야 소리 내 울기 시작했다. 형사는 간호사에게 양해를 구한 후 윤 사장을 진료 상담실로 데려갔다. 윤 사장은 질질 끌려가다시피 했다.

형사는 말했다. 따님이 자살을 하려 한 것 같다고. 사고 지점에서 따님의 차를 찾았다고. 뒤이은 형사의 질문 역시 핵심을 짚지 못했다. 질문이 계속될수록 본질에서 벗어났다. 윤 사장은 상담실 테이블에 머리를 박은 채 정신 나간 사람처럼 중얼거렸다. 미안해, 정인아. 엄마가 미안해. 내 딸, 미안해. 미안해. 정말 미안해.

휴대폰 진동음이 들려왔다. 형사의 휴대폰이었다. 형사가 진료실을 나가자 앳된 얼굴의 여자 경찰만 윤 사장 곁에 남았다. 윤 사장은 알아들을 수 없는 말을 계속 웅얼거렸다. 여경은 귀 기울이지 않고 지켜보기만 했다.

잠시 후, 윤 사장의 웅얼거림이 멈추었다. 여경이 윤 사장의 팔에 살며시 손을 얹었다. 윤 사장이 고개를 들었다. 윤 사장은 어두운 숲속에서 혼자 깨어난 사람 같았다. 눈의 초점이 흐렸고 손을 더듬거리며 무언가를 애타게 붙잡으려 했다. 윤 사장이 여경의 어깨를 두 손으로 붙잡으며 말했다.

홍을 찾아야 해.

네?

홍을 찾아야 해. 그놈이 범인이야.

홍요?

지금 방콕에 있어. 방콕에서 데려와야 돼.

여경은 자신의 어깨를 붙잡은 윤 사장 손을 떼어 내려 했다. 윤 사장은 여경을 놓아주지 않은 채 반복해서 홍을 데려오라고만 소리쳤다.

그 사람이 누군데요?

홍.

홍?

훙!

윤 사장은 여경의 머리카락을 움켜쥐고 흔들었다. 여경이 감당할 수 없는 힘이 윤 사장의 몸에서 흘러나왔다.

데려와! 훙을 데려와!

여경이 형사를 소리쳐 부르자 형사가 다급하게 문을 열고 들어왔다. 형사는 눈앞의 일을 믿을 수 없다는 표정이었다.

이거 죄송하게 되었습니다. 자살 시도는 아닌 것 같습니다. 범인이 방금 자수를 해 왔습니다.

윤 사장은 형사가 거짓말을 한다고 생각했다. 범인은 훙이었다. 훙은 지금 방콕에 있었다. 방콕에 있다고 했다.

이 손은 좀 놓으시고.

형사는 윤 사장의 손을 여경의 머리에서 떼어 냈다. 윤 사장은 손을 덜덜 떨었다. 여경은 눈을 찌푸리며 의자에서 일어나 밖으로 나갔다. 뽑혀 나온 머리카락이 여경의 어깨 위에서 축 늘어졌다. 형사가 여경을 뒤따라 나왔다.

괜찮아?

훙 씨가 있어요?

응?

없어요? 훙 씨?

훙 씨가 어디 있어? 무슨 뚱딴지 같은 소리야?

그럴 일이 있었어요. 좋다 말았네. 방콕 가는 줄 알았는데.

*

마천루 위에서 바라본 밤의 방콕은 저마다의 빛을 품은 조각들로 이루어져 있었다. 조각들은 밤을 지탱하는 기둥처럼 은은한 빛을 발산했다. 멀리서는 푸른빛이, 가까이에서는 노란빛이 허공의 줄기를 타고 올랐다. 공기가 희박한 곳에서 빛은 옆으로 넓게 퍼지며 둥근 고리를 만들었다. 빛으로 만든, 커다란 새의 둥지 같았다. 홍은 둥지에서 쫓겨난 어린 새처럼 그것들을 바라보았다.

짙은 먹구름이 마천루 가까이 내려앉기 시작했다. 먹구름을 가르며 세 줄기의 번개가 가파르게 뻗어 나왔다. 홍은 고개 숙여 발아래를 내려다보았다. 가느다란 빗줄기가 불빛에 투과되며 지상으로 떨어졌다. 지상의 사람들은 고개를 쳐들고 떨어지는 빗줄기를 입으로 받아 먹었다. 홍도 고개를 들었다. 홍은 린도 비를 맞고 있을지 궁금했다.

임대 아파트에서 나와 레스토랑을 찾아갔을 때, 물총을 손에 든 주방장은 홍에게 한 방울의 물도 쏘지 않았다. 다른 직원들도 마찬가지였다. 주방장을 포함한 레스토랑 직원들은 냉랭한 표정으로 홍을 바라보기만 했다. 홍은 주방장에게 재차 물었다.

린은 어디 있어?

미친 자식.

대답해.

린은 착한 여자야. 6년 동안 지각 한번 하지 않았고 무단결
근을 한 적도 없어. 린은 우리에게 가족이나 다름없어. 린에
게 도대체 무슨 짓을 한 거야?

어디 있는지나 말해.

내가 사람을 잘못 봤어. 쓰레기 같은 자식.

너는 나를 몰라.

방콕엔 왜 왔어? 사람을 죽였나? 아님 강도 짓?

홍은 대답하지 않았다. 주방장은 물총이 진짜 총이기라도
한 것처럼 홍을 향해 겨누었다.

내일까지 린에게 연락이 없으면 너를 경찰에 신고할 거야.

다른 직원들도 홍을 향해 손가락질하며 욕을 내뱉었다. 홍
은 무심한 표정으로 바지 벨트에서 총을 꺼냈다. 그리고 오른
손에 총을 쥐고 기둥에 걸려 있는 액자를 향해 쏘았다. 액자
를 노렸는데 총알은 접시가 쌓여 있는 곳으로 날아갔다. 접시
파편이 사방으로 튀어 나갔다. 직원들은 비명을 지르며 흩어
졌다.

레스토랑을 나온 홍은 인파로 가득한 거리를 정처 없이
돌아다녔다. 홍을 향해 쉴 새 없이 물이 쏟아졌다. 홍은 린이
자신을 알아보지 못하게 영화 「스크림」에 나온 마스크를 썼

다. 린이 가면을 썼을 수도 있었다. 홍은 린처럼 보이는 여자들의 가면을 강제로 벗겼다. 그리고 그 여자들의 남자 친구들에게 흠씬 두들겨 맞았다.

홍은 후알람퐁 기차역을 찾아 갔고 수완나품 공항에도 갔다. 린을 찾을 수 있을 것이란 기대는 처음부터 없었다. 할 수 있는 일이 그것뿐이었다. 멍한 표정으로 수완나품 공항을 배회하던 홍은 TV 화면 앞에 멈춰 섰다. 악어 늪에서 발견된 시체를 다룬 뉴스가 방송되고 있었다. 홍은 공항을 빠져나와 다시 방콕 시내로 돌아갔다. 그리고 방콕 중심가의 마천루에 숨어들었다.

홍은 바닥에 놓인 마스크를 들어 마천루 아래로 던졌다. 마스크에 붙어 있던 검은 두건이 나부꼈다. 바람에 흩날리는 린의 검은 머리카락 같았다. 홍은 마스크를 향해 총을 쏘았다. 빗나갔다. 한 발 더 쏘았다. 또 빗나갔다. 빗나간 총알은 허공에 처박힌 듯 감감했다. 한 방의 총알이 남았다. 홍은 남은 총알을 어디에 쓸지 이미 알고 있었다. 대수롭지 않는 일처럼 느껴졌다. 홍은 마천루를 내려가며 마지막 총알은 표적을 빗나가지 않으리라 생각했다.

*

와이는 1층 거실 바닥에 엎드린 자세로 쓰러져 있었다. 얼핏 보면, 누군가 와이를 바닥에 메다꽂은 것처럼 보였다. 와이의 다리 주변은 피로 흥건했고 흰색 원피스는 피에 젖어 끈적였다. 그리고 와이의 머리맡에는 마치 흉기처럼 벤의 여권이 놓여 있었다.

정우가 먼저 와이를 발견했다. 몸을 흔들어도 와이는 깨어나지 않았다. 정우는 와이를 등에 업고 밖으로 달려 나갔다. 섬머는 벤을 소리쳐 불렀고 반응이 없자 벤의 휴대폰으로 전화했다.

정우는 택시를 붙잡아 와이를 뒷좌석에 눕혔다. 그리고 옆에 앉아 와이의 머리를 자신의 무릎 위로 올렸다. 섬머가 조수석에 올라타며 말했다.

연락이 안 돼. 휴대폰이 꺼져 있어.

정우는 티셔츠를 벗어 와이의 몸에 묻은 피를 닦았다. 와이의 가냘픈 숨이 정우의 목에 와 닿았다. 섬머는 입술을 깨문 채 두 사람의 모습을 지켜보았다.

택시는 빨리 나아가지 못했다. 거리는 차들과 사람들로 넘쳐 났다. 빗속에서 사람들은 펄쩍펄쩍 뛰어다녔다. 섬머는 초조한 표정으로 와이를 바라보다 자신의 손에 들린 벤의 여권으로 눈을 돌렸다. 섬머는 그제서야 벤의 여권을 손에 쥐고 있었다는 것을 알아챈 듯했다. 섬머는 여권의 첫 장을 펼쳤다. 무언가 마음에 들지 않는 것을 보고 있는 듯한 벤의 얼굴이 나타났다. 섬머는 벤의 얼굴을 한참 동안 바라보았다.

아빠가 와이한테 그런 걸까?

섬머, 무슨 생각을 하는 거야? 단순한 하혈일 거야.

모르겠어. 그랬을지도 모르겠다는 생각이 들어. 연락도 되지 않고.

뭔가 다른 사정이 있을 거야. 내가 다시 집으로 가 볼게.

아냐. 내가 갈게.

와이 곁에 있어. 별일 없을 거야.

정우는 엷게 웃으며 말을 이었다.

방콕을 떠올리면 택시 타고 병원에 간 것만 기억날 것 같아.

섬머가 반응하지 않자 정우가 다시 말했다.

아, 교통 체증도.

섬머는 여전히 앞을 바라보며 젖은 머리카락을 뒤로 쓸어넘겼다.

와이는 자가 수혈을 받았다. 다행히도 와이를 데려간 곳이 와이가 임신했을 때 벤과 함께 주기적으로 왔던 에라완 사원 맞은편의 경찰병원이었다. 의사의 진단은 스트레스로 인한 하혈이었다. 의사는 와이와 벤을 기억하고 있었다. 와이가 진료

받고 나오면 벤은 커다란 몸을 대기실 의자에 구겨 넣은 채 술 냄새를 풍기며 꾸벅꾸벅 졸고 있었다. 예상 가능했던 일이 예상한 대로 일어났다는 듯, 의사는 낙태의 흔적에 대해서는 따로 언급하지 않았다. 의사가 병실을 나가자 섬머는 와이가 누운 침대 옆에 앉아 와이의 손을 살며시 쥐었다.

30분쯤 지났을 때, 와이가 눈을 떴다. 와이는 주변을 힘없이 돌아보았다. 벤을 찾는 것 같았다. 섬머는 손을 흔들어 간호사를 부른 후 와이의 얼굴을 부드럽게 바라보았다.

의사가 며칠 입원해 있는 게 좋겠다고 했어요.

벤은 어디 있어?

정우가 아빠를 찾으러 갔어요.

여권, 벤의 여권이 집에 있었어.

섬머는 흔들리는 눈빛을 감추었다. 그리고 바지 뒷주머니에서 벤의 여권을 꺼내 와이의 손에 쥐어 주었다. 와이는 벤의 손을 붙잡기라도 한 것처럼 울먹였다.

혹시, 아빠가 와이에게 손을 댔어요?

와이는 불안한 표정으로 무슨 뜻인지 모르겠다는 눈빛을 지었다. 섬머는 와이의 손을 따뜻하게 어루만졌다.

이렇게 물을 수밖에 없는 상황에 처하게 해서 정말 미안해요. 그런데 혹시라도, 아빠가 와이를 이렇게 만든 것이라면 그냥 넘어가서는 안 돼요. 와이, 그래요? 아빠가 와이를······.

벤은 나를 사랑해.

그래도 만약 그런 일이 있었다면 숨겨선 안 돼요.

벤은 잘못 없어.

알았어요.

잠시 후, 섬머가 다시 말했다.

와이도 잘못한 게 없어요.

벤은 언제 와?

곧 올 거예요.

벤은 나를 떠날 수 없어.

와이는 한 손으로는 여권을, 나머지 손으로는 자신의 가슴을 움켜쥐고 흐느꼈다. 섬머는 와이에게 멱살을 틀어잡힌 것처럼 가슴이 막혀 왔다.

*

손끝 하나 건드리지 않았습니다.

정인을 향해 개처럼 으르렁거렸던 남자가 말했다.

남자는 취조실 테이블에 바짝 당겨 앉은 채 억울함을 토로했고, 형사는 맞은편 의자에 비스듬히 기대앉아 시큰둥한 얼굴로 남자의 말을 타이핑했다.

오늘 아침 동이 트기 전, 남자는 집에 도착해서야 해안 도로에 자전거를 두고 온 걸 깨달았다. 자신의 입장에서는 결정적인 증거를 남기고 온 것이나 다름없었다. 흔하지 않은 자전거였고, 이니셜까지 새겨져 있었다. 남자는 차를 끌고 해안 도로로 다시 나갔다. 자전거는 보이지 않았고, 난간 주변으로 쳐진 노란색 폴리스라인만 보였다. 남자는 처절하게 후회했다. 아, 왜 자전거를! 아, 왜 자전거에 H.J.P라는 이니셜을!

남자의 자전거는 경찰서에 있지 않았다. 정인이 구급차에 실려 병원으로 향할 때, 누군가 훔쳐 갔다. 남자는 그 사실을 뒤늦게 알고는 자수하러 온 자신을 원망했다. 그리고 자전거의 행방에 대해서는 이렇게 단정 지었다. 해안 도로 근방에 사는 이주 노동자가 훔쳐 갔을 것이라고.

형사는 진술서의 오타를 수정하며 피해자의 진술과 어긋날 경우 문제가 더 심각해질 수 있음을 남자에게 고지했다. 남자의 낯빛은 금세 어두워졌다. 형사는 슬쩍 웃었다.

그분이 난간 위로 먼저 올라갔어요. 그건 사실입니다. 저는 내려오라 했고. 정말입니다. 믿어 주세요.

내가 믿고 말고는 아무 의미가 없어요. 사실이 중요하지. 피해자가 왜 난간 위로 올라갔어요?

저는 그냥 시간 있냐고, 시간 있으면 차나 한잔하자고 했어요.

칼을 쥐고?

아니요!

그럼 왜 올라가?

그 여자분이 저를 더러운 짐승 보듯 물러났습니다.

그래서 떠밀었어?

아니라고요! 떨어질 것 같아서 손도 잡아 줬습니다.

손을 댔네?

잡아 준 겁니다.

그다음엔 밀쳤고?

혼자 균형을 잃고 넘어진 거예요. 물어보세요. 저는 정말 호의적이었다고요. 다만, 그러니까, 오해를 한 것 같아요. 제 행동에 대해서.

본인의 행동? 똑바로 말해 봐요. 무슨 행동을, 어떻게, 얼마 동안 했어요?

그게, 그러니까, 짖었어요, 잠깐, 쭈그리고 앉아서.

짖어? 멍멍. 이렇게?

그분이 저한테 개자식이라고 해서 잠깐 이성을 잃었던 것 같아요. 그런데 그게 다예요. 짖은 거, 그게 전부예요. 정말입니다.

이성을 잃어 보여서 개자식이라고 한 건 아니고?

형사님!

윤 사장은 취조실 옆에 딸린 방에서 커다란 유리창을 통해 남자의 모습을 바라보고 있었다. 멀쩡하게 생긴 남자였다. 좋아하는 와이너리도 몇 개쯤 꼽을 수 있을 것 같았다. 그러나 자수하러 온 사람 같진 않았다. 남자는 홍수에 쓸려 나갔다가 엉뚱한 곳에서 발견된 한 짝의 신발처럼 굴고 있었다. 자신이 어떻게 이곳까지 오게 되었는지 이해할 수 없다는 표정이었다.

남자가 말을 하고 형사가 되묻는 과정이 반복되는 동안, 윤 사장 곁에 서 있던 형사 반장이 곤혹스러운 표정으로 천천히 입을 열었다.

취조 끝날 때까지 나가 계시는 게 어떻겠습니까?

윤 사장은 형사 반장의 말을 듣지 못한 것 같았다. 윤 사장 역시 홍수에 떠밀려 온 신발 같은 태도로 유리창을 쳐다보기만 했다. 자수하러 온 남자를 바라보는 것인지 유리창에 비친 자신의 얼굴을 바라보는 것인지 알 수 없었다. 형사 반장이 다시 무언가를 말하려 할 때, 윤 사장이 입을 열었다.

추악해. 더러워.

죗값을 온전히 치를 수 있게 최선을 다하겠습니다.

윤 사장은 고개를 들어 형사 반장의 얼굴을 바라보았다. 그리고 생각했다. 유리창에 비친 저 비참한 얼굴은 자신의 얼굴이 아니라고. 자신이 알고 있던 얼굴, 그러리라 여겼던 얼굴, 선망했던 얼굴이 아니라고. 결코 마주하고 싶지 않은 얼굴이라고.

윤 사장은 자신의 얼굴에 다시는 익숙해지지 못할 것 같았다.

*

화장실 거울에는 희미한 김이 서려 있었다. 정우가 손으로 김을 닦아 내자 거울 위로 멀건 핏물이 번졌다. 세면대 위에는 거실 바닥에 묻은 와이의 피를 닦은 수건과 와이 몸에 묻은 피를 닦는 데 썼던 정우의 티셔츠가 놓여 있었다. 정우는 자신이 마치 악당이 된 듯한 기분이었다. 방콕에 결혼을 허락받으러 온 것이 아니라 마치 형량을 선고받으러 온 것 같았다. 정우는 거울을 보며 무고한 표정을 지어 보였다. 그리고 속으로 되물었다. 정말 잘못한 게 없어? 그래? 섬머는 아니라고 생각하는 것 같은데? 정우는 화풀이라도 하듯 수건을 박박 씻었다. 그리고 수건을 들고 다시 거실로 나갔다. 밖은 여전히 비가 내리고 있었다.

정우는 섬머에게 문자를 보냈다. 아직 벤을 만나지 못했다고. 집에서 조금 더 기다려 보다 찾으러 나가겠다고. 섬머가 이내 답장을 보내 왔다. 와이는 무사하다고. 와이가 깊이 잠들면 집으로 가겠다고. 아빠가 있을 만한 곳을 알 것 같다고. 함께 찾으러 가자고. 정우는 환락가의 구석진 골목길을 떠올렸다. 그리고 약에 취해 골목길 구석에 뻗어 있는 벤의 모습도. 지난밤, 강가 카페에서 섬머는 걱정스러운 표정으로 말했다. 아빠가 약을 하는 것 같다고. 그만두는 게 좋겠다고 말했더니 벤은 이렇게 대꾸했다고 했다.

나는 다른 사람을 괴롭히고 있는 게 아냐.

정우는 한숨을 내쉬며 거실 바닥에 무릎 꿇고 앉아 와이의 피를 마저 닦기 시작했다. 얼마 지나지 않아 수건은 다시 와이의 피로 흥건해졌다. 정우가 굽혔던 허리를 펴며 일어서려 할 때, 무언가가 정우의 뒤통수에 와 닿았다. 빗소리 때문에 정우는 누군가 다가오는 소리를 듣지 못했다. 정우는 벤이 장난을 치는 것이라 여겼고 대수롭지 않게 고개를 돌렸다. 총구가 정우의 미간에 꽂히듯 내려앉았다.

정우는 천천히 두 손을 들어 올렸다. 그리고 조심스럽게 한 걸음 물러섰다. 총구가 미간에서 떨어졌다. 상대방이 아무런 반응을 하지 않자 정우는 또 한 걸음 물러섰다. 정우는 그제서야 자신 앞에 우두커니 서 있는 사람의 얼굴을 제대로 볼 수 있었다. 낯선 얼굴이었다. 그러나 누구인지 짐작할 수는 있었다. 섬머의 뒤를 미행하던 남자. 새빨간 세단을 타고 코끼리 병원으로 향하던 택시를 뒤쫓아 왔던 남자. 자신과 섬머, 그리고 택시 기사의 목숨을 위협했던 남자. 공항과 강가 카페에서 자신과 눈을 마주쳤던, 얼굴에 주름이 가득한 덩치 큰 남자의 동료, 상아 밀수꾼. 정우는 총을 들고 서 있는 남자의 뒤를 눈으로 훑으며 덩치 큰 남자의 모습을 찾으려 했다. 남자는 혼자인 듯했다.

홍도 정우처럼 주변을 살폈다. 집 안에 다른 사람이 있는지 확인하기 위해서였다. 아무런 인기척도 느껴지지 않자 홍은 총구를 소파 쪽으로 까딱였다. 정우는 총구에서 눈을 떼지 않은 채 소파 끝에 걸치듯 앉았다. 홍은 정우의 가슴을 겨누며 맞은편 소파에 앉았다. 두 사람은 감정이 느껴지지 않는 표정으로 서로를 가만히 쳐다보았다. 거세진 빗줄기가 수영장 위로 쏟아졌고, 정우가 쥐고 있는 수건에서 흘러내린 피가 처마 끝의 빗방울처럼 바닥으로 뚝뚝 떨어졌다.

정우는 온몸이 뻣뻣하게 굳어 갔다. 눈과 볼에서는 경련이 일었다. 홍은 총을 쥔 오른손이 떨리기 시작하자 깁스한 왼손으로 오른손을 받쳤다. 그리고 머리카락에서 흘러내린 빗물을 눈을 깜빡여 밀어냈다. 빗줄기가 약해지더니 마침내 잠잠해졌다. 홍이 침묵을 깼다.

한 시간 이후의 삶을 예상하지 못한 적이 있어?

정우는 놀란 표정으로 더듬거렸다. 정우는 모든 것이 비현실적으로 느껴졌다. 방콕에서, 자신의 바로 눈앞에서, 총구를 들이대며 한국말을 하는 상아 밀수꾼을 만날 줄은 상상조차 하지 못했다.

아마 없었겠지. 그런데 이제 기회가 생겼어. 안 그래?

원하는 걸 말해.

네가 원하는 건 뭐야?

나는 당신이 하는 일을 방해할 생각이 없어. 섬머와 나는 내일 한국으로 돌아갈 거야.

너는 갈 수 없어. 나도 더 이상 갈 곳이 없고.

당신은 방콕에 있으면 돼. 우리가 떠날 테니까.

내가 결정한 끝은 그게 아냐.

홍은 홀가분한 표정이었다. 총을 쏘는 것에 망설임 따윈 없어 보였다. 총이 아니라 연체된 전기 요금 고지서를 내밀고 있는 사람 같았다. 정우는 절망적으로 고개를 흔들었다.

도대체 왜 이렇게까지 하는 거지?

손가락이 잘리고 난 후 나도 그런 생각을 했어. 왜 이렇게 할까. 도대체 나한테 이렇게까지 하는 이유가 뭘까. 그런데 지금은 아니야. 어쩔 수 없는 일이 어쩔 수 없이 일어나는 거야.

당신 손가락은 우리가 자른 게 아냐.

이젠 상관없어. 그것도 어쩔 수 없는 일이었겠지.

어쩔 수 없는 일이라는 건 없어. 지금 상황도 마찬가지야. 당신은 그냥 집을 나가면 돼. 나는 아무것도 안 할 거야. 섬머도 마찬가지야. 당신을 찾으려고 하지도 않을 거고, 경찰에 신고도 하지 않을 거야. 당신은 자유롭게 원하는 것을 하면 돼. 우리는 조용히 방콕을 떠날 테니까.

잠시 후, 정우가 다시 말했다.

원한다면 돈을 줄 수도 있어.

돈? 얼마나 줄 수 있는데?

원하는 만큼.

홍은 고개를 숙였다가 들며 총을 쥔 손에 힘을 주었다.

내가 원한 건 돈이 아니었어.

머리카락에서 흘러내린 빗물이 홍의 눈을 파고 들었다. 홍이 눈을 깜빡이는 순간, 정우는 홍의 얼굴을 향해 수건을 집어 던지며 몸을 날렸고, 홍은 다급하게 방아쇠를 당겼다. 소파가 뒤집히며 두 사람은 바닥을 뒹굴었다.

발사된 총알은 프렌치도어 밖 열대 나무에 처박혔다. 정우는 홍의 허리 위에 재빨리 올라탔다. 그리고 수건을 홍의 얼굴에 덮고 짓눌렀다. 홍은 깁스한 손을 정우의 머리를 향해 휘둘렀다. 정우는 물러서지 않았다. 수건으로 홍의 얼굴을 가면처럼 감쌌다. 그리고 수건의 양 끝을 붙잡고 홍의 숨통을 끝까지 조였다. 수건에 묻은 와이의 피가 홍의 목구멍으로 파고들었다. 홍은 입을 다물었다. 그러나 숨을 쉬려면 입을 벌려야 했다. 홍의 입안은 와이의 피로 질척였다. 홍은 피를 삼켰다. 그래도 숨을 쉴 수는 없었다. 홍의 발버둥이 멈출 때까지 정우는 힘을 빼지 않았다. 정우는 소리쳤다.

섬머는 안 돼!

홍은 흐릿한 의식을 붙잡으려 애썼다. 그리고 속으로 중얼거렸다.

아, 린

그리고 다시.

린.

*

홍의 목소리가 정인의 의식을 붙잡았다. 정인의 귓가에 홍의 마지막 말이 메아리처럼 들려왔다.

더 콩마이라 하잉동 꾸어 또이 비이 깍엠 마 하 깍반 녀 늉 지 민 다 람 버이.

홍은 이렇게 말한 것이었다.

내가 너에게 한 짓이 아니라, 너희가 내게 한 짓을 기억해.

정인은 눈을 뜨고 왼쪽 눈을 힘없이 깜빡였다. 움직일 수 있는 것이 그것밖에 없었다. 간호사가 고개를 숙이며 정인에게 뭐라고 말을 걸었다. 정인은 알아들을 수 없었다. 간호사는 호출 버튼을 누른 후 병실 커튼을 걷어 냈다. 깜깜한 밤이었다. 간호사가 정인의 눈을 바라보며 나긋하게 말했다.

수술 잘됐어요. 걱정하지 마세요.

공장 불빛 가득한 거리 위로 비가 내리고 있었다. 정인은 흐릿한 눈으로 그것들을 바라보다 다시 천천히 눈을 감았다. 정인은 꿈을 꾸었다. 잔잔한 바다 위로 비가 내리고 있었다. 바다 위에 떠 있는 피아노 위에도. 빗방울이 건반을 부드럽게 하나씩 누르더니 곧 무수한 빗방울이 건반 위로 떨어지며 곡을 연주하기 시작했다. 베토벤의 「Piano Sonata No. 8 In C Minor, Op. 13 'Pathetique'」 2악장이었다. 비는 어둠에 눈이 멀고 바람에 흩어져도 연주를 포기하지 않았다. 서치라이트를 밝힌 조그만 배가 피아노 옆을 지나갔다. 피아노와 배는 리듬을 타듯 파도 위에서 넘실거렸다. 정인은 꿈속에서 생각했다. 깨지 않았으면. 이대로 깨지 않았으면.

*

섬머는 병실 밖으로 나가 정우에게 전화했다. 신호음이 오랫동안 계속되었다. 마침내 정우가 전화를 받았다.

아빠 돌아왔어?

섬머.

응? 왜 그래? 무슨 일 있어?

아, 섬머.

정우는 울먹이며 띄엄띄엄 말했다. 상아 밀수꾼이 집으로 찾아왔다고. 그 남자가 자신에게 총을 겨누었다고. 자신도 어쩔 수 없었다고. 남자는 죽은 것 같다고. 몸이 너무 떨려 와서 미칠 것 같다고. 섬머는 다쳤냐고 물었고 정우는 대답하지 않았다. 섬머는 전화를 끊고 병원 밖으로 달려 나갔다.

정우는 바닥에 주저앉은 채 홍을 바라보기만 했다. 5분 전까지 숨을 쉬었던 남자가 지금은 숨을 쉬지 않고 있었다. 얼토당토않은 남자가, 자신과 엮일 것이 전혀 없던 남자가, 피 묻은 수건을 얼굴에 뒤집어쓴 채 자신의 눈앞에 쓰러져 있었다. 정우는 이 남자가 자신을 해치려 한 이유와 자신이 남자의 숨통을 끊으려 한 이유가 생각나지 않았다.

정우는 홍에게 기어갔다. 그리고 홍의 심장에 귀를 묻었다. 심장은 멎어 있었다. 정우가 수건을 걷어 내자 와이의 피로 흥건한 홍의 얼굴이 나타났다. 순간, 홍의 몸이 움찔거렸다. 정우는 뒤로 물러났다. 홍의 입에서 피거품이 쏟아져 나왔다. 정우는 정신없이 신발끈을 풀었다. 그리고 홍에게 조심스럽게 다가가 홍의 몸을 옆으로 돌린 후 신발 끈으로 홍의 두 팔과 다리를 묶기 시작했다. 정우는 흐느꼈다.

돈을 준다고 했잖아. 돈 때문에 하는 일이잖아.

홍의 입안에 고여 있던 피가 바닥으로 흘러내렸다. 정우는 홍을 바로 눕힌 후 홍의 턱을 들어 올렸다. 그리고 홍의 코를 막고 자신의 숨을 홍의 몸 안으로 밀어 넣기 시작했다. 흉부도 압박했다. 정우는 허겁지겁 같은 일을 반복했다.

*

모든 것에 감사해. 방콕에서 지낸 7년은 하루하루가 축제 같은 나날이었어. 그런 날들은 다시 돌아오지 않겠지. 많이 생각날 거야.

어디로 가는지는 나도 알 수 없어. 내가 꿈꾸고 바라 왔던 것이 무엇인지 모르겠어. 새로운 삶을 살고 싶은데 그런 기회를 이미 놓쳐 버렸다는 생각이 들어. 누구나 잘못을 하지만 절대 해서는 안 되는 잘못이 있어. 내가 그 잘못을 저질렀어.

어디선가 그런 이야기를 들은 적 있어. 상처받은 사람은 과거를 이야기하고 상처를 준 사람은 미래를 이야기한다고. 나는 과거도, 미래도 말할 자격이 없어. 용서하지도 용서받지도 못할 거야.

낯선 곳에서 잠이 깨면 그곳이 많이 생각날 거야. 그래도 같은 하늘 아래 있는 것에 감사해. 서둘러 떠나길 잘한 것 같아. 방콕엔 다시 돌아가지 않을 거야.

우연히 만날 수도 있겠지. 그럴 수도 있겠다는 생각이 들어. 그때까지 다들 건강하길.

— 린

응온 레스토랑에 부치는 편지였다. 린은 홍에게도 하고 싶은 말이 남아 있었다. 린은 전원이 꺼진 휴대폰을 물끄러미 바라보다 기차 화장실로 갔다. 그리고 휴대폰을 쓰레기통에 버렸다. 마음은 더 무거워진 것 같았다. 린은 다시 자리에 돌아와 차창에 머리를 기댔다. 기차 밖은 온통 어둠이었다. 빠지면 영원히 헤어 나올 수 없을 것 같은 어둠이 별빛 아래서 폭탄처럼 터지고 있었다.

*

에라완 사원 근처에 설치된 TNT 3킬로그램의 사제 파이프 폭탄이 터진 것은 그날 밤 10시쯤이었다. 축제 기간이라 피해가 더욱 컸다. 평소보다 많은 사람들이 사원과 그 주변을 에워싸고 있었다. 범인은 그것을 노린 듯했다. 폭탄의 파괴력은 반경 100미터를 넘었다. 주변 건물 유리창이 깨졌고, 부서진 가로등이 튀어 올랐다. 오토바이와 자동차 들은 찌그러진 채 불타 올랐다.

폭탄 테러가 일어나기 두 시간 전쯤, 집에 도착한 섬머는 홍의 가슴에 얼굴을 묻은 채 흐느끼고 있던 정우를 일으켜 세웠다. 섬머는 경찰이 올 때까지 기다려선 안 된다고, 먼저 남자를 병원으로 데려가야 한다고, 아직 늦지 않았을 것이라고 말했다. 정우는 돌이킬 수 없다고 생각했지만 섬머의 말을 따랐다. 섬머는 경찰에 전화했고, 정우는 홍을 업고 밖으로 나갔다. 경찰의 요청에 따라 홍은 경찰병원 응급실로 이송되었다.

응급실 의사는 홍의 사망을 선고했고 흰 천을 홍의 얼굴 위로 끌어 올렸다. 섬머와 정우는 이유도 모른 채 뺨을 맞은 사람처럼 황망한 표정으로 의사의 행동을 지켜보았다.

형사와 경찰 들이 응급실에 들어섰을 때, 와이는 눈을 떴다. 와이는 응급실 구석 한편에 서 있는 섬머와 정우를 먼저 보았고, 그다음으로 그 옆 침상에 놓인 시체를 발견했다. 와이는 어리둥절한 표정을 짓다가 곧 비명을 내질렀다. 섬머는 그제서야 와이가 이곳에 있다는 것을 깨닫고는 와이를 안심시키기 위해 달려갔다.

아니에요, 와이, 아니에요.

와이는 섬머를 뿌리치고 시체가 있는 침상으로 주춤주춤 다가갔다. 경찰들이 와이를 제지하려 했지만 형사가 손짓을 하자 뒤로 물러섰다. 정우는 혼란스러운 표정으로 와이를 지켜보기만 했다. 와이는 한 손으로 입을 틀어막은 채 나머지 손으로 홍의 몸을 뒤덮고 있던 흰 천을 천천히 끌어 내렸다. 얼굴을 확인한 와이는 이내 의식을 잃고 쓰러졌다.

경찰과 간호사가 와이를 다시 침대에 눕혔다. 어부처럼 피부가 검고 눈 아래가 그늘진 형사는 와이와 훙을 번갈아 쳐다보았다. 그리고 다시 정우를 바라보았다. 형사가 영어로 물었다.

저 여자분과 이 남자가 무슨 관계인지 아십니까?

정우가 머뭇거리자 섬머가 대신 대답했다.

아무 관계도 아니에요.

아무 관계도 아니라고요? 모르는 사람이라는 겁니까?

아는 사람으로 착각한 것 같아요.

잠시 후, 섬머가 다시 말했다.

모르는 사이예요. 처음 본 사람일 거예요. 와이는 이 사건과 무관해요.

무관하다고요? 저분은 기절할 만큼 충격을 받은 것 같은데요?

오해할 만한 사정이 있었어요.

또 다른 누군가가 다치거나 죽었을 수도 있다는 뜻인가요?

그건 아니에요. 잠시 연락이 되지 않을 뿐이에요.

저 여자분과 두 분은 어떤 관계입니까?

와이는 저희 아빠랑 함께 살아요. 이 사람은 저와 결혼할 사이고요.

어느 나라에서 왔죠?

미국에서 왔어요.

저 여자분 태국 사람 같은데, 몸을 파나요?

함부로 말하지 마요. 아빠와 와이는 사랑하는 사이예요.

형사는 애매한 미소를 지었다. 그리고 수첩에 무언가를 적
더니 정우를 바라보며 물었다.

당신은 어느 나라 사람입니까?

한국 사람입니다.

두 사람 사이에 무슨 일이 있던 겁니까?

이 남자가 나를 죽이려 했습니다.

이유는요?

이 남자는 상아 밀수꾼이에요. 이 남자가 우리가 머무는
곳에 총을 들고 침입했어요. 제가 하는 일 때문에요. 정우가
그때 마침 거기에 있었고요. 섬머가 말했다.

상아 밀수꾼?

섬머는 정우를 바라보았다. 정우는 넋 나간 표정으로 흙을
내려다보고만 있었다.

확실한 건 아니에요. 그렇지만 입증할 만한 증거가 있어요.

한국말을 했어요. 정우가 말했다.

네?

이 남자는 한국말을 할 수 있었습니다.

형사는 정우의 표정을 살폈고, 정우의 말에서 의미를 찾으
려는 시도는 당분간 하지 않는 게 좋겠다는 판단을 한 듯 씩

웃으며 감사합니다? 사랑합니다? 맞나요? 라고 말했다. 그리고 섬머를 바라보며 물었다.

대사관에 연락했습니까?

했어요.

경찰서로 가죠.

경찰서에서 정우는 조금 전의 일을 더듬더듬 풀어냈다. 섬머는 그간의 상황과 사정을 길게 설명했다. 그리고 증거로 상아 밀수꾼들이 보낸 협박 메일과 사진을 보여 주었다. 형사는 홍의 신원이 파악되지 않는다며 홍이 불법 이주 노동자일 가능성이 더 크다고 말했다. 상아 밀수꾼들은 태국 폭력 조직과 연계되어 있으며 조직원들 역시 모두 태국인들이라는 것이다. 정우는 비에 젖은 몸을 떨며 형사의 말을 듣고만 있었다. 섬머는 납득할 수 없다는 표정이었다.

그 남자는 우리를 이미 알고 있었어요. 수완나품 공항에 도착했을 때부터 미행했고요. 오늘은 두 번이나 목숨을 위협했다고요. 우리가 타고 있던 택시를 몰던 기사가 증언해 줄 수 있어요.

그 택시 기사의 연락처를 아십니까?

지금 병원에 입원해 있어요.

형사는 느릿느릿 고개를 끄덕이더니 지퍼백에 담겨 있는 총을 서랍에 집어넣었다. 섬머는 총이 벤의 것임을 알아보지 못했다. 형사는 책상 위에 놓여 있던 절단된 다리가 찍힌 사진 파일도 서랍에 집어넣었다. 악어 농장에서 찍은 사진들이었다.

아빠와 연락이 되지 않아요. 어쩌면, 집에 침입한 그 남자와 연관이 있을지도 모르겠어요.

대책 없는 놈들이긴 하지만 밀수꾼들은 무고한 사람을 아무렇게나 죽이는 살인자들과는 다릅니다. 조금 전에도 말했지만 죽은 남자는 밀수꾼일 가능성이 낮아요. 강도라면 모를까. 오늘은 일단 돌아가세요. 방콕을 떠나서는 안 됩니다. 남자의 신원이 확실히 파악되면 다시 소환하겠습니다.

형사는 다른 서류를 펼치며 경찰서 한편에 수갑을 찬 채 우르르 서 있는 남자들을 손짓으로 불렀다. 외국인들로 보였고 축제에서 난동을 피운 것 같았다. 형사는 투덜거렸다.

빌어먹을 새끼들. 적당히 놀지 꼭 선을 넘어.

정우와 섬머는 대사관 직원들과 몇 가지를 상의한 후 경찰서 앞에서 헤어졌다. 두 사람은 경찰병원으로 돌아가지 않았다. 약속이라도 한 듯 에라완 사원이 있는 라차프라송 사거리를 향해 말없이 터벅터벅 걸었다. 뒤엉킨 머리를 식힐 시간이 필요하다 생각한 듯했다.

두 사람이 방향을 바꿔 에라완 사원 반대쪽으로 걷기 시작한 것은 다리를 저는 개 때문이었다. 주둥이가 길쭉하고 다리가 짧은 개였다. 한쪽 뒷다리가 반쯤 잘려 나간 개는 인파 속을 절뚝거리며 돌아다녔다. 다리의 상처에서는 피와 고름이 흘러내렸다. 섬머는 개를 뒤따랐고 개는 겁먹은 표정으로 섬머를 피해 달아났다. 개는 계속 달아나다 물이 고인 진창에 빠져 허우적거렸다.

섬머는 개에게 다가가 무릎을 꿇었다. 개는 사납게 짖다가 구슬프게 울었고 또 사납게 짖었다. 정우도 섬머 곁에 무릎을 꿇었다. 섬머는 낑낑거리는 개를 품에 안은 채 울먹였고, 정우는 섬머를 끌어안고 흐느꼈다. 그때 폭탄이 터졌다. 정우는 섬머와 개를 자신의 몸으로 뒤덮었다. 깨진 유리 조각과 돌멩이가 낙엽처럼 떨어져 내렸다.

잠시 후, 정우는 천천히 고개를 들고 주변을 둘러보았다. 누군가는 고막이 터진 상태로 울부짖었고, 누군가는 몸에 불이 붙은 채 허우적거리며 바닥을 쓸고 다녔다. 섬머가 정우의 얼굴을 두 손으로 붙잡았다. 정우의 머리와 귀에서 피가 주르륵 흘러 내렸다. 섬머는 무사했다. 그리고 다리를 다친 개도.

섬머는 개를 데리고서 정우를 실은 응급차에 올라탔다. 응급치료 후 정우는 잠이 들었다. 개에게서 나는 썩은 냄새 때문에 응급 대원이 코를 막으며 차창을 열었다. 섬머는 정우의 축 처진 손을 붙잡고서 차창 밖을 내다보았다. 환호와 기대로 가득했던 거리가 비명과 절망으로 뒤덮여 있었다.

*

폭탄 테러는 다음 날 차오프라야강 근처에서도 일어났다. 두 번의 테러로 인한 사망자는 스무 명이었고 부상자는 120여 명이었다. 태국 역사상 최악의 폭탄 테러였다. 사망자에는 중국인 세 명, 싱가포르인 두 명, 한국인 한 명, 미국인 한 명, 말레이시아인 한 명 등 외국인 여덟 명이 포함되어 있었고 태국인 아홉 명을 제외한 나머지는 신원이 파악되지 않았다.

폭탄이 터졌음에도 에라완 사원의 브라흐마 동상은 성냥불에 그은 정도의 상처만 났다. 사람들은 그것이 브라흐마의 신성함을 보여 주는 것이라 수군거렸다. 그리고 테러를 일으킨 범인은 에라완과 브라흐마의 저주에 걸려 몇 번이고 다시 태어나 자신이 저지른 일의 결과처럼 무고한 죽음을 반복하리라 생각했다.

경찰은 사건의 용의자를 세 부류 중 하나로 추측했다. 태국에 밀입국한 위구르인을 중국으로 강제 송환한 것에 대한 반발 세력. 태국 남부의 이슬람 분리주의자. 그리고 해외로 도피 중인 전 총리를 지지하는 반정부 세력. 전 총리는 자신의 결백을 입증하기 위해 700만 바트의 현상금을 내걸었다.

사건이 발생한 지 2주 후, 폭탄 테러의 유력한 용의자로 붙잡힌 남자는 20대 후반이었고 출신이 불분명했다. 터키인이라고도 했고 위구르계 중국인이라고도 했다. 태국 경찰은 국제 테러 단체와는 무관하다고 발표했다. 테러의 동기는 모호함 속에 남았다. 올해의 송크란 축제는 그렇게 막을 내렸다.

*

폭탄이 터졌을 때, 에라완 사원 맞은편에 자리 잡은 경찰 병원은 입원하고 있던 환자들의 소요로 더 큰 혼란을 겪었다. 창문이 깨지고 건물이 흔들리자 다리를 움직일 수 있는 환자들은 병원 밖으로 달려 나갔고, 그렇지 못한 환자들은 침대 위에서 혹은 침대 아래 몸을 숨긴 채 몸을 벌벌 떨었다. 그들은 자신이 저지른 잘못들의 목록을 떠올렸고, 자신에게 원한을 품은 사람들의 이름을 되새겼다. 그들은 피해자이자 동시에 가해자가 되었다.

소요가 진정된 후 깨어난 와이는 내려앉는 가슴을 부여잡아야 했다. 병원 응급실로 끊임없이 환자들과 시체들이 쏟아져 들어왔다. 와이는 생각했다. 벤은 아니길. 제발 벤만은 아니길. 며칠 지나도 벤이 나타나지 않자 와이는 생각했다. 오래전부터 그렇게 될 일이었다고. 이미 정해진 일이었다고. 죽은 것으로 생각하는 편이 더 나을지도 모르겠다고.

*

린은 싱가포르의 한 바에서 방콕 테러 뉴스를 접했다. 화마의 흔적이 에라완 사원 주변을 에워싸고 있었고, 홍이 그림을 그리던 카페의 테라스는 쓰러진 가로등에 짓눌려 있었다. 린은 손을 떨며 담배를 입에 물었다. 라이터로 불을 붙이려는데 부싯돌이 계속 미끄러졌다. 옆자리에 앉던 있던 남자가 자신의 라이터로 린의 담배에 불을 붙여 주었다. 남자가 말을 걸려 하던 찰나 린은 밖으로 뛰쳐나갔다. 남자는 바 테이블에 남아 있는 린의 물건을 집어 들었다.

이거 가지고 가요!

린은 돌아보지 않았다. 남자는 손에 들린 코끼리 브로치를 성의 없이 만지작거리다 테이블 위로 툭 던졌다. 브로치는 바닥으로 떨어졌다. 남자는 바 벽면에 매달린 거울에 자신의 얼굴을 비춰 보았다.

내가 그렇게 별론가?

*

섬머는 폭탄 테러의 희생자 중에 혹시 벤이 있을지도 모른다고 생각했다. 섬머가 할 수 있는 일은 별로 없었다. 사망자와 부상자가 옮겨진 병원을 돌아다니는 것이 전부였다. 섬머는 정우와 와이를 돌보며 벤을 찾아다녔다. 다리를 수술받은 개가 섬머를 따라다녔다.

정우는 입원한 병원에서 정인의 사고 소식을 들었다. 윤 사장은 같은 말을 반복했다. 홍을 찾아야 한다고. 홍이 범인이라고. 홍은 방콕에 있다고.

작가의 말

개별적 존재들의 삶이 들리지 않는 선율로 엮여 있는 것처럼 느껴질 때가 있다.

그럼 고개를 들어 주변을 가만히 둘러본다.

이곳이 천사들의 도시가 아닌 것은 확실하다.

그러나 그 반대라고 단정지을 수도 없다.

자신의 말과 행동을 머뭇거리는 사람들이 있기 때문이다.

나는 그 머뭇거림이 윤리의 시작이라고 생각한다.

그리고 인류의 종말은 윤리의 종말이지 다른 무엇은 아닐 것이라는 점도.

할 수 있는 것만 해도 되는 시절과 어쩔 수 없는 것을 어쩔 수 없는 것으로 남겨 둬도 되는 시절이 있었다.

그 시절이 불협화음 속에서 덜컹거리며 지나가고 있다.

나는 그 어디쯤에 몸을 싣고 있을까? 앞으로 가고 있긴 한 것일까?

이 소설이 누군가에게 질문으로 다가간다면 바로 이와 같은 질문이었으면 좋겠다.

쓰고 싶은 이야기, 잘 쓸 수 있는 이야기. 써야 되는 이야기 속에서 계속 헤맸다.

민음사 박혜진 편집자와 An의 조언과 도움으로 여기까지 간신히 왔다.

감사하는 마음뿐이다.

2019년 가을

김기창

추천의 글

강유정(문학평론가)

존엄이란 무엇일까? 베트남인 흥은 돈을 벌기 위해서는 버려야 할 것이 있다고 말한다. 그것은 바로 존엄이라고. 흥은 한국에 와 손가락 세 개를 잃어버린다. 그러나, 정작 그가 잃어버린 것은 손가락이 아니라 존엄이다. 인간으로서의 최소권리, 존엄 말이다.

김기창의 『방콕』은 존엄에 대한 소설이다. 인간이 인간에 대해 존엄을 인정하는 것, 그것이 바로 인권이다. 지각 있는 존재는 무릇 생명과 자유, 행복을 추구할 권리가 있다. 권리혁명 이후 이 존엄은 시민권, 여성권, 아동권, 동성애자의 권리, 동물권으로까지 확장되었다. 그러나 과연 우리는 이 권리 앞에서 얼마나 당당할까? 동물권은커녕 아직 시민의 평등권조차 확보하지 못하고 있는 것은 아닐까?

『방콕』은 다양한 층위의 권리와 존엄의 문제를 질문한다. 등장인물 섬머는 동물권을 수호하기 위해 종횡무진 중이다. 그러나 치명적이게도, 그녀는 미국인이다. 섬머는 한국에서 일하는 베트남인의 형편을 전혀 모른다. 심지어 자신의 아버지, 미국인이 태국 여성을 어떻게 대하는지도 관심이 없다. 미국의 젊은 여성 섬머에겐 시민권과 여성권의 문제는 이미 과거에 완료된 것이다. 한국의 외국인 노동자 훙이나 태국 여성 와이가 겪는 고통과 차별은 그런 이들에게는 없는 것과 다르지 않다.

　그러나, 보이지 않는다고 존재하지 않는 게 아니다. 작가 김기창은 바로 이 사각지대에 묻혀 있는 삶의 가치를 질문의 무대에 세운다. 김기창에게 '방콕'은 그런 의미에서 상충하는 '존엄'의 문제들이 들끓는 멜팅 팟이다. 김기창은 건조하고 냉정한 문체로 그 문제들을 사건화하고 장면화한다. 싸구려 연민이 아닌, 사태를 입체적으로 조망할 관점을 제시하는 것이다.

　태국 여성 와이의 말처럼, 아이를 낳는 게 세상에 질문을 던지는 것이라면, 소설을 쓰는 것이야말로 질문하는 행위다. 『방콕』을 통해 우리는 소설이 아니라면 불가능한 시점 하나를 제공받는다. 타인의 기쁨과 고통을 향하는 공감의 관점, 『방콕』은 소중한 공용어가 되어 준다.

추천의 글

김아름《GQ KOREA》 피처에디터)

어쩌면 이 소설은 말할 수 있는 것보다 말할 수 없는 것이
더 많은 작품일지도 모른다. 한국에서 출발한 스토리는 싱가
포르를 경유해 베트남, 그리고 다시 방콕으로 걷잡을 수없이
도약한다. 소설에 설치된 보이지 않는 카메라는 몇 대쯤 될
까? 국적, 성별, 신분, 지위, 거주지 모든 것이 전혀 다른 세 명
의 남자, 그리고 다섯 명의 여자. 이토록 방대하고 복잡하며
치밀하게 설계된 스토리 안에서 불안을 숙명처럼 떠안은 처
연한 인물들은 예상치 못한 방향에서 만나고 어긋난다. 혹시
라도 언젠가 이 텍스트가 영상화된다면 「황해」의 구남(하정우
역)을 뛰어넘는 역대급 애잔한 캐릭터가 탄생할 수 있으리라.

난장, 치정, 사고, 복수, 분노, 파국.『방콕』은 할 수 있는 만
큼 온 힘을 다해 오해하고 의심하다 끝끝내 형체를 잃어버린

사람들의 이야기다. 하얀 천으로 모두 덮어버리고 싶은, 저항이 불가한 재앙. 그저 먼발치에서 구경하고 싶은 현대판 비극. 그러나 소설은 윤리와 계급, 존엄이라는 묵직한 돌을 맨 채로 깊은 물속으로 뛰어든다. 전작 『모나코』에서 그러하듯 김기창 작가의 소설은 언제나 후반전부터 본격적으로 터지기 시작한다. 종료 10분을 남겨두고 폭발과 전복을 거듭한다. 거짓말할 줄 모르는 올곧은 사람처럼 굳건하게 묵묵히 문체를 밀고 나아가는 작가의 단단한 화법은 비극의 불길에 기름을 붓는 역할을 한다. 표정 없는 창백하고 담담한 문장은 소설의 호흡을 한결 가파르고 거칠게 밀어붙인다. "네가 거기서 왜 나와?" 싶은 (작가의 필살기인) 건조한 블랙 유머는 절체절명 순간에 등장해 심호흡을 고르게 한다.

혹시라도 밝고 탁 트인 공공장소에서 읽기 시작했다면 그곳이 어디든 어둡고 좁은 밀실로 들어가 남은 이야기를 끝마치고 싶어질 것이다. 이 소설에 망고 디저트 같은 달콤함과 썬 베드 위 안락함 따위는 기대하지 마시라. 우리가 알던 휴양과 향락의 도시 방콕은 온데간데없다. 어쩌면 그곳은 실존하지 않는 지옥 그 이상의 무엇일지도 모른다. 삶으로부터의 얄팍한 도피처가 되는 일회용 도시. 희망으로 시작해 절망으로 끝나는 불행의 대피소. 검붉은 액체가 압도적으로 흘러넘치는 하드보일드 바캉스. 『방콕』 안에 그 모든 것이 담겨있다.

오늘의
젊은 작가
24

방콕
김기창 장편소설

1판 1쇄 펴냄 2019년 10월 25일
1판 2쇄 펴냄 2023년 10월 25일

지은이 김기창
발행인 박근섭·박상준
펴낸곳 **(주)민음사**

출판등록 1966. 5. 19. 제16-490호
주소   서울시 강남구 도산대로1길 62(신사동)
          강남출판문화센터 5층(06027)
대표전화 02-515-2000 | 팩시밀리 02-515-2007
홈페이지 www.minumsa.com

ⓒ김기창, 2019. Printed in Seoul, Korea

ISBN 978-89-374-7324-1 (04810)
ISBN 978-89-374-7300-5 (세트)